小说眼·看中国
丛书

中国第一部地震灾难小说
每一页都是感人肺腑的故事

透明的废墟

秦岭_著

山西出版传媒集团
北岳文艺出版社
BEIYUE LITERATURE & ART PUBLISHING HOUSE

图书在版编目(CIP)数据

透明的废墟 / 秦岭著. —太原 : 北岳文艺出版社,
2016.5 (2023.9重印)
ISBN 978-7-5378-4729-2

Ⅰ. ①透… Ⅱ. ①秦… Ⅲ. ①中篇小说—小说集—中国—当代 Ⅳ. ①I247.5

中国版本图书馆 CIP 数据核字(2016)第 076674 号

书　　名：透明的废墟
著　　者：秦　岭
策　　划：续小强
责任编辑：李建华
装帧设计：张永文
印装监制：郭　勇

出版发行：山西出版传媒集团·北岳文艺出版社
地　　址：山西省太原市并州南路 57 号
邮　　编：030012
电　　话：0351-5628696 (发行部)
0351-5628688 (总编办)
0351-5628692 (综合项目部)
传　　真：0351-5628680
网　　址：http://www.bywy.com
E - mail：bywycbs@163.com
印刷装订：山西万佳印业有限公司

开　　本：890mm × 1240mm　1/32
字　　数：228 千字
印　　张：9.25
版　　次：2023年6月第 1 版
印　　次：2023年9月山西第 2 次印刷
书　　号：ISBN 978-7-5378-4729-2
定　　价：55.00元

命运书写：触及心灵的强震

（序）

＿范　藻＿

惨绝人寰的“汶川特大地震”正在淡出人们的记忆，尽管灾难每天都在我们这个星球上无数次地发生。

轰动一时的“抗震救灾文学”已经失去曾经的辉煌，尽管文学依然在我们的生活里异彩纷呈地呈现。

而在众多的灾难文学里能够用小说形式表现地震题材的，毫无疑问首推天津著名作家秦岭先生。还在诗歌、散文和报告文学铺天盖地的时候，他率先于 2008 年 7 月在《小说月报》上推出了中篇小说《透明的废墟》，可谓中国地震灾难小说第一人，以后又连续在《中国作家》等刊物上发表了《相思树》《心震》《流淌在祖院的时光》《阴阳界》等中篇小说。我非常赞同作者的这个见解：

大凡灾难过后，几乎所有的艺术形式都会瞄准抢险救灾、深情救助、重建家园等等，并被冠以“一曲人间的浩歌”“废墟上的大爱”云云，我当然不反对灾后的人间济世行为，但在我看来，一场灾难的全貌是由灾前、灾中、灾后三者组成的，假如艺术的灵感都集中在灾后，这种缺斤少两的艺术又有多大的生命力？——甚至，在我看来，当艺术的触角时刻不忘把持在“灾后”，这样的艺术实际上是短视的、无耻的、轻浮的。我的小说中也多次出现救灾元素，但我只是让“救灾”成为一个引擎，引领我进入幸存者和死难者的内心。所以，我在我的小说中，让自己的视野尽量覆盖到灾前、灾中和灾后。我始终认为，小说是写人的，写死人，其实就是写活着的人。

作者一直致力于用小说，尤其是以中篇小说的形式探索那场地震灾难的强震效应，新近又推出了还是以“5·12”地震为题材的中篇小说集《透明的废墟》，其中的《心震》本是一个司空见惯的“婚外情”故事，而作者把情人鹊桥会的高潮放在了 2008 年 5 月 12 日 14 时 28 分那个特殊的瞬间，以此为切入点，不但展示了纷乱复杂的人间世象，而且直逼深幽神秘的人性构成。《透明的废墟》取材自汶川地震时那张广为流传的、一位死难的年轻母亲用血肉之躯呵护着怀中幼小婴儿的照片。小说将场景聚焦在一个单元楼坍塌后形成的废墟中，通过窘困其中的几位濒临死亡的邻居之间的心灵碰撞，折射现实的单纯与繁复，探测人性的悲哀与力量，更是一曲清亮的生命赞歌。《相思树》也是一篇情感题材的小说，与《心震》不同的是小说力图告诉我们，灾难在改变人们生活法则的同时，也让情感找到了复归的平台，迷惘的心灵获得了拯救。秦岭在 2016 年 3 月完成的《流淌在祖院的时光》写了一位倔强而正直的“奶奶”，在灾后重建的过程中，她宁愿住在灾区的破旧危房里，也不愿进城住进儿子的别墅，再现了传统道德与物欲世界的博弈情景，表现了房屋重建与精神重塑的深刻矛盾。《阴阳界》赋予了主人公老农民袁峁田能穿越阴阳两界的特殊本领，废墟下的他，经历了几次生死轮回，在阴阳两重天地的对比中，揭示社会的不公，反思人心的不古，这些既是陌生世界的情形，又是熟悉生活情态。

我一直在寻思，秦岭先生为何要用中篇小说来创作“5·12”地震灾难文学。记得别林斯基转说过这么一句话：“中篇小说是人类命运无穷的长诗中的一个插曲。”相对于火爆一时的抗震救灾诗歌、散文和报告文学而言，相对于四川的邹瑾、贺享雍、骆平等作家的长篇小说而言，生长于陇右，现工作在天津的秦岭惯常用中篇小说的文体意义是什么呢？如果用短篇则容量有限，如果用长篇则叠床架屋了，而只有采用中篇的体量，截取主人公一个时期或某一段生活的典型事件塑造形象，才能做到线索单一、故事完整、人物鲜明，集中而生动地反映社会生活的某个方面。因此，表现地震灾难，中篇有中篇的优势。地震是瞬间的，而折射的社会却是宏观且纵深的；长篇难以拓展地震到来有限的时空，短篇难以囊括碎裂复杂的人性，唯有中篇，可取其一点，如一张照片、一段废墟、一个物品、一具遗体等，或延伸成一条线，或拓展为一个面，分而展现，且有足够虚构和发挥的余地。

中篇小说就能在展示人物一生经历的背景下，选取地震灾难降临的瞬间，从人类文明和个体命运交集的历时过程来呈现“史诗”般的经典“插曲”。围绕这地动山摇那一刻，再现什么已经不重要了，这方面报告文学已经做到了极致，而表现什么才是包括作家在内的地震的“幸存者”、灾难的“幸运儿”和生活的“幸福人”应该“痛定思痛”的根本所在。也许有人会说，诗歌不已经把“众志成城”的精神、“感天动地”的气势、“大爱无疆”的情怀表现得淋漓尽致了吗?！但是，秦岭的小说给我们提供了另一种“表现”的空间，那就是直陈因灾难降临而引发的世态百相和人生众相，直指因抗拒灾难而引出的人性复杂和心灵困惑。对此著名评论家陆文虎在《我们期待什么样的灾难文学》里阐述道：

我期望有这么一部文学作品，它描写人类的一种困境或者一次灾难，表现人间的爱与温暖，表达人与人之间的真诚和理解，批判人性中恶的部分，使生命重获洗礼，走向崇高；它不受意识形态和种族的局限，它在形态上是惊世骇俗、不同凡响的；它不能只停留在报道层面，感动我们，它要反思、要想象、要创造，要震撼我们；它要有很高的文化品位。

委实地说，秦岭的小说充分地体现了灾难文学应有的“文化品位”，他不满足于，甚至有意“忽略”了地震文学的宏大叙事和时政主题，而转为关注废墟下的挣扎者，地面上的幸存者，还有重建时的相关者，这些普通人，对他们进行一次命运的叩问、人性的反思、良知的拷问。只不过这一切都是以文学的“诗意”方式完成的。《相思树》和《心震》是用第一人称的方式，即以当事人的经历和体验来叙写的，在抽丝剥茧中娓娓道来，展开情节，塑造人物；《透明的废墟》和《阴阳界》则是采用第三人称的方式，在“全知全能”的叙述中，作者游刃有余而从容不迫地讲述故事，刻画场景；而刚刚杀青的《流淌在祖院的时光》则换成了一个中学女孩的视角，用她清纯而迷糊的眼睛呈现奶奶和父辈们的冲突。作家是这样来结束故事的：

有次奶奶在梦中问我：“萍萍，我倒想听听，把废墟叫纪念园好，还是把纪念园叫废墟好?”

没来得及判断，我已经惊醒了。梦中的奶奶坚守祖院，时光缓缓流过，一切都是老样子。

作者之所以要多角度地“移步换景”，与其说是为了全方位地呈现生活的真相，不如说是立体式地再现心灵的真实。秦岭笔下的人物在生与死的转换中，在名与利的纠缠中，在情与欲的交织中，让主人公的经历忍受进退两难的困扰，让当事人的心灵接受左右为难的煎熬，从而成为“受难的耶稣”，如《透明的废墟》中的“我”是觉得母亲应该活下来，还是她的幼儿应该活下来？《心震》主人公在地震瞬间是应该保护无爱的妻子，还是有情的恋人？《阴阳界》究竟阴间是值得向往，还是阳界应该留恋？《流淌在祖院的时光》里的“奶奶”是住在都市的别墅好，还是回到乡下的祖院好？这些都让读者难以做简单的取舍和进行道义上的评判，从而使他的小说彰显了美学意义上的悲剧意蕴，恰如黑格尔所谓的“两种对立而又符合正义的，且片面的力量的冲突”，结果是同归于尽，最后“永恒的真理取得了胜利”。那就是人的命运是不可战胜的，因为不论是战胜命运，还是承受命运，这本身就是命运。著名学者支宇在《术语解码：比较文学与艺术批评》一书里也针对“5·12”地震以来文学创作的井喷现象，提出了在自然灾难面前有关人类“命运书写”的概念：

命运书写不是对真实发生的灾难事件和此事件所激发出来的情感的记录与再现，它要求我们写人的“命运”，将个体的人置放在真实的灾难中写，写个体在一场灾难中所处的历史、现实、社会等等所有错综复杂的关系中的“命运”。即使不在灾难现场，甚至根本没有灾难体验，但我们每个人都处于由此灾难所引发的“命运”之中，我们每个人都参与了自己命运的创建。

对命运的正视与释怀，与其说是为震后余生的灾民，搭建了生命凤凰涅槃的舞台，不如说给生活在“达摩克利斯之剑”下的我们，找到了人生华丽转身的路径。汶川特大地震过去了，而秦岭先生表现地震的“命运书写”，触及的心灵强震真是振聋发聩，警钟长鸣。

毋庸置疑，我们正处在一个自然灾难频发的年代，地震、冰冻、台风、海啸、洪水、干旱来回而交替地蹂躏着大地，人命危浅，朝不保夕，“生年不满百，常怀千岁忧。”著名评论家李建军曾在《文学，因何而伟大》一书里说过：“‘活着，并且记住’，这是俄罗斯作家拉斯普京一部小说的名字，其实它应该成为所有小说家的文学信念，成为我们面对苦难的一种坚定不移的叙事态度和写作立场。”我想，这不仅仅是文学创作，而应该是中华民族，乃至整个人类直面灾难、承受命运的共同信念。

作者简介：

范藻，四川文理学院教授，四川师范大学艺术硕士（电影）专业学位研究生导师。

小说不该成为地震题材的废墟

（代序）

_秦 岭_

刚才听了几位诗人、作家代表的发言，感慨良多。正在举行抗震救灾文学研讨会的这所宾馆，一如它的名字——“宁卧庄”一样，气氛显得安宁、祥和、平静。但今天的主题让我无法不想到十二个月前的2008年5月，地球一声叹息，大地随即发生了连锁反应，媒体和图片让我们看到，包括汶川在内的川、陕、甘一带，很多房屋，塌了；很多路，断了；很多人，死了。那么，很多灵魂呢？在还是不在，走还是没走，看不见的灵魂和死亡的肉体，还相干吗？

拙作《透明的废墟》再次被推到全国纪念汶川大地震一周年系列活动的前台，我内心复杂。作为小说界的唯一代表，面对众嘉宾对地震题材诗歌、报告文学的解读和诠释，内心仍然感到莫名的迷茫和孤独。我的感觉是，小说依然是灾难题材无人问津的废墟。这样的废墟，和“5·12”之后川北、陕南、陇南一带的废墟没什么两样。刚才，有专家说“《透明的废墟》是我们看到的第一部反映汶川地震的小说”，反而让我感到诚惶诚恐。此定论最早见于《中篇小说月报》2008年第7期《地震文学专号》上的编者按。《透明的废墟》原载《小说月报》2008年第4期（原创），后来被《作品与争鸣》《中篇小说月报》等许多报刊、电台转载或广播，获得全国征文一等奖。《中篇小说月报》转载时，把那个定论连同我的小说一起，与德国作家克莱斯特的《智利的地震》、日本作家村上村树的《青蛙君拯救东京》同时编排在《虚构文本》栏目之中，并成为最早送往灾区的艺术慰问品之一。其时强震刚过，余震尚存。不久，《文艺报》《探索与争鸣》等报刊也连续发表了一些专家、学者的评论文章。上午，中国作协副主席陈建功在讲话中特别提到了《透明的废墟》的意义，我宁可希望，在各种艺术形式的汪洋大海里，文学之于灾难，不再止于小说，同时，也不再止于呼唤。

在这里，我除了汇报以小说的形式介入地震题材的初衷和实践过程外，不方便摆出姿态对自己的小说做出评价，我们的文坛还没有开明到认可作者自我评估的地步，但我有理由把文学批评家发表在《作品与争鸣》中的一段话嫁接到这里：“中国文坛有个并非悖论的事实，面对地震、洪涝、恶性事件等引发的灾难，趋之若鹜的往往是铺天盖地的诗歌、报告文学和散文，小说家却往往束手无策，对此，挑剔的读者一度怀疑当代小说家表现灾难的可能性。秦岭的新作《透明的废墟》却直面汶川地震带来的毁灭性灾难，以小说的名义旁逸斜出，充分利用小说的虚构和想象要件，把探寻的笔触扎进汶川地震后居民楼的废墟中，揭示了濒临死亡的邻居们灵魂搏斗和人性复归的全过程，无疑具有可贵的探索、引领作用。”这般评说，我当然不会当利息来消费，我深知自己清浅的文字与灾难本相遥远而泥泞的距离。聊以自慰的是，我写了。灾难触发了我的灵感，引发了我虚构和想象的欲望，我没有理由轻视灵感的尊严。经验提醒我，灵感是不能够被慢待、被观望、被轻视、被谢绝的，写作者与灵感擦肩而过，等同于一次失恋。也许有些人可以，我不可以。我服从内心的同时，也服从选择。

就这么一次正常而从容的创作，竟触及了文坛面对灾难是否可以通过小说形式表达灾难的死结。我听到了一些批评家关于《透明的废墟》的远离文本分析的种种异声别调，诸如“表现灾难是摄影家、记者的事情，人们需要的是现场感”,“小说应该让位于诗歌和报告文学，汶川不需要虚构和想象”,“灾难题材的小说，需要足够时间的沉淀”。我发现，在这个社会里，习惯了居高临下的人，也容易把为师布道当成一种习惯，由于不谙半斤和八两的关系，就误把自己当一斤了。

好像鲜有人指出这是荒诞的奇谈怪论。如果说小说非得要像图片那样表现灾难的现场感，非得像诗歌那样表达情感意志和个人心绪，非得像报告文学那样体现新闻性和导向性，恰恰说明尊贵的先生们忽略了小说的基本功能和其他艺术形式难以企及的探究灾难事件中人物心灵和精神世界的现实作用，轻视了生活空间和艺术空间、现实生活与艺术提升之间的基本联系，忘却了虚构与想象的强大穿透力。按照他们的逻辑，中国小说家之所以未能写出反映唐山大地震的小说，是否因为三十三年漫长的岁月还不够小说家们沉淀呢？德国作家克莱斯特、日本作家村上村树等诸多外国小说家关于地震题材的小说，岂不归于无病呻吟，逢场作戏，应景作秀？再按这个逻辑延伸下去，是不是只有祈请阴曹地府的阎王让废墟中的死难者起死回生，血流满面地坐在主席台上现身说法做报告，小说才能回光返照呢？

在我看来，小说如果屈从“现场感”的自然主义逻辑，那不叫小说，叫镜片，对镜一照，只是一副按部就班的嘴脸而已。我至今没听说谁的镜子可以照到身体里面去，除非是 B 超，B 超又当怎样？除了显示五脏六腑的现场，还能显示什么？

对此，我倒不感到奇怪。一个世纪以来，两次世界大战在第一时间乃至其后催发了数以万计的表现战争灾难的优秀小说，这些小说的诞生地大都集中在欧洲和美洲，我们通过那些小说感受到了异邦民族在灾难中灵魂和情感的质地、意志和精神的颜色、思想和心绪的走向、悲苦与亢奋的形态、奋争与沉沦的模样。某段时期，这些小说甚至成为我国读者的重要精神食粮。奇怪的是，中国作为第二次世界大战的主战场之一，我们除了在教科书和历史学家的著作中感受那场灾难，至今没有见到具有史诗意味的、全景式表现民族备受外倭蹂躏和国家饱尝灾难的小说。“我相信我们的小说家面对灾难的态度，但我怀疑当下小说家虚构和想象的能力。”文学批评家夏康达先生如是说。我懂此言，一如我懂得中国观众面对西方的大片为什么会一片惊呼。惊呼，源于国外艺术家虚构和想象的力量，源于国外艺术家还原生活的技巧、手法和能力。他们呈现给受众的“现场感”远比生活的“现场感”要丰富得多，因为这样的“现场感”不是直观的，而是多元的，概括的，纵深的，过滤过的，提炼过的，升华过的，足以引起受众来自心灵深处的激烈反应与强烈共鸣。

当然，今天的研讨会还是有价值的，有些声音并轨而来，有些声音相向而行，有了并轨和相向，就有了可贵的碰撞与火花。中国作协《作家通讯》主编高伟以电影《泰坦尼克号》(改编自小说)中船体沉没前乐队临危不惧的演奏为例，来说明虚构和想象在提升悲剧效果中的巨大力量。我赞同这个观点。经历过那次沉船的人早已葬身大洋，他们临死前一刹那的情感流向、人性本相、精神原则、道德形态，只能依靠小说家、剧作家、导演的虚构和想象来完成。沉船不可能在大洋表面留下废墟，现场永远滞留在海底的淤泥和积沙里。天才的摄影家、记者和报告文学作家何以去找所谓的“现场感”？如果不愿“望洋兴叹”，那就得首先让自己变成天才的潜水员。如果谁有此等上天入地的绝活儿，在下愿意作揖敬之，学之鉴之。

于是我在想，假如汶川的罹难一如“泰坦尼克号”，艺术家们还能在没有废墟的伤口上蜂拥而至吗？我们该以怎样的文学形式抵达灾难的彼岸？只有上帝相信，此话本无恶意，我只是在仰望文学的精神。

这就是小说面对灾难的可能性。除非，小说自己变成废墟。

（此文系作者在 2009 年 6 月在“5·12”全国抗震救灾文学研讨会上的发言）

目录

透明的废墟

引　子

这张照片很快就像长了翅膀一样从废墟中飞出来，通过电视、网络、手机视频和报纸，像川甘地带铺天盖地的麻雀，飞得到处都是。人人都在争相观看、欣赏、品评，仿佛这个世界上所有的幸存者一瞬间都被照片激活了潜在的艺术细胞，又在一瞬间明确了自己的审美理想、审美情趣和审美方向，同时又在一瞬间懂得了对照片主题表达的纵深思考和多元化理解。

其实更像一幅图，一幅生活中司空见惯的哺乳图：母亲倚墙而坐，她的身子之所以有些蜷，分明是在呵护着怀中的婴儿，她用双手轻轻揽着婴儿娇小的身子，婴儿紧紧地依偎在母亲的胸前，小嘴里衔着年轻母亲红枣一样美丽的乳头。照片是一刹那间的生活定格，在那一刹那里，婴儿的基本表现是小嘴衔着乳头，一双珍珠一样的眼睛却在探询似的看着母亲的眼睛，为了这分探询，他的小嘴不再用力，微微有些张开，能看到他饱满而粉嫩的舌头，在嘴角拖带出一绺透亮而可爱的涎水，脖子上挂的小玉佛浮泛着细微透亮的光泽。母亲始终在和他对视，母亲的眼睛大而美丽，因为睁得过于用力，显得特别圆，太圆了，就有些失真。长长的睫毛微微上挑，这一切的努力似乎都是为了实现和婴儿对视的可持续性。

母亲的眼睛不能不失真。因为年轻的母亲早就死了。照片中的残垣断壁上，影影绰绰可见被混凝土挤压、被钢筋穿挂的几具死尸。他们脸上、身上黑色的部分，是血。凝固、板结了的血，黑色。

只是婴儿活着，他是照片中唯一的幸存者。

1

十九岁的少女刘丹丹是13日下午才醒过来的，也就是说，从地震的发生到她基本恢复思维，已经有近二十四小时的时间像风一样无声无息地刮过。二十四小时是什么概念：一天一夜。

仿佛刚刚经历了一个浑浊而模糊的梦，自己单薄的身子悬浮在一个没有尽头的黑洞之中，在窒息和压迫中飘荡，摇晃。这种感觉只有小时候溺水时才有过，那是被死神五花大绑着往黄泉路上走，走得漫无边际，走得无可奈何，走得凄凄惨惨。不晓得过了多久，她觉得思维中闪入了一丝生命的光亮，冥冥之中，终于有一股说不清楚的生命的力量托举着她，在上升，上升，慢慢地，慢慢地，她感到了一种来自自己身体的原动力，她感到了自己的存在。她觉得托举她的人是他。是在村子里，她和他见面了，她想唱歌，故乡陇南山歌，给他。

呜哇——哇哇——哇——

原来她并没有唱山歌，不但没唱，反而像是在哭。哭腔逼仄，也高亢，像极了猫咪的叫声，也有点像小狗饥饿时拖着尾音的长吠。她怎么会是这种哭腔呢？自己分明是个婴儿，是个嗷嗷待哺的婴儿，对了。是婴儿，这个婴儿就是自己。纤细的、清脆的、又有些嘶哑的哭声穿过时空的隧道，使她的生命历程迅速地回归到了生命初始的阶段，那里更接近她生命的源头——母亲，包括母亲的身体，那是她诞生的温床。

她轻轻地叫了一声，妈妈……

没有人答应，妈妈显然不在这里。她急切地呼唤，妈妈……我是丹丹啊！妈妈，你抱抱我，妈妈呀！你抱抱你的丹丹。

没有找到母亲怀抱的那种感觉，一点都没有，为啥呢？我才是个婴儿啊妈妈，你不是这样的，真的不是这样的。记事起，我就感受到你点点滴滴的爱，你教我唱山歌，教我纳鞋底儿，教我绣荷包，赶着我去学校。在田间地头忙乎的时候，你的目光时时刻刻像春雨一样飘洒在我身上，生怕一不留神，我在人间蒸发了似的。那年月，陇南狼多。

任何一个人的婴儿时期是懵懂的，蒙昧的，是最缺乏记忆的。刘丹丹婴儿时期，妈妈给了她多少的爱，她不晓得，但是她能想象得到，那爱，比天高，比地厚。

我现在才是个婴儿啊！妈妈，此刻，你在忙啥？听见了吗？妈妈，我在哭。哭，就是我的表达，我的表现，我的表述，我的表白！

刘丹丹的眼睛其实已经慢慢睁开了，却什么都看不见，一股浓烈的、陌生的血腥味、粪便味混合着混凝土干燥而细密的粉尘扑鼻而来，很呛。

阿嚏——

她打了个喷嚏。一个喷嚏，牵动了她浑身的神经。她感觉到了疼，疼来自腹部。她的腹部被很坚硬的什么东西压着，压得结实，压得死心塌地。

耳边传来撕心裂肺的呼喊，不，是呼唤：救命啊——救命——

还传来一个男人嘶哑的声音，她打喷嚏呢，还活着。

刘丹丹的大脑顿然清晰，她晓得这是地震了，她还没死。恐惧像铺天盖地的洪峰一样向她袭来，她想喊。喊是需要力量的，但是腹部被老虎钳子一样的外力胁迫了，丹田之气根本就提不上来，凝聚不起来。不仅是喊，连发音和喘息的力气都打了折扣。

呜哇——哇哇——哇——

自己怎么还在哭啼呢？不是，不是自己，这次终于搞亮清了，是另外一个婴儿。自己早已不是婴儿，自己长大了，长成熟了，都快要结婚啦。

她感到奇怪，耳边传来的嘈杂的声音中，最凄惨的是救命声，但是她偏偏听到的是婴儿的啼哭。

有个嘶哑的声音在给她传递信息：妹娃子，我们已经……已经二十四小时了。

二十四小时？怎么会有这么准确的时间？怎么非得用数字表达某一段时间的长度？除非表达者密切关注着时针、分针和秒针，关注着时针的傲慢，分针的从容和秒针的匆忙。时间是什么？时间如果用分分秒秒来计算，容易让人想到生命啊！

如果现在真的是二十四小时以后，那么在二十四小时前的午后，她是在出租屋里的，当时她看过手机上的时间显示：2 点 28 分。

当时她正在出租屋里整理衣物。酒店的老板很理解她，很人性地给她准了三天的假，回老家甘肃陇南订婚。他在兰州打工，是她的中学同学。他从部队复员后，给一个公司当保安，干得不错，是保安队里的头儿。约好了，一起回陇南订婚。订婚，女娃子一辈子的大事呢。她整理得很仔细，帆布质地的箱子里装了几件换洗的衣服，有连衣裙，有T恤和淡红色的牛仔裤，都是上次他来汶川时一起在商场选购的，便宜，却好看。他的话听着很舒服：这些年，村里的女娃子比着穿裙子，谁也不敢和你比。

陇南在嘉陵江上游，山是清的，水是秀的，养女人，脸蛋都是白里透红的那种。陇南的山妹子沿着嘉陵江下四川打工，往往让川妹子妒忌得不行：这陇南的山妹子，脸蛋咋就这么白，胸脯咋就这么高，嗓音咋就这么脆？这次，她还特意买了一瓶香水，价位最低的那种，但对她来说已经很昂贵了，昂贵就昂贵，值！她要让自己带着时尚从村东款款走到村西，把日渐隆起的胸脯挺得高高的，走出一种不一样来，走出一种风光来，走出一种惬意来，走出一种美来。她要让全村人眼前一亮，在汶川打了三年工，她刘丹丹不是过去镇子里的中学生刘丹丹了，不是当年那个见人就脸红的刘丹丹了。

巧吧，真是巧了。刚把香水塞进箱子，手机响了，是他打来的。他已经回到村里盼她呢。热恋中的人无话找话，一句让人耳热心跳的话，像热剩饭似的翻来覆去，没完没了，只是剩饭越回锅越走味，而情话却越是回锅越听着滋润。有点像亲嘴，其实各自也就一张嘴，亲一遍是亲，亲二十遍也是亲，越亲越馋。像炖烂了的鸡骨头羊脑髓，味道悠悠的。

手机那头却没说话，唱起了陇南山歌：

妹妹你下了四川了，
崖畔上我照了万遍了，
说好的要配对对了，

是不是把哥哥骗下了。

……

刘丹丹喜欢他这一点，这些年各家各户都有上北京、走深圳、下四川的人儿，见识多了，世面广了，陇南山歌却没人大会唱了，也就每年正月闹社火时才爆发一阵。刘丹丹不，刘丹丹平时就爱哼陇南山歌，这个优势在酒店发挥了用场，老板爱听，顾客爱听，她一唱，顾客盈门。有人把这叫酒店文化，听说天津、苏州那里时兴得很呢。

本来要动身的。既然他唱了，她得和几声。词马上就想好了，比他还要命的那种词。担心吵了左邻右舍，她把屋子门关死了，窗子关紧了，把手机紧紧贴在嘴边……另一只手情不自禁地抚摸着挂在胸前的小玉佛，那是他给她买的。那个小玉佛，是他两个月的工资。他说过，带上它，她会平安如意。将来结婚了，小玉佛还能保佑她为他们生一个可爱的小宝宝。小宝宝是个陌生而温暖的概念，对少女的她来说，小宝宝真的只是个概念，这个概念常常让她走神，大白天的，梦一样的感觉。

楼板就在这个时候晃了一下，晃得急促而突然。

一个趔趄，赶紧站稳了身子，她以为隔壁202号人家又在倒腾下水道呢。

她又把手机捂到了嘴边。

情况就在这个时候发生了剧烈变化，楼板像疯子一样摇晃了起来，桌子上的花瓶、镜子、暖水瓶像跳舞似的蹦了几下，争相自杀似的，带着稀里哗啦的破碎声，扑抢到地上，成为碎片。房间的一切摆设都在大幅度地摇摆、晃动、颠簸……刘丹丹瞬时惊呆了，像木桩一样插在那里。手机的信号其实已经中断了，她浑然不觉。耳边传来“轰隆隆”的声音，沉闷、压抑，像打雷，又不像，不像从云层中传来，像是平地而起，有点像滚石擂木从高山上飞奔而下的声音，其中夹杂着人们凄厉、惊恐的惨叫。紧接着，由大量坍塌形成的持续、紧密的巨大的轰鸣声，像是山在崩，地在裂，天在塌，地在陷。楼梯间匆促的脚步和喊叫交织在一起，她听不清人们到底在喊什么。

她终于听出他们在喊：地震了——

对，是地震。这是个陌生而可怕的字眼，刘丹丹刚想到地震的时候，墙体多处出现了裂缝，像血盆大口似的越张越大，越张越恐怖，窗子被挤压得变了形，玻璃瞬间爆裂，木质门扇和铁质的防盗门自动开裂，姐妹们的四副高架床，被合围的墙体箍得咔嚓作响……

此刻，命是最要紧的，这点，她很亮清。不用谁来教，是本能。她慌忙从变形的门框里挣出来，发现已经无路可走，楼梯在迅速断裂、分解、塌垮。她在二楼。三楼、四楼以上的楼梯，伴随着浓烈的尘雾，像天一样覆盖下来。往下覆盖的，还有挤压在楼梯扶手上、悬挂在混凝土钢筋上的血肉模糊的邻居的身体，像打秋千时突然断了绳子……

脚下突然就空了，她掉了下去……

二十四小时是啥概念，它可以是一瞬间，也可以是一个世纪。

救命啊——

来人啊——

呼救仍然在持续，只是声音都有些嘶哑。一天一夜的亡命呼喊，足可以把金嗓子喊成干窟窿，可以成就一个十足的哑巴。

刘丹丹揉了揉眼睛，目光仍然在紧张地搜索着，视线一旦适应了黑暗，就有了对一切光源的敏感。她借助左右两边残垣断壁的缝隙里几经折射以后才挤进来的极其微弱的午后太阳的光线，对这里的环境有了基本的分辨：坍塌的预制板和破碎的楼梯在这里自然形成了一个窄小的不规则的三角空间，顶部横七竖八的水泥板像是抛下了一堆乱七八糟的积木，犬牙交错，隐约能看见夹裹在其中的电冰箱、电视、电脑啥的，还有尸体的某个部位，有老人的，也有孩子的。混凝土的粉末和灰土像筛过一样洒落，多处水泥板上都在蠕动着一种流质的东西，有粗，也有细，分明是活物，像蛇或者蚯蚓。刘丹丹辨清了，那是血，是掺和了灰尘的血。

重要的是她发现了一个婴儿。

婴儿大约一岁多点的样子。小宝宝已经睡着了，他的睡姿很独特，也很可爱。半蜷着身子，两条腿跪着，右臂支撑在预制板上，左臂搂着母亲的背部，脑袋拱在母亲的侧胸位置。小宝宝也许是饿的，也许真的困了，他显然是在寻觅，在母亲身上寻寻觅觅，寻觅生命的温泉。

年轻的母亲像是早就死过去了，一动不动。脸部的肌肉显然抽搐过，显得很难看。距离太远，看不清年轻母亲的外伤，但从她那死寂的生命状态判断，准是严重地伤到了内脏。她的腹部是朝下的，上身却半倾半侧，这使身子扭曲得有些失真，像个大麻花。

刘丹丹似乎看明白了，年轻母亲临死前显然做了最大努力的尝试，她在试图把胸部拧过来，把饱含乳汁的乳房献给自己的宝贝。她的胸部，是她能给孩子的最后的世界。但她的努力是失败的，只有一个乳房露出了一小部分，致命的是乳头没有露出来，婴儿的一切努力都是徒劳枉然。年轻的母亲似乎又没死，她把身子扭曲成麻花形，难道还有生命的意识存在?

刘丹丹想起来了，她大概是五楼的，具体哪个房门，记不清了，平时她很少上五楼去的。有那么几次，刘丹丹在楼道里碰见过她，抱着孩子，幸福得忘乎所以。

此刻，年轻母亲的世界就是婴儿，不管她活着，还是死了。

左侧上方大约三米高的地方搭着半截严重倾斜的预制板，上边贴着一个男人，像要掉下来，却像是被牢牢锁定，后来刘丹丹才看清，有一根湿漉漉的鲜红的钢筋在他后边高高翘起，大概穿透了他的腿部。他其实是被半贴半挂在那里了。他的脑袋正好冲着刘丹丹，处于半昏迷状态。他是个光头。

右侧高一米处的混凝土之间也挤压着一个灰头土脸的男人。嘶哑的声音就是从他那里发出来的。他的一条胳膊蜷在下巴前，手腕上的手表，发出蓝幽幽的光。

显然，灰头土脸的男人始终是盯着手表的。

刘丹丹能感觉到自己浑身都湿透了，是汗，是紧张的，也是吓的。她感觉自己下边基本是在屎尿中浸泡着。啥时候拉的屎，她根本就不晓得。

这两个男人，都活着。

一女两男一个婴儿，加上那些死尸，成了整个的世界。

刘丹丹感到了难堪。她发现自己粉红色的衬衣完全敞开着，胸前上方至少有三个纽扣早就绷掉。脱落的乳罩被挤在左肋下，两个乳房完全暴露无遗。——小玉佛，那个小玉佛像是平静地睡着了，在她的乳沟里……

幸好两只胳膊还能活动，她下意识地抻了抻衣领，只盖住了胸脯的一半。

无法再继续努力了，再努力，浑身都疼得要命。

既然是同一个单元的，平时应该没少见面。多年了，同一个单元，上班下班，下班上班；出门进门，进门出门，抬头不见低头见，就是很少打过交道。刘丹丹早就习惯了这种城里人的处世方式，同一个社区，同一幢楼房，同一个单元，邻居之间形同路人。说不清楚这种隔膜何以存在，因何存在，反正它似乎理所当然地存在着，不像在村里，四邻八舍就像一个棋盘上的棋子儿，两车两马两相两士两炮五卒一将无时不在发生许许多多的关系。城里人，就这点不好，邻居之间，淡得像没有浇卤的面条，都懒得动筷子，即便动了，也难以下咽。

呜哇——呜——

婴儿就在这个时候又哭了一声，身子蠕动了一下，又睡过去，像一只无助的猫咪。

2

刘丹丹再次尝试着喊救命，还是放不出大声，像悄悄话吧，也不像，这个空间里的人还是能听到的。刘丹丹眼泪直流，恐惧和害怕像魔鬼一样攫着她的心，她从喉咙里绝望地挤出了一个字：强……叫全了是永强，永强就是她那个他。

妹娃子，别喊了，喊叫会消耗体力的。右侧的那个男人发话了，声音比刚才还要嘶哑。刚刚过去的一天一夜，一定没闲着。

刘丹丹说，我好害怕。

别怕，我们既然还活着，就一定能够被搜救出去的。你想一想，有许多人此刻都在寻找你，关心你，你们的老板，你的众姐妹。右侧的男人说，妹娃子你是201号房的吧。

男人的脸被灰土蒙蔽得厉害，辨不清是几楼的。男人的口气有点像拉家常。这种口气真灵，刘丹丹明晓得对方是在稳定她的情绪，她还是听进去了。是啊，此刻，酒店的老板和员工一定急疯了，他们一定在外边想办法救她吧。一句话似乎就是一种力量，何况这句话表达的，是一种希望。事实上，这句话也使她暂时镇静了下来。

刘丹丹点点头，是，我是 201 的。

我是 403 号房的，我们打过一次交道呢。

刘丹丹想起来了，一想起来就有些生气，同时还有些委屈。

她恨死了这个 403 的。

老板早就交代过，老板是姐妹们刚搬到这个出租屋之前就交代的：你们几个服务员都是女娃子，一定要注意安全，社会太乱，和外人打交道一定要慎重。

酒店每天打烊很晚，姐妹们一回来，在楼上楼下总能碰到邻里说不清楚的目光。那不屑的余光，分明是在打量怪物。有天早上姐妹们刚刚下楼，后面就有人吐唾沫，还故意留下了一句话尾巴：这些女娃子，不好好在家过日子，当啥小姐啊。小姐是啥？小姐如今成了妓女的代名词了。姐妹们觉得严重伤了自尊，要回头争辩，刘丹丹赶紧拦挡了。咋跟人家争？争不过的，酒店的服务员也好，当妓女的小姐也罢，都是打工妹，各自的身份和职业又不可能写在脸上。再争，反而会弄得一脸的五眉三道。

和 403 的打交道是在一个夏日的夜晚，大约是 11 点左右。姐妹们进了 201 房间，一摁开关，天花板上的白炽灯泡骤然闪了一下，刚把黑夜撕了一条口子，口子霎时间又缝合了，整个房间重新陷入黑暗。——是钨丝烧断了。摸出一个新灯泡，搬来桌子，姐妹们谁也不敢爬上去。无奈之下，刘丹丹想到了求援。她说：大家听我的，穿整齐了，我去找个大哥来，帮咱们安装灯泡。

先敲的是对门 202 号房的门，开门的是个大哥。

大哥并没有让她进屋，倚在门框上，表情疑惑：是对门啊，咋了？啥事儿？

对门两个字，像磁铁。另一个主人公——大哥的老婆也被吸到了门框上，先是逼视着刘丹丹，又扫视着大哥，目光里是不屑和警告。

大哥你好，灯泡的钨丝烧断了，麻烦大哥帮咱安装个新灯泡。

这事啊！晚上不方便，明天吧！

门就掩上了。

刘丹丹只好沿楼梯摸上去，脑子有些乱，竟稀里糊涂越过三楼，直接上了四楼。

敲开的是403号房间。

就是现在这个男人开的门。男人大概四十五六岁的样子，稍胖，有些魁伟，发型很整齐，穿着睡衣。意外和困惑像黏稠的汁液一样在他脸上流淌。但是看得出，他总体上属于那种值得信任的男人。刘丹丹没有敢叫大哥，改叫叔。

刘丹丹说明了来意。403的说，真的是灯泡钨丝断了？

叔，真的。刘丹丹唯恐他又要强调明天之类的托词，赶紧补充说，本想明天白天找人安装，但是姐妹们晚上实在是不方便。干我们这行的，回来得晚，起得早，没有照明实在是不方便。

403的似乎犹豫了一下，立马就答应了。进屋拎了个手电，就跟刘丹丹下了二楼。

让刘丹丹恶心的是，这唯一的一次所谓交道，竟成了403的“教育”姐妹们的一次机会。403的进了201房间。手电光下，是姐妹们一张张淳朴的脸和感谢的目光。众姐妹齐上阵，给他扶好桌子，403的登上去了，三两下就安装好了灯泡。光明在201房间重现，世界因为403的热心帮助而温暖。有个妹妹赶紧给403的砌好了一杯热茶。

403的说，看得出，你们这几个妹娃子都很淳朴的。

刘丹丹说，我们几位都是从农村来的，有陇南的、关中的，还有川北的。

403 的端着茶杯，似乎不准备喝，后来还是品了一口。这一口，似乎多半是为了维护大家一个面子，说，现在社会发展了，农村女娃子出门在外，挣钱的门路很多。

是的是的，叔叔说得很对。大家都附和着。

403 的继续:在外挣钱，要对得住你们的父母，对得住你们的父老乡亲，才刚刚活人，以后的日子还长着呢。

这话就有些重了，言外之意像桌上的暖水瓶一样在那里摆着，咋看咋有，塑料的皮儿，里边却全是水，够你喝一气的。有点像教育课。刘丹丹明白了，403 的之所以比较痛快地答应了安装灯泡，主要目的是借机给姐妹们上螺丝、紧发条。

姐妹们像是被噎住了，啥话都说不出来。

刘丹丹把 403 的送出屋门，发现对门 202 的门轻轻掩上了。202 的那个不要脸的大哥显然是在等待一场戏，一场妓女骗男人上床再逼对方掏腰包的好戏。戏没看成，看他还有啥狗臭屁可放。

一进屋子，姐妹们都在朝门口吐唾沫，是吐给 403 的。

刘丹丹也吐了一口。

刘丹丹说，以后灯泡断了钨丝，咱不找邻居了，咱舍近求远，请酒店掌勺的马师傅来。

从此以后，姐妹们见了 403 的，都昂头挺胸，置之不理。刘丹丹也是。

空气愈来愈糟糕，血腥味填充了所有的空间。刘丹丹终于憋不住了，一扭头，吐了。

403 的又发话了，妹娃子要挺住，尽量不要呕吐，那些东西都是营养物质，你得靠那些东西撑着。感觉恶心的时候，紧咬舌头，尽量把胃里翻上来的东西咽下去。记住！你晓得野外生存训练吗？特殊情况下，自己的粪便、尿液都可以成为延续生命的实物。也许我们的处境还没有到那地步，我们马上会被救出去，但是，我们必须做好最坏的打算。

一想，这句话好像是有道理的。关于野外生存训练的故事，上初中时老师讲过，大体意思是当一个人在某种特殊环境中，食物吃完了，皮带嚼完了，周围的蛇、蚯蚓、树皮啥的都吃完了，实在没吃的了，吃啥？同学们都回答不上来。当老师最终抖出的包袱是吃自己的粪便时，同学们“哗”地乐了，有几个女同学当场吐了，就像刚才的自己。

刘丹丹轻轻点点头，表示认同他的观点，她说，大哥，我记住了。

403的说，记住了就好。403的又说，当初叫我叔，现在又改叫大哥了。

刘丹丹没想到403的会在称呼上较真。她的确是有意这么叫的。403的教她生存常识，她内心感谢，但是她忘不了那次交道。那是蒙在心灵窗口上的一片擦不掉、洗不尽的阴影。这片阴影使她感到压抑，感到堵心，仿佛是一个无法愈合的伤口，更像压在腹部的这块混凝土。

刘丹丹说，刚才忘记了，那还是叫您叔叔吧。

403的说，其实我心里明白得镜子似的，我晓得你在维护自尊，这点，我十分理解。告诉你孩子，不管你们平时在做啥，我都在暗中保护着你们。

你为啥要保护我们？

我农村有个远房亲戚，亲戚家有个妹娃子在外打工，也是在酒店，边当服务员边干三陪，后来被坏人打劫失踪了……到现在生不见人，死不见尸……

怎么又扯到这里来了。刘丹丹不想再理403的。

403的继续着：我看见你们，就……就……唉。有次，大概是深夜吧，我在单位加班回来，看见有个蒙面人在撬你们的门锁，我大喊一声，那个家伙被吓跑了。

这个事情刘丹丹是记得的，那天晚上，她和两个姐妹都听见了撬门锁的声音，她们吓坏了，后来就听见一声大喊：住手——外边传来“咚咚咚咚”的下楼声，贼人显然被吓得落荒而逃。第二天，老板就派人给201房间换了防盗门，是狼狗牌的那种。

一直不知道那一声喊是哪个好心人喊的。

刘丹丹心头一热，谢谢叔叔。其实我晓得，你是个好人。

晓得我是个好人就好。403的说，三年了，住一个单元里，都不晓得你叫啥名字。妹娃子，你叫啥名字？

刘丹丹，甘肃陇南的。

我叫吉国立，这里的老住户，在一家公司当个不大不小的头儿。你不用叫我大哥，也不用叫我叔叔，就叫我老吉吧。我妻子陈娟娟在光明路小学当老师，我孩子叫吉睿，在汶川中学上高中，从年龄上看，他是你弟弟。

这种交代够彻底，够直接。这样的介绍让刘丹丹觉得有些突然，而吉国立似乎并不觉得唐突，补充说，他们你都见过的，出门进门的，只是没对上号罢了。

刘丹丹说，是的，整个单元的人其实都是熟脸。

老吉突然“嘘”了一声，换了个话题，说，仔细听，外边，有人救咱们呢。

刘丹丹的眼前一亮，竖起耳朵，听到的却是浑浊、含糊的风声，风从外边往里挤，在纵横交错的残垣断壁中左冲右突，回旋成一种具有共鸣效果的噪音。刘丹丹说，我咋听不出来呢？

吉国立说，是部队在救援，外边有直升机的马达声，有集结号的声音，有部队战士的口号声，有大型机械发动机的声音。

你怎么能分辨出这么多的声音呢？

我在部队待过，当年，参加过许多抢险救灾工作。

那，我们啥时候才能被救出去呢？

放心，马上会被救出去的。你现在要做的，就是放松心情，心态保持平和，千万不要紧张，不要消耗体力，积极等待。

话是鼓劲的话，听着很振奋。但刘丹丹分明察觉到，吉国立的口气平缓、从容、镇定得有些可怕，口气中几乎感受不到喜悦和兴奋。话只是讲给她听的，情况估计要糟糕得多。想到这里，刘丹丹打了个冷战。

吉国立说，假如，注意我说的是假如，假如你一个人活着出去了，一定要找到我妻子和孩子，转告他们，我吉国立爱他们。

不！刘丹丹拼了命说，你瞎说，根本就没有假如。你告诉我这么多，难道是为了让我捎个话吗？

吉国立说，怎么能没有假如呢?我判断得出来，你除了腹部压的混凝土，没有其他致命伤，而我……

说到这里，吉国立竟然笑了。

听话，孩子！吉国立笑着说。

孩子？一刹那，刘丹丹感觉脑子里轰然一声，他突然想到父亲。她怎么会想到父亲呢？父亲也是爱母亲的，当然，把他们姐妹两人更当成掌上明珠。

刘丹丹的泪下来了。他像父亲一样叫她孩子，他本不该把她称作孩子的。她清醒，他至今认为她是干那种事情的女孩子，他怎么会把干那种事情的女孩子称作孩子呢？她晓得他是在宽容，在尊重，但是，她不需要这种宽容和尊重，坚决不需要，坚决不！不过，一声孩子，她的心有些软了。她发现了他的胸襟、慈善，他本质上是善意的。无论对错，他对她的所有疑惑、判断和引导，其实都闪耀着一种亮色，一种父辈身上才有的亮色。

她还能说什么呢，这里不是争辩的地方，不是讨论真理的地方，真的不是，也不能。

刘丹丹的泪又下来了，无声地，悄然地，默默地。

呜——呜——

那个婴儿又哭了，音色有些变调，纯粹是一种本能的反应。

吉国立的目光再次落到了婴儿的身上。

刘丹丹的目光穿过眼泪，再次落到了婴儿的身上。

婴儿的境遇是个很大的话题了，话题太沉了，压舌头。

3

一如一段生命进入暮年，空间里的光线迅速暗了下来。这是又一个夜晚，不该来，但来了。

睡不着，也没法睡。难挨的饥饿使身体有些发颤。那种具有共鸣效果的噪音始终持续着。刘丹丹现在晓得了，那是人们在救援他们。但是现在看来，是否在救援埋在这幢大楼里的人，不一定了。也许，整个县城的楼房都坍塌了，学校塌了，医院塌了，工厂塌了，埋在废墟中的何止千千万万，那该怎么救援啊?！也许，这样的担心和猜测，在吉国立那里早就有了，他懂，却不说。春夏之交的气候，白天热，晚上凉。凉气像水一样漫过来，刘丹丹感觉自己像是扔到酱油缸里的萝卜，再腌下去，就成了咸菜。

时间像黏稠的汁液，越扯越长，扯到空间里再次能够彼此辨认、辨别的时候。刘丹丹晓得，外边，天亮了。

这是地震后的第三天。每个人都保持了沉默。

突然，伴随着一阵浑厚的轰鸣，刘丹丹又感到了剧烈的摇晃。新的坍塌声、断裂声，像丧钟一样传来，沙砾、尘土急促地往下掉。刘丹丹惊恐得闭上了眼睛。

妹娃子不要慌张，这是余震，会过去的。吉国立给她打气。

刘丹丹察觉，吉国立的发音变化很大，如果说昨天用了七成的力气，如今至少用了十成。时间是什么，是屠刀，是催命鬼，是死神。时间延续到第三天，不到四十个小时，每个人的生命状态发生了很大的变化，随着流血，随着重压，随着饥饿，随着白天的溽热和夜晚的寒气，随着可供呼吸的空气质量越来越糟……

沉默在继续着。

余震，果然过去了，像是一个严重的哮喘病人暂时终止了咳嗽。

沉默和沉默不一样。

刘丹丹察觉到了啥，她试探性地朝吉国立说，叔。

吉国立一声不吭，像死了一样。

刘丹丹努力放大了声，叔——

还是没有反应。刘丹丹的表情有些愤懑，也有些委屈。你咋说死就死了呢，她觉得他不应该就这样死去，这样死去，他一定不甘心的。问题是，她也不甘心，她不甘心什么呢？

她最后一次朝他喊，叔——我不是你想象中的那种妹娃子，我是清白的，我是酒店清清白白的服务员，你，你你你全错了。

吉国立的嘴翕动了几下，气若游丝，似乎在回应。

刘丹丹使劲竖起耳朵，她在努力捕捉这种回应，她似乎听清了。他在说，我……我……我相信！

刘丹丹发现自己竟然笑了。

她笑了，艰难地笑了。

他死了，真的死了。

他死了的时候，她也笑完了。

尽管是艰难的笑，也算是一点小小的灿烂。

就在这时，左上角预制板上趴着的那个男人，竟然苏醒过来。他先是眨巴眨巴眼睛，然后用失神的目光扫视了一周，当他辨清下面活着的人是一个女娃子，竟说了句废话，求求你，救救我！

刘丹丹终于看清了这张脸。是三楼 303 的。

刘丹丹熟悉这张脸，经常在楼道里碰见。平时，她不敢和他打招呼，她从他的眼睛里，总能看到一种说不清楚的东西，这种东西总叫她莫名的紧张。有次在楼梯口撞上，他出，她进。他朝她点头，她只好也点头。他开腔了，你，外地的？

嗯。

你叫啥名字？

刘丹丹觉得他问的有些过了，但是驳不过面子，只好说，刘丹丹。

用得着大哥我的时候，吭声。

谢谢大哥了。

刘丹丹和他搭完腔，也后悔了。

居委会的大娘早就给她叮嘱过，一定要提防着这小子，他是解除劳教人员，是居委会的帮教对象。记住了，对这样的人，我们要尊重，要给他们自尊。

居委会大娘给她提醒的时候，是个午后，很好的阳光，照耀着居委会的门牌。刘丹丹当时就觉得领子里钻进了毛毛虫，有一种透骨的、恐怖的沁凉。大千世界，真是无奇不有啊！小区里怎么会有这样的人呢，多可怕啊！大娘看透了他的心思，说，这有啥奇怪的，劳教人员也是人，劳教完，他们迟早要到社会上来，到老百姓中来的。大娘说话就是有觉悟，张口闭口都是政府的味儿。不过政府的味儿还是管用的，刘丹丹倒是释然了许多。有个道理她是清楚的，村子里许多人家都有狗，路过，只要不招它惹它，充其量朝你吼两声，一般不会下狠口。

后来她才听说，303的是因为盗窃劳的教。303的名字叫赵云逸，很斯文的名字。赵云逸四十多岁的样子，身子单薄得像根柴火棍儿。前几年在国企当工人，多年被评为先进生产工作者，后来企业的头儿因为贪污被抓了，企业稀里哗啦跨得很彻底。赵云逸最初是那种能伸不能曲的主儿，下岗再就业碰了几鼻子冷灰，才彻底抽了底气。人也换了个精神头，立马稀松了。先是屈就着卖了几个月的下岗馒头，觉得丢人现眼，赚不了大钱，就以丰富小区群众的文化生活为幌子，东挪西借筹资开了个麻将馆，实质上是个赌博窝点，被公安堵了几回后，只好再次屈就着在街道上摆摊设点倒卖蔬菜。那年恰逢全县创建卫生城，所有摆摊设点的提心吊胆，生怕被城市综合执法队的卷了摊子，就那样过了一段老鼠躲猫的日子，干脆另闯江湖，搞上了盗窃……劳教后，妻子和他离了婚，带着孩子一走了之。

据说赵云逸从劳教所出来的时候，又像换了个人，脑子好像开窍了许多，江湖上黑道白道都趟出来了。给几家夜总会压场子。压场子那活，只有道上的人才干得了，说穿了，那是被夜总会老板当狗使。工资不高，却管吃管喝，小姐愿意了，还能睡一次两次的。去夜总会消遣的人很杂，各色人等，应有尽有，不排除惹是生非的主儿，但是，只要赵云逸往那里一坐，夜总会保证平安无事。人们倒不怕他这个可怜的柴火棍儿，怕他背后道上的主儿，狗毕竟是狗，就看这狗是谁的。

说起来赵云逸也不像人们想象的那么坏透了顶，他刚进劳教所的时候，县里评选文明楼院，小区就因为他赵云逸而被取消了评选资格。为此，赵云逸还觉得脸上过不去，这至少说明，想当年在国企时的那点自尊心和集体观念，还在他骨子里的某处残留着那么一点点。

赵云逸灰头土脸出来的时候，居委会组织了一帮居民欢迎他。用公家人的话说，这叫给帮教对象以集体大家庭的温暖。

整个单元里的居民上上下下对他都很热情，楼道里撞上了，都要哼哼哈哈打招呼。但是敏感的赵云逸很快发现了热情背后的东西，那是一种看不见、摸不着、需要用心来感悟的东西，这些东西隐藏在邻居们的眼神中、言谈中、表情中，说穿了是一种戒备。

有天夜里，整个单元里跑水了，水沿着楼梯而下，瀑布似的。水是从七楼流下来的，七楼以下各家几乎都进了水。赵云逸在国企当工人阶级主人翁的时候，干过水暖，他马上判断是 703 号房的暖气管漏了，拎了一把扳子就直奔七楼。703 号房主是个独身大爷，他一见是赵云逸，赶紧又把门掩了，顺便把裤子提了提，从门缝里丢出了话，啊啊啊，是小赵啊，谢谢你！稍等一下，我正在厕所解手呢，才解了一半儿。

赵云逸焦急地等了足有两分钟，房门才开了，大爷笑容可掬地把他迎进去，嗲声说，水啊电啊暖气啊啥的，全楼里就小赵你最行！我刚才捣鼓了半天都没有弄成。

赵云逸马上甩开膀子干了起来。都快完活了，他这才回味过来，他在外边等待的两分钟，大爷准是在屋子里转移钱财。

那一刻，赵云逸真想挥起扳子，把管道砸个稀烂，把整个单元来个水漫金山寺。他还是忍了。第二天，楼长给他传了话，说是居委会主任马上要登门向他表示感谢，他不咸不淡地说，就那点小事，不如一个屁，有啥慰问的。

说完锁了门，扬长而去。

赵云逸很快发现，人们对他的戒备悄然体现在了行动上，从一楼到顶层七楼，许多住户都换了防盗门。每次下楼，所有的防盗门仿佛在对他发出挑衅性的微笑，这让赵云逸的呼吸有些急促，他感到浑身的血管都在膨胀。

唯独 201 号房的防盗门没有换，赵云逸晓得里面住着八个打工妹，都是外地来的。他感到有些滑稽，同时感到有些好笑。八个女的，就人多势众了？就可以不换防盗门了？这不是八个打工妹对他的信任，是愚笨，也是对他更大的挑衅。

那天晚上经过 201 的时候，有个念头突然在脑海里一闪。这个念头让他兴奋，让他心花怒放，让他感到有一种难以言说的快意。他转身上楼，从家里攥了一个改锥，下楼，到 201 号房门口，迅速把准备好的袜子往脖子上一套，就对着防盗门的门锁下手，他故意把声音弄得很大，他要的就是这种效果。

果然，楼下传来一声断喝，住手。

他晓得是四楼的吉国立，他晓得吉国立平时准是这个时候回来。

他夸张地跑了，他要让整个单元的空气紧张起来。第二天，他看见几个陌生的装修工在给 201 号房间换防盗门，旧的拆走了，新的安装了，是狼狗牌的。

赵云逸偷偷乐了。他有个恶毒的计划，他觉得这个计划很有趣。等自己哪天有兴趣的时候，他想窜进 201 号房，找其中的哪个女子睡一次，大大方方地睡，当着其他七个女孩子面睡。他坚信她们绝对不敢声张的。匕首往桌上一放，她们谁敢声张？兔子不吃窝边草。哈哈，他偏偏要吃一次。夜总会的小姐他睡过几个，老板同意的，有慰劳的意思。201 的小姐没有睡过，如今睡一次也不晚，他觉得心里有一口气要出，冲她们，也冲整个单元。他早就看准了，有个女娃子，脸蛋很有意思，不晓得叫啥名字，听口音是甘肃的，问过一回了，叫刘丹丹，好，那就朝她下手……

此刻的赵云逸，此刻趴在预制板上的赵云逸，此刻傻子一样呼喊着救命的赵云逸，目光里已没有了那种说不清楚的东西。

这是刘丹丹第一次认真地注视着赵云逸。

赵云逸的目光显得空洞，他的脸朝着刘丹丹，已经无须说啥了。刘丹丹的胸脯仍然半袒露着，其中一个乳房依然如故地在衬衣外挺立。这一切，并没有让赵云逸的眼睛放出光芒。

也许是余震的作用，离赵云逸背部不到半尺高的一块混凝土，突然脱离了依附，马上要掉下来，掉下来……

刘丹丹惊呼，哎——303 的，不，赵大哥，快注意！你顶部有块混凝土，半个枕头大的样子，悬着，要砸到你身上了。

赵云逸脸上的表情却没有什么变化，说，谢谢！我浑身动不了，没法躲。

刘丹丹屏住了气，她惊恐地注视着那块混凝土。

赵云逸认真地问，你……刚才的你，你叫我大哥？

是啊，你就是大哥。

你……你咋晓得我姓赵？

都啥时候了，赵云逸却提出这么一个问题。

刘丹丹说，一个单元楼里，咋能不晓得。

刘丹丹觉得这样的回答未必合适，给人一种他赵云逸臭名昭著的意思，就补充了一句，谁不晓得你是我们单元的大英雄啊，有次全楼走水，是你奔到七楼，抢修好的。

赵云逸的眼睛里竟然有了一丝神采，而且这些神采从眼睛里浮泛出来，溢在了脸上。

谢谢！赵云逸说，真的谢谢！

赵云逸的眼睛里有了神采不算，还释放出一种亮色来。他似乎想表达什么，能看出他很渴望。对这种目光，刘丹丹心里有数，她不怕，也不用怀疑。赵云逸突然吹起了牛：嗨，大哥我想当年……

他吹的是当年在国企当工人时披红戴花的事情。

那块混凝土终于掉下来了，径直落到赵云逸的背部。刘丹丹此刻看到了赵云逸的表情，很痛苦的样子。由于之前混凝土悬得不是太高，下落的时候，显然冲击力不大，但是压力却是有的。混凝土少说也得有二三十斤。

混凝土并不安分，它显然还没有在赵云逸的背部停稳，缓缓向前翻滚，如果滚过肩，就会从刘丹丹左侧上方砸下来，再沿着倾斜物直接扑向刘丹丹……

啊——

刘丹丹惊恐地叫了，她没想到死神会在这个瞬间朝她走来。她绝望地闭上了眼睛。

一秒，两秒……二十秒……刘丹丹睁开眼睛，发现混凝土并没有砸下来。

混凝土翻滚到赵云逸肩部的时候，竟然稳住了。

刘丹丹惊讶地发现，赵云逸早就收回了两条胳膊，交叉着垫在下巴底下，这样，脑袋、肩膀无形中被垫高，形成了一个相对稳固的支点，混凝土被稳稳当当地托在了上边。

赵云逸没有让混凝土砸下来，他用自己的躯体背负着。

刘丹丹感到了惶恐。

她真的不明白赵云逸为什么要这么做，如果真的是为了保护她，这样的结论她一时难以适应。她想让他说出来，她说，你完全可以让它从你身上滚下来的。

赵云逸说，是的。

那你为什么要这么做?

你问这个干啥?

我想知道。

你想知道啥啊，连我自己都不明白。

赵云逸最终没让混凝土砸下来。

命运真是个奇怪的东西。刘丹丹无论如何也不会想到，她的命，最终会掌握在赵云逸的手中。

4

哇——又传来婴儿的声音。

刘丹丹的眼睛睁大了，睁得溜圆，她发现了奇迹。才一岁多点儿的婴儿，可怜的宝贝，不再对母亲寄予希望，他大概是在饥饿后的昏迷状态中醒过来的。他应该是蹒跚学步的年龄，但是环境剥夺了他在人间走一走的权利。他无法走，他爬。他的身上也沾满了血迹，也许是死人身上的，也许是自己哪里被蹭破了。他在残破的砖块、石头上爬啊爬，爬得好艰难，好艰难。这大概是他细皮嫩肉的身躯第一次进行如此残酷的践涉。

小宝贝决然地离开了母亲，他要去哪里呢？

又一个奇迹出现了。本来以为那位年轻的母亲死了，真的以为死了，原来她还活着。

沉寂中，年轻的母亲嘴里竟发出了声音，声音十分微弱，像蚊子翅膀下面发出来的声音，她说，我……我……我的眼睛看不见了，我看不见你们，但是我感觉我的儿子从我身边离开了，谁看见他了吗？

刘丹丹赶紧说，看见了，你的儿子很棒，他在离你不远的地方，玩……玩儿呢。

是玩儿吗？肯定不是，但是刘丹丹说成了玩儿。

……你是二楼的孙大姐吧，要不是六楼的韩妹子？对不起，我……我那天太霸道了……

刘丹丹……

刘丹丹不好轻易否定年轻母亲的判断。只是，年轻母亲提到的那天，是哪天呢？那天发生了什么呢？居然成为她心头的一桩隐事。

刘丹丹说，大姐，大姐……

……

年轻的母亲再也没有了喘声，这次，她准是咽了气。她死前，留在这个世界上的遗言，关键词竟是：对不起。

在人生的生死关头，有必要说对不起吗？而且是对自己的邻居：二楼的孙大姐，或者是六楼的韩妹子。她在临死的最后一刻，把她刘丹丹当成忏悔的对象了。

真正的二楼的孙大姐在哪里呢？真正的六楼的韩妹子又在何方？也许，她们地震前在她们上班的地方，躲过了劫难，也许，她们都死在这个单元的废墟里，也许，她们死在各自的单位了。吉国立说过，这样的地震，后果预料到多惨烈的地步，都不过分。

人和人之间的关系有了疙瘩，有些好解，有些并不好解。一如有些对不起是可以谅解的，有些对不起寻求对方谅解，却难上加难。

此刻，一个鲜活的生命消逝了，却把对不起留下了。

刘丹丹明白了，年轻母亲的一声对不起，一方面是在表达忏悔，一方面是在给离开她身体的小宝贝寻求希望的曙光。只要对方接受了她的忏悔，她心爱的小宝贝就不可能永远在死亡线上挣扎，最终走向不归。

刘丹丹突然回忆起来了。年轻母亲应该是五楼某家的女主人，姓吴，叫吴啥来着，记不得了。听说在哪个私人企业当会计，每天骑着一辆八成新的自行车，早出晚归。刘丹丹突然把姓吴的和五楼对上号，是因为前不久发生在楼道里的一次口角……

小区属于县里比较落后的小区，大多数楼房都是20世纪80年代盖的，算老楼了。自行车棚子不够用，许多住户就把自行车塞进单元楼的楼筒子里。鸟多笼子少。率先回家的住户就占了先，把自行车早早塞进楼筒子。早来的早塞，晚来的晚塞。更晚来一些的就被动了，要么多掏一把力气把自行车扛到二楼、三楼；要么，忍气吞声，把自行车撂到楼前的院子里。撂院子里的自行车极有可能落得某种不堪的下场，譬如运气不好的话，就会被小偷顺手牵羊偷了去，变成战利品。

那次口角发生在一大早。争执双方一开始是吴姓女人和六楼的韩姓女人。争执有些紧锣密鼓：

……

你的自行车被小偷笑纳了，为啥怪我？

昨晚我回来早，明明把自行车放在最里面的，为啥最里面的自行车变成了你的？

我咋晓得？反正昨晚我一进楼筒子，没有一辆自行车，我就把自行车推到最里面了。

你准是为了安全，把我的自行车挪到外边了，把你的自行车塞到了最里面。外边的自行车，可不就被偷了。

楼筒子里每天都塞进来五六辆自行车。既然你认为你的自行车是别人挪到外边的，那个别人，就一定是我吗？

不是你是谁，你的自行车在最里面，最保险。

但是我告诉你，你犯了个常识性的错误，五六辆自行车，推走的推走，进来的进来，谁的自行车都有可能成为最里边的。

啊啊啊，大伙说说，她这是啥理由，她刚才还说把自行车推到最里面了。

争执到了最后，就有些尖锐，尖锐了，就变成了谩骂。

你不要脸。

你才不要脸。

你混蛋。

你才混蛋。

你祖上缺德。

你才祖上缺德。

……

这样的对骂有个规律，由轻到重，由浅到深，这种程度的推进者，也就是主导者，明显就是吴姓女人，而韩姓女人往往是遛着边儿走，吴姓女人加深一句，韩姓女人附和一句。本质上看，吴姓女人始终占上风，韩姓女人不怎么会吵架，像一面鼓，敲一下，响一声。

这时，中路插进了孙姓女人。孙姓女人是看不过了，她为韩姓女人鸣不平：都别吵吵嚷嚷了，什么缺德的话，什么难听的话也能像屁一样放出来，都是邻居，楼上楼下的，这是疯了呢，还是魔了。

听明白了，吴姓女人可是听明白了，指头就指向了孙姓女人的鼻子，你是皇帝不急太监急……

这一下，孙姓女人真的急了。眼看着就要动手。

小区里很少吵架的，动手的事情更少。女人之间的一场争执演化到这个程度，就成大戏了。这时，吉国立出现了，居委会主任出现了，事情才像浸了水的导火线，灭了火星子，才没有发生剧烈爆炸。

现在，吴姓女人已经忏悔了。

韩姓女人和孙姓女人如果还活着，她们肯定听不到了，如果她们也遇难了，能听到吗？

小时候，刘丹丹听老人讲，人死后，鬼魂会从尸体上漂浮出来，被催命鬼领着，先去一个叫望香台的地方，鬼魂在那里不但可以看到自己的尸体，还能看到因他的死去而悲伤的亲朋好友。在那里，死者可以听到活着的人悲怆的哭声、焦灼的呼喊、哀伤的对话、默默的祈祷……最后，鬼魂就不得不被催命鬼领着踏上奈何桥，那是人间和阴间真正的分水岭。过了奈何桥，小鬼会端来一碗迷魂汤让死者喝，不喝不行，不喝，就成了在阴间游荡的鬼魂，不但对己无宜，而且有碍活着的人，活着的人会经常在某个漆黑的夜晚，看到有黑影在窗前一闪而过，或者在某次的梦中，发现自己已经死了，连怎么死的都不晓得。于是，现实中的亲人们，会莫名其妙地犯病、出事、遭遇不测……

如果这个世界果真分为阴阳两界，那么，再假如，韩姓女人和孙姓女人都不在人世了，能听到吴姓女人的忏悔吗？

一种恐怖像电流一样从刘丹丹身上袭过。为什么啊？为什么？听到忏悔的，是我刘丹丹?!

刘丹丹再次把目光落到了吴姓女人的身上。

按年龄，她应该把她叫姐的。吴姐。

此刻的吴姐，身子已经不是扭曲的麻花形，是平躺着，很顺溜地仰躺着，那是一种很放松的、很自然的躺法。她死定了。

你能看到孩子吗?

这是赵云逸的声音。

刘丹丹这才发现，赵云逸的左边是好几层残垣，正好遮住了他通往左边的视线。从他的角度是看不到吴姐的。那边传递给他的所有信息，只是婴儿时断时续的哭声。

刘丹丹说，能，在你的左侧，靠后，斜下方，孩子的妈妈已经死了，就在刚才。

赵云逸说，刚才?我听见那边有声音，但是一句都没有听清。

是的，我就听到她说了一句话。

她说什么了?

她说对不起，是给二楼的孙姐和六楼的韩姐说的。

赵云逸说，那……那，孩子在干什么?

刘丹丹说，孩子在……在……啊啊啊……他……

你怎么了，你发现什么了。

孩子他……他朝我爬过来了。

5

仿佛是个遥远的传说，真的像传说。有这样的传说吗?这个刚刚在人世间度过了一年多的婴儿，在失去妈妈的时候，在百般无望的时候，他朝刘丹丹爬过来了，朝另一个女性爬过来了，朝一个少女爬过来了。为什么，这是为什么？刘丹丹惊奇地看着他……

小宝贝每爬一步，会歇一会儿。他歇息的姿势好可爱，两条憨憨的、胖乎乎的、短短的、肉嘟嘟的胳膊会支撑着上半身，屁股完全蹲下去，脑袋努力举起来。像什么？像一只在沙滩上休憩的青蛙，像一条冬日里晒太阳的小花狗。

大冬瓜一样的身子上套着一件开裂了纽扣的小衬衣，前胸、胳膊上、衬衣上都有血，有干的，也有湿的，显然有蹭上去的，也有自己的。混凝土的断茬和瓦砾，对小家伙来说就是刀子，就是碾子，就是针，是锥，是刺刀，能不流血吗？看不到他的膝盖，那里准是流着血的。

小家伙，一个小小的活着的血人。

刘丹丹看清了小宝贝的眼睛，突兀着，那是肿的，像两个镶嵌上去的乒乓球。乒乓球上有两条绷开的细缝，那是眼睛。看不清眼珠，只看见两条细细的黑。那黑里，是有光的，是目光，目光像是用尺子丈量了，朝一个方向：刘丹丹。

刘丹丹说，快看！看到了吗？小宝贝朝我爬过来了。

赵云逸说，在哪？没有，我没看到，怎么可能呢？

你马上就会看到的，马上。

赵云逸的脑袋微微朝左下方侧了一下。

赵云逸在期待。

刘丹丹说，看到了吗？

赵云逸说，没有……啊啊……看到了……

近了，近了，更近了。

刘丹丹的脸红了，是那种难堪的红。她这才发现，小宝贝的目光始终聚焦在一个地方，这个地方在她的身上，是她身上敞开的胸，是胸前高耸的乳房，是乳房上枣红的乳头。她的乳头像苍茫大海上的一个灯塔，而小宝贝像大海上颠簸已久的小舟。小舟和灯塔之间早就形成了一条天然的、客观的、真理似的路径。

小宝贝爬到她身上来了，脑袋拱到胸脯上来了……

妈呀——天哪——

不是孩子的声音，是刘丹丹。

刘丹丹本来是要拥抱小宝贝的，但是孩子异常的举动太超出了她的想象。突如其来的一切，像突如其来的地震一样，完全出乎她的意料。还没订婚呢，还没结婚呢，还没生娃子呢，自己的身体，自己的乳房这么直接地就和一个毫不相干的婴儿联系在了一起，太可怕了，太恐怖了。一刹那，她生气了，真的生气了，孩子在侵犯她，无视她。孩子一点都不可爱，简直有些可憎，可恨。

妈呀——天哪——

她不由自主地喊着。

刘丹丹想推开他。

赵云逸急了，说，你……你是不是要推开他……别别……别推开他……

不，不，我怕，我害怕。

赵云逸：别怕，他那么……那么小……

不是小不小的事，我……

我理解你的心情，但是……但是你知道吗？

知道什么？

赵云逸说，孩子……孩子……把你当成了妈妈了。

……妈妈。

是，是妈妈。

妈妈啊妈妈！小宝贝把她当成妈妈了。刘丹丹的脑子里一片空白，她不晓得是否该搂抱她，该亲吻他，不！不不不！她做不出来，她的心思乱套了，像一股本来齐整的线，突然揉搓过了，乱了，找不到线头。小宝贝的脑袋继续拱着她的胸脯，拱得很无力，很勉强。——小玉佛，他送给她的小玉佛早被小家伙拱到了一边。后来，再后来，小嘴终于触到了她的乳头，一口就叼住了。这一口很用力，刘丹丹浑身一阵战栗，像筛糠，像扬场，像中风，像打摆子，更像是凭空掉下了一根高压线，带着火星，带着热量，带着摧毁一切的力量，和少女的乳头对接。刘丹丹晕了，是眩晕，是那种酥酥的麻，是那种奇奇的痒。她慌忙看了一眼赵云逸，赵云逸的眼皮耷拉着，并没有朝这边窥视的意思。

她明白，赵云逸在维护她的尊严。

刘丹丹想到了刚刚苏醒过来时反复回味过的那个梦境，梦境中，自己只是个婴儿，是妈妈眼里的婴儿，她多么渴望妈妈的呵护，妈妈温暖的笑容，妈妈一切的一切……那个梦境让她体味到了自己生命初始时的感觉，如今，促成她梦境的婴儿趴到她身上来了。啊啊，梦境中，我是这个婴儿吗？梦境中，那个妈妈就是现在的我吗？

一切都顺理成章着，一切又都乾坤颠倒着。梦境太真实了，现实却有些虚幻。

孩子！

她轻轻地叫了一声，叫了一声孩子。她不想让赵云逸听见，她只说给孩子听，说给自己听了，说给那个并没有消逝梦听了。

……

小宝贝又把嘴伸向另一个乳头，叼住了。

小宝贝突然举起了脑袋。两手撑在刘丹丹的胸脯上，像个小老虎。

他在观察着刘丹丹的乳房，看左边的，再看右边的。他的目光里充满置疑，充满好奇，充满愤怒，充满委屈和失望。他趴下来，开始用小手扒拉乳房，拍拍，捏捏，揉揉……又把嘴伸过去……

他又把脑袋举起来了。

第一次，小宝贝用他眼睛里的光，搜寻着刘丹丹眼睛里的光芒。

他发现刘丹丹高耸的乳房和妈妈膨胀的乳房是不一样的。妈妈的乳房里有她生命的温泉，而刘丹丹的乳房里一无所有。他不再关注乳房，他开始审视着刘丹丹的眼睛。

这是一种可怕的审视，一种被出卖、被欺骗以后的审视。

小宝贝显然在怀疑。

这一刻，刘丹丹的心理有一种彻底塌垮的感觉，像地震后的坍塌。

小宝贝的身子蠕动了一下，他显然做出了一个理所当然的决定。他要从刘丹丹身上爬下来。

他要去哪里？他要干什么？

赵云逸：别别……快，抱紧他，他一定是要到她妈妈那里去。赵云逸突然又发话了。声音像从云端里飘下来似的。

刘丹丹赶紧搂住了孩子。

小宝贝无力地蠕动着。他在挣扎。

赵云逸突然像发现新大陆似的，呼吸也深重起来。赵云逸说，试一试，你……你……的手能够着旁边的鱼竿吗？

刘丹丹这才发现旁边有一根鱼竿。试了一下，勉强够着，说，能。

赵云逸：递给我。快！

你要鱼竿干什么？

赵云逸：你马上就知道了。

刘丹丹一手搂着小宝贝，一手费力地伸出去，终于把鱼竿抓在手中。

赵云逸的胳膊腾不出来，他稍微一个不经意的活动，背上的混凝土就会掉下来。现在，可怕的混凝土瞬间就会赚两条生命。

赵云逸努力固定着胳膊，只用两只手，准确地说用手指头，接住了鱼竿的一头。又把鱼竿掉了头。这个过程，足足花去了二十分钟。赵云逸把鱼竿的一头支在下巴下边，另一头伸过去，越过刘丹丹的头顶，伸到对面的混凝土之间……

啪——

一个东西掉了下来，掉在刘丹丹的身边，是一包袋装的牛奶。

啊啊，你真有办法。刘丹丹激动得有些失声。

赵云逸答非所问，说，知道吗？那次撬你们防盗门的蒙面人，就是我。

刘丹丹：……是你？

……

赵云逸死了，就在这个时候，就在完成巧取牛奶的全过程之后。

他努力把自己死成了一个支点。支点，相对背上的混凝土而言。

面对死亡，刘丹丹出奇地平静了。现在，这个狭小空间里的人：吉国立、婴儿的妈妈——吴姐、赵云逸都死了。死亡的气息到处迷漫着。她孤单，也不孤单，还有一个生命陪伴着她，这个生命像……怎么说呢，像儿子一样陪伴着她，对，是儿子，儿子陪伴着妈妈。

刘丹丹搂紧了小宝贝。刘丹丹的脸上充满了微笑，她说，小宝贝，妈妈找到哺乳的法子了。

刘丹丹真的找到法子了，一如赵云逸在关键时刻找到了牛奶。她用牙齿把外包装撕开了一个小孔，挤出一点牛奶汁汁，涂抹在自己的乳头上。这法子真灵！

刘丹丹一点一点把牛奶汁挤在乳头上，小宝贝一点一点地吸吮了。

这是个漫长的特殊的哺乳过程。

刘丹丹把挂在脖子上的小玉佛摘下来，轻轻地挂在了小宝贝的脖子上，继续哺乳。

在这个过程里，刘丹丹觉得自己是在一个炕上，她和他的炕，大红被，绣花枕头，墙上贴着双喜字儿。这个过程穿越了许多过程，这个时空穿越了许多时空，这个瞬间穿越了许多瞬间。这是一个撒满阳光的午后，她在给她和他的宝贝儿子哺乳。他远在兰州，一定能感觉到的，感觉到她做妈妈时的样子，感觉到她给孩子哺乳时的气息，姿态，动作，神情……

他们的小小男子汉——小宝贝终于满足了，睡着了，鼻孔里发出轻微的、诱人的鼾声。儿子的小胸脯抵着她的胸脯。小玉佛在两个胸脯之间，一种温度在上升，上升。

刘丹丹的嘴唇轻轻翕动着，连她自己都没有意识到，她是在轻吟着陇南山歌。地震前，他在手机里给她唱了，唱得很带劲，很投入，很深情，一字一句，她全记得，她本来要接唱的，还没张嘴，就地震了。现在，刘丹丹拍打着小宝贝的屁股，很轻，轻得很，一下，一下，一下……像是打着舒缓的节拍。陇南山歌像秦岭山上的云彩，从她干裂的嘴唇里吐出来，红一朵，白一朵，粉一朵……

晓得哥想妹妹哩，
喝油不长肉肉哩。
日夜等着哥哥哩，
死了不丢手手哩。
……

后 记

救援人员显然是在发现并开掘出这对母子的第一时间拍摄了这张照片。

照片中的人们在生死关头到底发生了哪些故事，只有那里坍塌的混凝土、弯曲的钢筋、断裂的预制板和大大小小的砖头、瓦砾知道。

许多人都注意到了照片的背景。早上的晨光明丽而柔和，为废墟笼罩了一层透明的光芒。照片右下方的拍摄时间显示很明确：2008 年 5 月 15 日。不难判断，废墟所在地是四川汶川，也就是说，搜救人员是在 5 月 12 日地震发生之后的第三天终于从废墟中把母子扒了出来。

此刻，与这张照片有关的四川汶川地震已经夺去了几万无辜者的生命，截至 5 月 15 日那天，在这山大沟深的西南一隅，大地仍然在春夏之交喘息、战栗，余震在继续，死难在继续，塌方在继续，泥石流在继续……电视里二十四小时不间断地连续播放着成千上万的救援人员与大自然、与死神搏斗的感人画面，镜头里闪现着国徽、肩章和一张张疲惫不堪的脸：空降兵、特种部队、武警、陆军、预备役……医护人员、志愿者……

刘丹丹被认为是婴儿的母亲，几乎成为真理。

2008 年 5 月 28 日于鲁迅文学院高研班，四川汶川大地震之后第十六天。

（载《小说月报》原创版 2008 年第 4 期，先后被《作品与争鸣》《中篇小说月报》等转载）

相思树

1

相思树开始了奇妙的舞蹈，举手投足，婀娜多姿。

初始，当午后的阳光像舞厅里旋转球灯的彩光片儿一样，经过相思树繁茂叶片的过滤筛选，碎细而活泼地在车内飞舞的时候，我还误以为是激情巅峰时刻的奇妙幻境呢。这是从来没有过的幻境。不！不是幻境，是现实。这应该是我们在一起最棒的一次。现实的陶醉，陶醉的现实。

摇晃，震颤，颠簸……

啊啊啊，怎么可能？我的判断立马失效，既不像幻境，也不像现实。不是的！不是平常在一起缠绵的那种。我和龚兆鹏都没有如此超越生理极限的力量。这不是来自我们自身的攻击和陷落。

车体发疯了，像毫无节制的筛子，更像在一个巨大的跳床上做弹跳运动。是地震吗？天哪！真的是地震吗？我终于想到了地震。

常态的生存和生活体验中，我们最容易忽略的，恰恰就是来自大自然的反常脾性。试想，在我们凡俗的生活中，第一时间，我们怎会想到是地震呢？

——是地震。地震的恶魔正张牙舞爪地撕扯着这片古老的土地。

龚兆鹏慌乱中从我的怀里挣脱出来，说，快！快！

我也说，快！快！

恐惧把我从似是而非的温馨和迷醉中拽了回来。我听到了一种类似于轰炸机群飞过的呼啸声，后来我才明白这声音来自大地的抽搐、梗塞、喘息和呻吟。

你一定无法想象我们从车里出来的一刹那看到了什么。眼前的世界把我吓呆了。我们紧紧相拥，根本来不及整理胡乱套在身上的衣服。大山、小车与我们一起颤抖。山下的城市——我们的家园，那鳞次栉比的楼群和房屋，正像积木一样一片片倒塌，倒塌伴随着灰土和尘雾的飞旋、翻卷，在四下升腾、弥漫开来，湮没了街道、广场和公园。对面北山上仿佛正在经受着炸弹的袭击。炸点密布，千疮百孔，硝烟四起。飞扬的碎石，拖着长长的尾巴，狼群一样呼啸着直扑山下的城市……

我俩变成了十足的哑巴。紧紧攥着的，是手，我的，他的。

世界在最不可靠的时候，我们本能地靠近了相思树。相思树和所有的树木一样，像是生命中被强行注入了类似摇头丸的毒品，痛苦地摇摆，从树干，到树枝，到叶片儿。

太不可思议了，一刹那，世界把最陌生、最恐怖的一面，和盘托出。

我和龚兆鹏是上午下班前来到山上的，和平时一样，我们随车带来了可口的午餐和饮料。每次见面都会有赏心悦目的程序。今天中午的程序，从我们喝掉两瓶红酒开始。他轻轻打开了这个激情似火的女人：我。像是探究一个传说中的迷，让我们一起陶醉。

更像打开一部美丽的诗集。我的每一页闪亮光洁的文字都毫无保留地为他眨巴着修长的睫毛，我飘逸的长发和洁白的肌肤写满了他喜欢的诗句。这是在车里，宽窄适度的后座像一张温床，更像一叶泊在湖心岛旁的小舟，承载着一个风光旖旎的二人世界。窗外，山坡上茂密的小草在齐刷刷地吟唱，葱茏的树木拥抱成天然的屏风。车旁的相思树显得挺拔颀长，亭亭玉立，翠绿舒展的叶子把夏日的阳光筛成散玉碎冰，透过车窗玻璃，和我们自由的身体一起在春夏之交的温情里摇曳。

出发前，我给办公室的对桌杨芸芸打了招呼，我说，我出去一下，如果有我工作上的事情，烦劳受理，回头，请妹妹去酒吧。

单位人际复杂，只有死党才会有这种口气。杨芸芸诡秘地朝我笑了笑，说，去吧。从她诡秘的笑里，我的秘密一览无余。

都说相思树是一种太脆弱的树种，它对水分和营养的要求过于奢侈，如果非得把它栽在野外，无异于剥夺它的生存权。事实上，我只在袁黛莉所在的县园林处苗圃基地见过它。当时我和袁黛莉的关系并没有后来那么尴尬。我曾好奇地问过袁黛莉，嫂子，这是什么树苗？怎么没见过。

袁黛莉说，这叫相思树，象征爱情的树，我们刚从外地引进的。

我从袁黛莉的介绍中听出了一种久违的憧憬和诗意。只是，如我这个离过婚的女人，即便够不上人老珠黄，爱情这个东西早就夭折在心灵的墓场荒草萋萋了。我好奇的不是爱情这个生硬的概念而是相思树本身的生活习性。相思树长在我们这里的苗圃，它不会委屈，也不会寂寞。这里有袁黛莉们慈母般的呵护和丰足的营养，似乎没有什么植物在这里可以不无忧无虑地生长。在风靡以栽树作为纪念的年代，我和龚兆鹏之所以选择这种充满挑战的树种，不仅出于对我们感情萌芽的呵护，对感情生命的叩问，更在于感情成长的象征意义，或者为我们感情寓言定义，它使我们约会的理由具象化了，成为一种冥冥之中的吸引和召唤。

可是，你一定想不到，我们只在相思树幼小的生命恢复元气之初浇过为数不多的几次水，因为我们惊奇地发现，我们完全小觑了相思树，在野外，它生命的姿态和原动力比我们想象的要乐观、豁达得多，即便是长期疏于管护，照样容光焕发。它把自己融入生命力极其旺盛的漫山遍野的叫不上名堂的乔木、灌木之间，分明在验证什么叫坚强和实力。它和我们的感情一样生机盎然。

这是一棵不可思议的树。护林员感慨。

那次撞上年迈的护林员纯属意外，我们的车刚刚开到这里，护林员恰恰巡山路过。护林员说，不知道这棵纪念树叫啥名字，也不知道是谁栽的，能长这么好，我没想到。一般来说，这样的树很不适宜于生长在我们山上的，这几年栽树的人爱树的人多了，有许多懂树的义工在维护着他们。这种树，你们小两口也是第一次见吧？

这是我们第一次听别人用小两口为我们的关系定义。老人一定不知道，他这种顺理成章的惯性思维给了我内心多大的甜蜜和回味。老人的话，同时也给我们提供了一种可能，就是说，相思树的生命力，是不是得益于某位义工的精心呵护呢？

我们首先礼貌地回答了老人的问题，实质上是回避一种关联。我说，是的，是第一次见这种树。

龚兆鹏干脆说，我们也叫不上这种树的名字。

面对一位素不相识的长辈，龚兆鹏把谦恭和欺骗同时做到了头。

真是难为了我们，该怎么答复呢？多情的少男少女时代早从黏稠而厚重的岁月中遁去，为人父母的滋味让我们眺望到了抵达中年彼岸的淡定、宁静和曾经沧海般的世俗。相思树啊相思树，相思二字，更像我们心泉里悄然分泌的糖汁儿，如若从我们的口里轻易地流淌出来，会矫情得成为一杯没有颜色的凉白开。

在以后的六年里，我们在相思树下频频相约。偶尔，我会下意识地朝林荫深处眺望，因为是下意识，说不上是期待还是担心，总觉得会邂逅那位未曾谋面的可敬义工。六年了，零零散散见了不少义工，唯独没有发现他们与相思树的某种关联。相思树分明是在自觉生长，无意识地展示着它天然的魅力，一次又一次让我们收获着温馨和感动。相思树的无私和胸怀，冥冥之中坚定了我们的恪守和承诺。尽管，我们早就忘却或者忽略了对相思树浇上哪怕是一杯水，施上一勺肥，驱赶一次害虫。在浪漫和陶醉中，我们其实早就忽略了相思树和义工有什么必然联系，我宁可认为，相思树是用自然和本能的力量为我们而存在。

山上到底有多少纪念树，恐怕连山上的护林员都说不清。能说清纪念树的，恐怕只有栽下纪念树的人。

这是春夏之交五月中旬的正午，相思树一如既往地见证着我和龚兆鹏的相约。但谁也不会料到，此刻，在这里，在周边，一场旷世灾难不期而至。

2

死亡八万人，失踪两万人，伤残十八万人，倒塌房屋……

关于我们这座城市经受的创伤，我无论怎么表述也会显得啰嗦无力，媒体时代让这里发生的一切一目了然。天哪！罕见的八级地震，让活生生的八万人，去了，去了，永远地去了。去了那边。

人们在悲情的诗歌里，把那边称作天堂。

如今看来，我们大脑中不可思议的认识误区，真的到了不可饶恕的地步，总以为对这个世界是多么的了解和默契。你一定想不到地震改变我们乃至世界的手段、方式是多么的干净利落、不讲情面。一瞬间，所有的既定模式会乾坤颠倒，它的威力远远超过了我们心中的上帝。可不是吗？假如，现在聊这个话题只能是假如，假如我那个不要脸的先生邓秉恒和无辜的儿子此刻不是在英国而是仍然和我一样生活在这个西南小城，将面临怎样的生死劫难？如果说地震让许多死亡、流血和伤残成为一种宿命，那么蕴含其中必然性和偶然性的转换是多么的毫不经意而又斩钉截铁。再举个例子吧，不管这个例子恰当与否，但你有一万个理由不得不服从这样一个现实逻辑：如果地震那一刻，我和龚兆鹏不是在山上而是在各自的单位——县邮电局和农业科学研究所，我们还会煞有介事地睁着眼睛，呼吸在人间吗？

那次地震，在邮电局和农业科学研究所上班的大部分职工，都……都没了。

……

灾后大约半个月，交通、通讯基本恢复，我接到邓秉恒从英国打来的电话，他说，茹玫，你好吗？

好。我说。

能听到你的声音，我就放心了。他说。

是吗？我说。

你知道吗？这半个月，全世界的目光都投向了我们的故乡。我的心，都要碎了。他说。

你放心吧，我是幸存者，现在是成千上万抢险救灾志愿者中的普通一员。我就要挂电话的时候，儿子在那边抢过了电话，儿子说，妈妈，我想你！

我哇的一声哭了。半个月来，见多了流血和死亡，我干瘪、灼热的眼睛里早就无法潮湿。但儿子的一句话，竟让我浑身颤抖了起来，我感觉眼睑处还是湿了。我说，宝贝儿，你专心读书，你不是听到妈妈的声音了吗？妈妈活得好好的。

那边，邓秉恒又接过了电话。我不容他继续抒发什么，斩钉截铁地挡了回去，实话告诉你邓——秉——恒，如果不是我和他的感情，不是我和他栽的相思树的召唤和护佑，我也会葬身废墟，此刻，我的声音主要是给我儿子听的，与你无关。

不容邓秉恒有所反应，我连续呛了他两句，第一句：混蛋！

第二句：为了我的儿子，我感谢你！

然后就撂了电话。我是在防震棚里中断这次越洋电话的。成千上万的防震棚，是所有幸存者和抢险救灾人员赖以栖身的场所。我所在的防震棚挤满了表情呆滞的妇女和孩子，没有人在乎我此刻眼泪的颜色和味道。

邓秉恒最后一次给我下达离婚通牒是在七年前，那时候我已经知道他在英国和那个牧师的女儿搅在一起。我去英国探亲的时候，他们只是合作伙伴儿，后来就混得如胶似漆，难舍难分。婚前的所有誓言至此变成了谎言。当爱情在长期的两地分居面前廉价得不如一碟咸菜的时候，我还能相信什么呢？当生活的另一种程序和原则需要我来遵循时，我理智地答应了他的要求。后来又不得不同意送儿子到他那里接受教育。儿子是我唯一的希望，明知儿子离开身边我是多么的不甘，但为了儿子，我又不得不一次次舍弃，舍弃的，其实不仅是儿子，而是我自己，包括我的后半生。

你一定想不到，那个月色惨淡的夜晚，当抢险队员在清理一所坍塌的学校时，我的目光像挂面一样被拉直了。挂面易折易断，见水就会软的。我大脑里死硬地镂刻了一生中见到的最惨烈的场面：几百个穿着校服的小孩子的遗体用塑料布缠裹着，摆放成好几排；摆放成好几排的，还有浸透了孩子们鲜血的书包、脱落的鞋子、帽子、红领巾……

一瞬间，我想到了我的小豹子，我的孩子。

一瞬间，我拉直的目光似乎被风干了，眼眶里没有一丝一毫的水分子。

一瞬间，王八蛋——我的先生邓秉恒生硬而丑陋的影子骤然在我心目中变得无比清晰和亲切起来，这种亲切更像感激、感恩，因为他太混蛋，反而让我的儿子侥幸远离了地震那得意而狰狞的冷笑。

邓秉恒是我当年在省城邮电学院读大学时的同学。他从大三的时候就追我了。当时追我这个班花儿的男生很多。在这个日趋物欲的社会，物竞天择的市场规则让校园爱情早已变得世俗不堪。追我的男士中，有年轻教授、教师，更多的是同级或者高一级的师兄，他们当中，有省市高干、大款的子弟，也有的早在大一时就显现出了卓越的搏击市场潮头的才能，一边求学一边在校外公司中承担各种项目。相对而言，邓秉恒的条件最差，一个下岗职工的儿子，父母都在享受政府的低保。自己的学费都是东挪西凑的。许多同学都见过邓秉恒利用课余在外打工的匆匆身影，记忆最深的，是听说他在校外的餐馆里给人家刷盘子。

在许多同学看来，我是爱情的幸运儿，天生的容貌、气质和知识分子家庭背景，注定了属于我的爱情和未来家庭的品质品相。

四年的大学生活里，我几乎享受遍了省城所有的酒吧、咖啡屋和歌厅。毫无疑问，都是追求我的男士请客。来回多是乘坐出租车，有几次是男士亲自驾车。学校的青年教师，购买私家车早已成为时尚。

并非来者不拒，也不是自己花心。青春期的我，一切为了选择。

说来好玩，最终选择了邓秉恒，其实连我自己都没想到。

不是因为他的诚实勤奋，也不是因为他的不事声张，更不是因为他追求得如何苦。他是唯一没带我去过酒吧、咖啡屋和舞厅的男生。现在看来，首先是他把我吃透了。他懂得雨天的一把小伞、冰雪地里的一次帮扶、寂寞中的一本有趣的书、枯燥日子中的一个神秘的玩笑，如此等等，对我意味着什么。有一次，他乡下的亲戚来学校看他，给他带来了两个好吃的烤红薯。烤红薯只有趁热吃才有滋有味，他送走亲戚后，在第一时间，不辞劳苦地送到了图书馆。当时，我正在图书馆翻阅资料，接过香喷喷的红薯，满屋浓香四溢。

邓秉恒说，吃吧！我知道，你其实最喜欢这个。

邓秉恒说这话的时候，脸上的表情被窗外流淌进来的明丽而清爽的阳光冲刷得干干净净。眼睛里轻轻流淌的，是一种很自然的淡定和宁静。我当然喜欢吃烤红薯，校园里见不到这东西。在这个追求虚荣和时尚的时代，烤红薯在爱情的游戏规则里多么的不合时宜。我常常偷偷溜出校门，到距离很远的小吃摊上去。

现场的许多师兄师妹们都惊愕地把目光投向他，为他的冒傻气，为他的木讷，为他的有些迂腐的真诚和实在。

但我收下了。大家的目光又投向了我。

我收下烤红薯，百分之百是为了维护他的尊严和人格，这比获得烤红薯更重要。从此，我们靠近了。我，一个省城知识分子的女儿；他，一个偏远小城下岗职工的儿子。就这么靠近了。为了爱情，我知道，我的归宿，将不在省城，而是随他去他们的小城——这里，后来发生剧烈地震的地方。

曾经一度，我认为选择邓秉恒当我的丈夫是多么的英明和正确。后来，也就是结婚以后，每次领着他和孩子去省城父母那边。听着厨房、盥洗室被邓秉恒弄出的忙忙碌碌的声响。父亲就欣慰地感慨，孩子，拥有小邓，是你的福分。

每当此刻，我内心就有一段温暖的河流，在幸福地流淌。为我年迈善良的父母，也为我们小小的三口之家。

那时候，出国热像烤红薯的一样弥漫着芬芳，周围的许多同学、朋友都在大洋彼岸杀开了一条血路，把人生的价值和事业的品位推到了巅峰。而邓秉恒似乎对国外传导过来的温度毫无知觉。他只顾了单位那点呆板枯燥的工作，甚至对我们这个小家庭依恋到了盲从的程度。为此，我不断地开导他、启发他，摆出千万种理由鼓动他到国外去。他拥有的专业、学识和别人难以企及的持之以恒和心理素质，完全可以在神奇的异乡拓宽更大的人生空间。当然，不排除我这个自幼生活在繁华大都市的小女子内心小小的虚荣。他在国外的空间越大，我和孩子的空间也就越大。是人，谁不希望让自己生活的空间无限扩大呢?

说穿了，人啊人，到这个世界上来的理由和机会，仅仅一次。这是生活最基本的哲学。

最终，在机场，他朝我和我们的小豹子以及我的父母，艰难地挥挥手。银色的飞机，像一只美丽的天鹅，飞向自己的天空，带走了我们的梦。

出国前的夜晚，没有月亮，温馨的卧室填充着黑暗和寂静，空气凝重得像无边无际的海水。邓秉恒紧紧搂着我，说，我去了，你和孩子要受罪的。

我努力让自己笑了。说，那不暂时的嘛，就看你的本事了。

放心，亲爱的！邓秉恒说，也许，我这次出国的意义，就是我们全家的意义。

这样的对白，至今犹在耳畔。

击破誓言的，与其说是他，不如说是我自己。明知这世间没有后悔药，我却把结婚、离婚的后悔药吃了个够，吃了个饱。那些天，当成千上万的孩子们的遗体一次次扑入我的眼帘。我神经质地又想起了他说过的话：我这次出国的意义，就是我们全家的意义。

我的天哪！你不信，也得信！地震、灾难、流血、死亡，让这句最终成为骗局的谎言重新焕发了生机和活力。

可不是吗？这个王八蛋出国的意义，所有的答案是如此明了：让我们都活着。

这是地震给我的又一生存逻辑和生活体验，它以无比奇妙的、令人难以置信的力量，软化并消解着我对薄情郎的憎恨。

置身残垣断壁中，我听见了来自内心的声音：王八蛋，真的谢谢你！

3

许多人说，地震让眼前的一切都变了。

在我这里，答案只是正确了一半。可不是嘛，也有没变的，你看那树。

各种各样的树，基本没有变，即便是那些随着泥石流而陷入地狱的纤弱灌木，只要有根，他们就会把枝条从泥土里挣脱出来，用生命的绿色证明自身的客观存在。极目四望，青山隐隐，那是因为树。地震唯一奈何不了的生命，唯有它们。面对植物，包括人在内的所有动物，是多么脆弱和渺小。

你看，你看你看！我们的相思树，它昂扬挺立的样子，仿佛是在蔑视地震，蔑视地震的无知、清浅和愚钝。

在感情的层面上，我此刻最有勇气告诉你的，还是这棵相思树。

相思树见证了我和龚兆鹏在地震前的所有的所有。我说过，相思树是我们六年前栽的，也就是说，我和龚兆鹏的关系像这棵树一样，已经生长了六年。

栽下这棵树的日子是六年前那个春天的早晨，我清楚地记得是植树节前后，那时候利用植树节栽纪念树已经很流行了。我们不仅选择了特殊的树种，而且做了很充分的准备。那时龚兆鹏刚刚成为有车族，幼小的树苗和一桶尚未开盖儿的纯净水像婴儿一样安静地沉睡在后备厢里。到了山上，树苗和纯净水见到早晨明媚的阳光和细柔的风，就朝脚下的土地睁开了惺忪的眼睛。自幼从城里长大的我们不懂得栽培技术，都是事前在书本上现学的。我俩在一个酒吧里，把一本《特种树木栽培技术》足足研究了三遍。《特种树木栽培技术》是龚兆鹏从袁黛莉那里偷出来的。

我就直说了吧，袁黛莉，是龚兆鹏的太太。作为苗圃基地为数不多的女育苗技术员，袁黛莉无论理论和实践上都算得上是一位培育树木的巾帼英雄。袁黛莉不可能知道，她心爱的工具书被自己的先生顺手牵羊，并和另一位女人沉浸在酒吧的烛光里。

那天我们栽得很认真。我们先是在山上选了一个通风透气阳光充足的地方，几乎不约而同地说，就这里吧。

这是心灵的默契，那一刻，他的目光和阳光的温度一样，滋润着我浑身的每一个细胞。

龚兆鹏用铁锹挖坑，我轻轻抚着树苗。我一直心甘情愿地接受着他的指挥，举高一点儿，再高一点儿，啊啊，不，低一点儿。

水，是我浇的。

水渗进土里的速度真快。水和土，一种无私的给予和亡命的吸收。

相思树出人意料地茁壮成长。心情充满阳光的时候，我俩都要到这里来，或者周末，或者某一个暖风轻佛的正午。小车就是我们世界的全部，夏日里开空调，冬天里开暖气。有相思树一年四季的陪伴，我们的约会像新鲜的空气和缠绕的青藤，舒畅而富有生机。

那天我们开车下山的时候，大地尚未停止抽搐。盘山公路上不时有飞石砸落下来，路面多有开裂。我们只好中途弃车，像战场上躲避枪林弹雨似的，相互搀扶着一步步往山下蹭，现实的恐惧和生命的未知梗塞了我们说话的勇气，我只记得说了一句话，回去后，赶紧看看黛莉和孩子。

龚兆鹏的嘴唇抖动着，抖出了不多的几个字，他说，我的天！我不知道她此刻是在苗圃呢，还是在家？

这只是他下意识的话，单位也好，家也罢，地震这个魔鬼，它摧毁一切的力量没有任何选择，盲目得像个傻子、白痴、精神病患者。

袁黛莉遇难了。我前面说过，我老家在省城，交通和通讯的中断使城里城外像失去信息知觉的混沌世界，地震是否波及省城我无从知晓，当险情朝我们的城市肆虐的时候，我首先想到的是龚兆鹏的太太袁黛莉，我不知道这样的想法是否虚伪可耻，但这是事实，我的确想到的是袁黛莉。但她还是死了。

幸运的是她正在上小学的女儿龚晓岚还活着。

女儿晓岚只是被困在几截混凝土倒塌形成的三角形空隙之间。有外伤，但不重。晓岚从废墟里被解救出来的时候，向抢险的士兵哀求，求求你！叔叔，救救我的妈妈！晓岚哪里知道，她亲爱的妈妈早已在去天国的路上，怎样的走法？怎样的一步三回头？我不敢想。

据晓岚后来讲，地震前，她有点小感冒，是否去学校一直犹豫不决。后来妈妈觉得没什么大不了的事儿，又果断决定还是去学校，晚上回来再去医院看看。这样一磨蹭，迟到是肯定的了。妈妈匆匆忙忙收拾完碗筷，把剩下的那份饭菜——就是属于龚兆鹏的那份轻轻搁进了冰箱。当时晓岚就赌气说，妈妈，今后别给爸爸做午饭了，他不回家吃饭，也不提前给您来电话。

妈妈说，不能怪爸爸的，他提前来过电话的，只是我已经把肉和菜买好了。

晓岚说，您总是迁就爸爸，爸爸不回家吃饭，不止一次两次了吧，我爸爸是个不吃剩饭的人，每次他回到家，都得您给他重做，而剩饭，全让您吃了。

我的傻闺女，爸爸不是工作忙嘛，他现在应酬多了。

只有我和龚兆鹏心里最清楚，晓岚的质询和妈妈的释疑，只是问题的表象，根本的答案全部在我和龚兆鹏这里。平时，在凡俗的工作中，我和龚兆鹏难得有整块儿的时间供我们相约，时机对我们来说总是突如其来。一旦逮住时机，龚兆鹏会在第一时间给袁黛莉打电话：亲爱的，午饭（或者晚饭）就不回家吃了，又有应酬了。

晓岚告诉我们，地震发生的那几秒钟，妈妈像母兽一样大吼了一声，岚岚，是地震，快快！然后一把把晓岚背上的书包撕扯下来，拽了晓岚的胳膊就想夺门而出，但是房门已经在开裂墙体的挤压下变成了一堵木质的死墙，母女俩拽了好几下，都没有成功。房间的摇晃更剧烈了，一块天花板轰然一声坍塌了下来。呛鼻的灰尘和土雾瞬间弥漫了整个世界。随天花板一起砸下来的，还有楼上的田奶奶和他们家的小花狗。田奶奶从掉在厅里的那一刻起，除了血，没有任何声音。而小花狗迅速翻转身，瘸着一条带血的腿，像疯子一样狂吠着，从灰尘中钻出来，蹿上窗口，一跃而出。那可是六楼啊，等待小花狗的是什么，可想而知。

别！别别！岚岚，不用跑了，快钻厕所。妈妈吼叫着，用母兽才有的力量把晓岚拽回来，一把推进了厕所，几乎在同时，厕所的墙体挤压了过来，把母女隔到了两个正在分崩离析的世界。

妈妈朝厕所狂吼，岚岚，紧紧抱住下水管道，蹲下！

随即发生的一切，我不想再描述了。关于坍塌和生命的关系，我脆弱的文字实在不敢触及。那些天，也就是地震刚刚发生的一两天里，从全国各地赶来的大规模的救灾队伍尚未完全进入灾区，我们这些幸存者，都很自觉地加入到了灾后自救队伍。见到晓岚，是抢险部队进入灾区不久。我们这些非专业抢险人员才算松了一口气。我和龚兆鹏是在一个帐篷里见到晓岚的。当时，不到八平方米的小小的帐篷里安置了十多个孩子。

我紧紧地搂住了晓岚，灼热的眼睛里真的来了眼泪。

你别碰我！晓岚一把推开了我。

我的心一紧，知趣地松了手。我看了龚兆鹏一眼，我希望从龚兆鹏的眼睛里看到对我的宽慰，让我或多或少找到一点自尊，没想到龚兆鹏的目光是空洞的，空洞的眼眶里有一股冷飕飕的风旋风一样刮了出来。

你给我滚！这是龚兆鹏的怒吼。

一开始我不敢相信自己的耳朵，让谁滚？是让晓岚吗？当然不可能，难道是我？

还真是冲我来的。我看到了龚兆鹏眼睛里由旋风变成的火焰，从来没有过的火焰，熊熊燃烧着，像是烧出了血，和废墟里流淌的血一样鲜红的血。

龚兆鹏一把把晓岚拽了过去，搂到了他的怀里，呜呜呜地哭了起来。

爸爸，不要哭了，不要哭了爸爸。晓岚反而劝说爸爸了。

我转身就走，按龚兆鹏的说法就是：滚。

决定来得突然，犹如迎头一记闷棍，让我晕头转向。我不知道此刻该去哪里。连日来在废墟上的奔波劳累，我已身心疲惫。太累了！灾区的食品、饮用水供应捉襟见肘，弥足珍贵。即便胸腔里火山爆发，也不敢轻易把一瓶小小的矿泉水一次性喝掉。那些日子，谁拥有一块面包，或者一瓶饮料，就是富翁，就是财富的象征。身累，心也累。我只感觉我的脚在走，在遍地的瓦砾中一步步往前挪。空气中弥漫着刺鼻的来苏等各种消毒液的味道，灾区的沉闷和压抑因为抢险救灾人员的增多，转化成为一种另类的喧嚣和嘈杂。四面八方的废墟先是像沦陷区，如今又像是解放区，彻底被带着大口罩的士兵占领。运送遗体和伤员的车辆，一辆接一辆，缓缓地往指定地点移动。越来越多的大型挖掘机、铲车开进了灾区，马达的轰鸣声一阵紧似一阵。训练有素的警犬，在废墟上时而伸长鼻子嗅寻，时而机动灵活地转移视线。生命探测仪的指示灯，带着人们的期盼和渴望，在混凝土和钢筋之间闪闪烁烁。抬担架的人员很杂，有士兵、有医护人员，也有来自天南地北的志愿者……

后来我才发现，我的脚步是有方向的。因为我来到了山上，来到了相思树下。是直觉给了我方向和目标。

直到相思树那熟悉而亲切的身影进入了我的眼帘。我才大吃一惊。

我哭了，泣不成声。我的手轻轻抚摸着树干上那略微有些皲裂的皮肤。我感觉我的嘴唇抖动着，却不知道要表达什么。我的手已经给相思树说话了，以抚摸的方式。我感觉树身冰凉，一种从来没有过的奇异的凉。

一种牵挂，从来没有如此的强烈。我想起了远在省城的父母，明知这些天手机一直没有信号，我还是忍不住拨了过去。我的天！谢天谢地，通了。我的第一句话就是：爸爸妈妈，你们好吗？我，你们的女儿，好好的，放心！

电话那头，一片悲声。我知道，他们这是喜极而泣。

我这才知道，这次大地震，也波及了省城，不过省城的震级很小，也就是二三级。有震感，但基本没有造成人员和财产损失。

茹玫……对不起！

有道歉声，离我是这么近，不是通过电话传过来的，是通过温暖的风，包括呼吸带来的温度。

我的心颤了一下。转身，是龚兆鹏。他已经从后面轻轻地抱住了我，熟悉的双臂，轻轻揽在我空旷的胸前。他的两只手都没空着，一只手里，紧紧捏着一小块面包，另一只手里，紧紧攥着半瓶矿泉水。

是我错了。龚兆鹏说。

我还能说什么呢？我没有力气回应他，只把目光投向山下。山下的城市，满目疮痍，像一个正在拆迁的大工地。甲壳虫一样的机械、车辆和蚂蚁一样的人群，在蠕动，在奔走。

我还是说话了。我说，怎么就你一个人？晓岚呢？

晓岚被医疗队接走了，你知道的，她尽管受到是轻伤，但是心理的伤口，很大。她妈妈，黛莉，永远不会回来了。

4

地震后的前几天，龚兆鹏是在家属楼的废墟下度过的。我没有去陪他，也不敢去陪他。当时我正和单位的幸存者一起配合临时组成的抢险队在另外一堆废墟里救援。我知道此刻能给龚兆鹏力量、勇气和坚强的人，除了女儿，那就是我。

没有什么灾难像地震那样让人无助、无奈、无可适从。平时，面对困难和逆境，投亲靠友是一个高频率的温馨词汇，而今，这个词汇奢侈得像透进废墟里的一丝光亮。煤、水、电、食品等日常生活必需品仿佛在人们的视野中集体蒸发，通讯、交通的彻底瘫痪让人们失去了所有的方向。遇难者在地狱里永久沉默着，伤残者在废墟里痛苦呻吟，而所有的幸存者，无时无刻不在面临着饥饿、寒冷、疫情的威胁。威胁幸存者的，还有不间断的余震。

此刻，我是多么希望和龚兆鹏在一起，一起呼吸，一起搀扶。

但是我不能靠近龚兆鹏家那座家属楼的废墟，废墟里有他的妻子袁黛莉。无论活着还是逝去，靠近，都是最愚蠢的选择。

我完全可以想象到，龚兆鹏在家属楼废墟旁的所有期待，是怎样的心理状态。女儿被抢救出来的一刹那，悄无声息的混凝土下面，妻子生命的消失已经成为可能，或者成为必然。因为地震发生时，尚在这幢家属楼里的人，除了极个别，大多数当场遇难。后来见面，我看到他的手和我的手一样，全是血泡。面对钢筋水泥的冰冷和淫威，手，其实是最无能的。但是面对废墟，面对无望，面对渺茫的期待，我们往往会把自己的手，在第一时间伸进钢筋水泥虚设的希望里。那些日子，没有多少幸存者的双手是完好无损的。把自己的手伸出去，就是拉生命一把。凭良心，甚至凭本能和直觉，哪怕，拉住的，仅仅是一把土，一把灰，一把血，一把空气。

袁黛莉的遗体是第四天被匆匆赶来的专业抢险队员挖出来的，有三块断裂的混凝土呈交错的方式死死地挤压着她，坚硬的钢筋嵌入了她的肋骨……具体的状态，我就不细致描述了，需要补充的是，她的嘴张着，大约在生命的最后还在朝女儿吼叫。再需要补充的是，她的左手里，紧紧地攥着女儿的书包带，仅仅……是条带子。

这些，都是我听抢险队员说的。按理，龚兆鹏了解得最多，但他没告诉我，哪怕一个字。

在这里表述这一切，我不是为了寻找生命和人性的感动。关于灾难中的人性底色和大爱火花，相信你通过媒体感受了不少。我要说的，是我自己。我灾后第九天独自去过那片废墟。废墟下面的遗体、遗物已经清理完毕，残垣断壁经过挖掘机、铲车、钢钎、铁锹的层层梳理、剖析和破解，已经失去了峭立、突兀的状态，像从茫茫戈壁滩上截取的一部分，呈丘陵状态，坡势舒缓而宁静。

我默默伫立了一会儿，恍惚间，我惊讶地发现，有个人影从废墟里像炊烟一样袅袅升起。

啊啊，天哪！——是袁黛莉。

我拼命摇了摇头，我知道这是幻觉。死难者与人间分道扬镳，活着的人最难以忍受的是心灵、情感、精神的折磨和煎熬，许多精神恍惚的幸存者，都声称在某个时间段听到了来自死者的某种呼喊。或者一转身，突然发现死者一如既往的身影和面孔。在灾区，在阴阳两界，一切都变得扑朔迷离，一切又那么的不切实际。灾区的幸存者，许多人曾有过这样的幻觉。就在先一天，具体说在我们小城最大的居民聚居区——盛源小区的废墟旁，有位七十多岁的大爷，突然从帐篷里踉踉跄跄地冲出来，发疯似的扑向废墟，嘴里玩命地喊，我看到儿子了，看到儿媳了，看到孙子了，我都看到了……志愿者和医护人员赶紧追了上去。

据说，他的大儿子、小儿子、大儿媳、小儿媳以及两个正在上中学的孙子，全部遇难。地震的时候，老大爷正在广场遛狗。家族里活下来的，仅老大爷一人，连随身相伴的狗，也被一块从天而降的砖头夺去了性命。

我猛烈地摇着头。真灵，袁黛莉立马就不见了。

我仍然感到了恐惧，不是为幻觉，而是为自己。即便是幻觉，见见也好啊！地震欺骗了人们对大自然的信赖和无妨，我自己欺骗一次自己又何妨呢？我已经不再摇头了，但袁黛莉再也没有进入我的视线。

我迅速离开了废墟，但突然回忆过来，刚才，袁黛莉的表情，是笑着的。天哪！她为什么会笑呢？明知道她的笑是我的幻觉赋予的，我还是感到了恐怖。

后来，我听人说，业务熟练的专业救援队在废墟里掏挖遇难者遗体的时候，曾力劝龚兆鹏离开现场。我很理解救援人员的良苦用心，是担心龚兆鹏无法接受那个基本已知的结果。多日来，我曾多次见过救灾现场这样的镜头：刚刚确定了遇难者遗体的方位，施工人员正在现场紧急研究挖掘方案呢，得悉信息的亲属们就玩命地扑了上来，他们趴在混凝土的断裂处，呼喊着、挣扎着，但面对生铁一样坚硬的层层重物和寒冰一样凝固的重重断壁，他们不但束手无策，反而客观上阻碍了救援队的行动。有些比较明智的亲属，在志愿者或朋友的陪伴下，相互搀扶着，用双手紧紧捂住狂跳的胸口，眼睛一眨也不眨地盯着抢险现场，一旦有遗体被找到，这才蜂拥而上……

幸存者也在侥幸地渴望类似这样曾经耳熟能详的奇迹：他们在一片废墟旁望眼欲穿，没想到亲人自己风风火火地找上来了，完整无损地出现在身后。原来，地震那阵，亲人并没有在房间里，恰在水塘边钓鱼呢。

我的同事——杨芸芸的前夫董亮程逃生的故事堪称传奇。地震的时候，他正在单位的楼梯上行走，手拿着给领导报送的文件。癫狂的大楼让他站立不稳。面对地震，楼梯成为整个大楼最脆弱、最薄弱的软肋。他刚刚反应过来的时候，头顶以及脚下的楼梯几乎同时崩塌。他被高高抛起，又被重重摔下。从二楼摔到一楼，又从一楼摔向地下室——奇迹恰恰就在这里，受过国防教育的人都知道，和许多大楼下坚固的地下室所具备的功能一样，那是防空用的，平时大都做了职工的活动室。当时地下室厚重的铁门正好洞开着，中午同事们练过体操的高弹力海绵垫子尚未完全撤掉，似乎特意敞开怀抱迎接着董亮程的飞跃而下。几乎在同时，头顶上楼梯坍塌的轰鸣声排山倒海般地传导到地下室，呛鼻的灰尘从地下室门口席卷而入。董亮程迅速爬起来，摸着黑，沿着地下室的通道爬了出来。眼睛有些模糊，一抹，是血。但是他知道，自己活着，完全活着。

这一切都是董亮程亲自告诉我的。这次地震中，他父亲被压死，母亲侥幸活着，却失去了两条腿。他找到我第一句话就是，芸芸她，没事吧？

芸芸，既我的同事加好友杨芸芸。董亮程和杨芸芸的婚姻比我的还要糟糕。也不知道咋搞的，董亮程和杨芸芸离婚都三年了，至今两人都没遇到更合适的。为了让他们夫妻破镜重圆，双方单位领导出面撮合了好几次，均告失败。

我说，芸芸没事，我们单位的厕所坏了。地震的时候，芸芸正好去了前院，你记得吧，就前院那间厕所，是平房。平房只是裂了很大的缝儿，幸好，没塌。

啊啊，太好了！她活着，就好！董亮程说。

婚前，董亮程和杨芸芸之间谁是谁非，我无从知晓。但是这个死里逃生的男人到我这里打听他曾经的妻子杨芸芸，我心里或多或少还是有点感动。

我想起了远在异乡的邓秉恒，这个让我不愿意想起的家伙。

连我自己都懵了，人啊人，在灾难面前，所有的情感，是有序了还是无序了？是整齐了还是乱套了？是原则了还是随性了？连我自己都说不清楚了。比如我，一个同样死里逃生的人，此刻，怎么会想到邓秉恒呢？他和我有关系吗？

在这个劫难中的城市，如今唯一和我有关的，是龚兆鹏。

我说过，那些天，龚兆鹏始终没有离开深埋着他妻子袁黛莉的救援现场，他非得亲眼看看袁黛莉，或者是活人，或者是遗体。期待袁黛莉的生命的复归，肯定无望了。在现实面前，谁也无法否认耳闻目睹的生命经验和教训，以及生命探测仪的科学测试和数据分析。

但我相信，龚兆鹏一定看到他的妻子了。

那几天，我和龚兆鹏没有任何联系。手上的血泡也越来越多，忘了疼。

从内心，我在祝福，祝福他们两人在阴阳两隔中的相聚。我知道祝福两个字用在这里并不恰当。但你想想，此刻，还有什么词，可用？

地震，让人间的所有语言，黯然失色。

5

我告诉杨芸芸，董亮程活着，他得知你好好的，才放心了。

其实董亮程并没刻意强调让我转达他对杨芸芸的关注，但我觉得有必要把董亮程的关注传递到杨芸芸这里。杨芸芸只是淡淡地说，我知道的，他活着。

杨芸芸补充了一句，只要活着，比啥都好。

这是一句并没有多少哲理的话，我瞬间却惊呆了。这话我说过，龚兆鹏也说过的。是在相思树下，拥有了龚兆鹏，我的工作不再枯燥乏味，日子不再凝滞如泥，具体说，六年来，我觉得自己是在鲜亮地、有品质地活着。有一天，我俩在相思树下的车里相聚，龚兆鹏轻轻地捧着我的脸，说，茹玫，你说，此刻，什么最好。

我说，活着最好！

龚兆鹏说，你答对了。

一问一答，说是这么说，但是，这样的问题和答案，放在地震前和地震后，所有的感觉、体味和心得，是截然不同的。

现实如此残酷无情，关于活着的所有答案，袁黛莉不会知道了。因为灾难，一切，她无从重新体味。

和袁黛莉的相识、相知，是十年前的事了。接触袁黛莉，是从接触她的丈夫龚兆鹏开始的。和龚兆鹏的相识很简单，就这么一个小城，就这么一些党政机关、企事业单位，就这么一些芸芸众生。结识一个陌生人，往往会意外地发现陌生人其实或许和自己的朋友、同事或者同学早就是朋友的朋友。和龚兆鹏的相识源自一个朋友的饭局。至少，当时他的谈吐、举止不让我反感，至少，他开阔的思路、睿智的思维和男人堆儿里难得一见的幽默，使我毫不犹豫地把坦率、真诚摆到了桌面。他要我的手机号码，我一个数字一个数字地读给他，他储存在了手机里，又打过来，我没接，按照显示，把他的号码储存了。

哈，茹玫，这个名字不错，很古典的。他说。

你的名字也古色古香啊，一个兆字，一个鹏字，多文化啊！我虚张声势地说。

还是你的名字儒雅，我的名字嘛，算不上古典，只是传统一些罢了。

这就是我俩初始的对话。像一缕清风，或者一抹花香。

后来有一次，龚兆鹏夫妇为宝贝女儿庆贺生日，是家宴，宾客中，有我。我是带了先生邓秉恒去的。那天大家都很高兴。让我感到意外的是，那天在厨房里忙碌的，竟然是大男人龚兆鹏。龚兆鹏的厨艺堪称一流，凉菜热菜比例适中，荤菜素菜搭配均匀。什么清蒸鲑鱼、蘑菇炒肉片、干煸鱿鱼、腰果虾仁、麻婆豆腐、香菇油菜、西红柿炒雁蛋……荤荤素素，花花绿绿。

从厨房到餐厅，龚兆鹏乐呵呵地往来穿梭。偶尔，袁黛莉才会帮他一把，比如去冰箱里取红酒、啤酒、饮料、酸奶什么的。

我本来想给龚兆鹏帮厨的，但这样的想法稍纵即逝。因为我发现了袁黛莉的不一般。袁黛莉显然早已习惯了这种由男人主厨的家宴模式，习惯了作为高贵女主人的身份。连女主人都不见得有下厨的意思，我一个造访者，多此一举干吗。

袁黛莉比我要漂亮，真的。女人对同类的审美难得实事求是，但我从内心折服了袁黛莉的魅力，真的！是实事求是的那种折服。这是我们的初见，也是第一印象。

那天的袁黛莉，身着浅红色紧身无袖连衣裙，款式新颖，做工考究。从窗外流淌进来的光线，轻轻地，在她身上浮泛起一层高雅的迷离。发型显然是刚刚做过的，头发井然地盘起来，自然而蓬松，几乎看不到摩丝加固的痕迹，轻描淡写的眼线薄而淡，与肤色相得益彰。看得出来，这是个很懂得审美和生活的女人。这也符合她的职业，作为一名合格的园艺师，美，是渗透在骨子里的旋律——如果，当时我想，如果她纤细的手指之间，再夹一支摩尔牌香烟，简直就更完美了。

聊天中，才知道袁黛莉本是抽烟的，只是在女儿生日的场合，她临时取消了这一事关女人优雅品质的重大项目。后来我才知道，袁黛莉是一位领导干部的女儿，是领导干部首先看上了普通市民的儿子龚兆鹏。龚兆鹏的厚道和笃实，意味着女儿终身的可靠和安稳。据说当年追求袁黛莉的男士很多，其中不乏强于龚兆鹏的风度翩翩之士。袁黛莉在婚姻的寻找上之所以服从了父辈给她预设的逻辑，想必是更能从龚兆鹏身上保持自己的尊贵和尊严。

但我没想到袁黛莉会给我撒泼。

那是七年前的一个上午。我正在上班，门开了。袁黛莉当着科室同事的面，指着我的鼻子，骂，你真不要脸！

我当场就懵了。但是，本能提供了我带有防御性质的反击，我说，嫂子，你怎能张口就骂人？这不是你的做派啊！

茹玫你别装洋蒜了！把我逼成泼妇的，是你。

我心里暗暗叫屈。其实那时我和龚兆鹏的关系并没有发展成为现在这个样子，当时只是觉得认识了，相知了，彼此有聊不完的话题，相处很有趣味。如果说见面，充其量也就去过两次酒吧。我们相处更多的时间，其实是在网上。我们在 QQ 聊天室里加了彼此，我的昵称叫繁华落尽。离婚后，繁华落尽，正是我所有的心情。龚兆鹏的昵称叫孤帆远影。从他的昵称里，我感觉到作为一个男人内心的孤独和无奈。龚兆鹏是搞设计的，经常把业务带到家里，习惯了夜猫子式的工作方式。于是，每当子夜时分，两个既真实又虚无的我和他，在明亮的台灯下，就着窗外满天的星斗，开始了我们的另一种生活。

繁华你好，你并没有落尽，你仍然繁花似锦。他说。

孤帆远影你好，今夜有我，世界已经被我们拥有。

……

我判断，一定是我和龚兆鹏在QQ里的聊天内容，被袁黛莉发现了。后来龚兆鹏痛心疾首的自责证明了我的判断，原来，有天凌晨下QQ前，他这个马大哈忘记了关电脑……

从根本上讲，袁黛莉小题大做了，她的上纲上线，反而让我和龚兆鹏的关系由正常交往变得暧昧，加速了彼此心灵的靠近。

袁黛莉大动干戈那天，我的好同事杨芸芸帮了大忙，是她把袁黛莉连劝带哄打发回去的。杨芸芸为我鸣不平，说，茹玫，袁黛莉这样的女人真是少见，我如果是你，非得把他先生夺过来。我当时只是委屈得偷偷啜泣，什么话也不想说。我了解杨芸芸。杨芸芸说的不是气话，她是个敢说敢干的女人。她和董亮程的关系，曾经是那么的和谐美满，令人羡慕。真可谓清官难断家务事，她说离就离了，离得不共戴天，水火不容。她曾咬牙切齿地给我说过，哼，这个董亮程，假如有一天，我路遇一场车祸，而遭受不测者恰恰是他董亮程，我保准连看都不看一眼。至少，第一个拨打120的，肯定不是我。

杨芸芸是杨芸芸，我是我。

因了那次实在没有根由的曝光，我和龚兆鹏在各自的单位毫无例外受到了批评，重要的是背负了人们许多说不清楚的眼光。龚兆鹏即将到手的科长位置，也静悄悄地旁落。代价是惨重的，我不知道该怪我自己，还是怪龚兆鹏，抑或怪袁黛莉。除了委屈，我主要觉得对不起龚兆鹏。QQ是上不了，小豹子也去了国外。一个阳光明媚的假日，我从商场里给龚兆鹏挑选了一件驼色的外套。外套款式比较传统，却大方得体，做工也精细。我生日那天，我给龚兆鹏发了短信，龚兆鹏来到了我家里。自打邓秉恒和儿子先后离开后，这个屋子里第一次有了男人的气息。我亲自下厨做了几个菜。龚兆鹏要帮我，我没让。我让龚兆鹏安静地坐在沙发上看电视，或者翻杂志。我沉浸在一种莫名的幸福中，我通过忙碌，通过付出，通过锅碗瓢盆，通过油盐酱醋，来感受这种幸福。

你做的菜，真香！龚兆鹏说。

你才做得香呢。我说。

你知道吗？茹玫。龚兆鹏说，我第一次吃一位女人给我做的饭菜。

一个男人把话说到这份上，我发现我的眼眶无由地滚烫，我知道，该使劲让自己忍一忍，否则，泪下来了，不好！

兆鹏，我对不起你！拖累你了。我说。

你说哪里话啊，茹玫。和你在一起，我才感受到了一种属于我的新生活，人，是为生活而来的，我之前的生活怎样，你是明白的，我相信你的聪明。龚兆鹏说，生活中没有你，我会压抑的。

那一夜，龚兆鹏就住了我家。这是我和龚兆鹏的第一次。上床前，我挑选了最精美的夜装，就我喜欢的那种，达吉斯紫色款文胸，底裤蕾丝妆饰，橘黄真丝睡裙，灯光里，裙摆摇曳，丝滑入水，款款流溢出深情一片。

我们是第二天上班前才起的床。我把准备好的外套递到龚兆鹏手里，说，以后，自己把自己在意一些，别不在乎自己了。我知道，咱们，这是第一次，也是最后一次。

不！龚兆鹏疯狂地拥吻了我，最后说，茹玫，这仅仅是我们的开始。

袁黛莉一定后悔了。她一定知道，因为她毫无顾忌地撒泼，在单位同事那里，龚兆鹏早已失去了男人的尊严。作为一个事业型的男人，科长位置的旁落，意味着前程路上栽了个大跟头，未来的发展，荆棘丛生。

袁黛莉的心理发生了哪些变化，我无从知晓。但有一点我不是感觉不出来。龚兆鹏变了。袁黛莉忏悔的方式，从龚兆鹏身上立竿见影地显现了出来。龚兆鹏的外套、毛衣、围巾、领带的款式、品牌比之前丰富、时尚了许多。也就是说，袁黛莉不仅仅在乎自己，开始在乎自己的丈夫了。

听龚兆鹏说，袁黛莉也开始学习做饭了。

只是，袁黛莉一定没想到，我和龚兆鹏的心再也没有分离。我们决心用栽相思树的方式，为我们的感情奠基。

树苗是龚兆鹏从袁黛莉那里争取来的，理由是为单位的园林化改造锦上添花。袁黛莉告诉过龚兆鹏，离开苗圃的相思树，仅此一株。

我有时也会推测，袁黛莉，她知道我和龚兆鹏的关系发展了吗？

那天，也就是我离开曾经剥夺了袁黛莉生命的废墟的时候，我忍不住说了一句话，我说，嫂子，我和兆鹏，已经六年了，有相思树为证。嫂子，我不是来给你道歉的，但我还是要说声，嫂子，对不起！

连我自己都不知道为什么要如此表白，明知道这样的话是残酷的，六年的时间段也是残酷的，我们的关系对她来说也是残酷的。但是，我说了。

即便真的有在天之灵，袁黛莉一定也无法想到我和龚兆鹏真的走在了一起，她更无法想到山上有一棵相思树，既是我们感情的纪念，也是我们感情的精神源泉。

6

在我看来，一份情，用漫长的六年来保持、坚持，如果没有爱的力量支撑，几乎是不可能的。但是，现实就是这么残酷，我不可能成为龚兆鹏的妻子，龚兆鹏不可能成为我的丈夫。我们无法拥有一份我梦想中的婚姻，我们只能，只能共同拥有一棵相思树。

相思树，那毕竟只是一棵树啊。多少次，我潸然泪下。

如果不让婚姻成为梦想，除非，龚兆鹏和袁黛莉的婚姻走向尽头。那么，我有一万个理由重新设计我们的婚姻。

地震前一周的一个傍晚，我收到了袁黛莉发来的一个短信，这是一个不可思议的短信，短信的内容让我浑身都紧张起来。短信的内容，是约我在丰都大厦二楼的咖啡屋见面。

我当时就大吃一惊，我吃惊的不是短信本身，用短信的方式而不是直接用电话和我联系，本身说明袁黛莉的心态是平静的，至少不必担心她像六年前那样撒泼。要撒泼，有的是时间、地点和机会。

我担心的是袁黛莉约我的动机。

我赶紧把这个消息通过短信发给了龚兆鹏。龚兆鹏回了短信：放心去吧！我和她，离婚的事，她同意了。孩子两人共同抚养，房子和存款全部归她。

我愕然，回信：怎么会这样？太突然了。

龚兆鹏：为了不让你为我担心，我一直没有告诉过你，我俩的关系，其实她早就窥察到了。近年来，她像变了个人似的，她一直试图感化我，把我的心从你身上拽回来。我知道，她现在活得很累。

那天去咖啡屋前，我给龚兆鹏发了短信，告诉他要和他太太见面了。

就离婚本身而言，真的没什么好说的，无论形式还是内容，就三个字：大众化。大凡关于离婚的话题，人们往往要提及感情。我不想在这里聊感情，感情的事情，没有人能聊得清楚，我也不想搞清楚。就像我和邓秉恒，当初结婚的时候，我没想到最终会分道扬镳，一如没想到最终会和龚兆鹏走进婚姻的门口。我只能说我比杨芸芸要幸运，在艰难的单身旅途上，遇到了救星龚兆鹏。

那天的咖啡，本应我来买单的，但是袁黛莉抢着买单了。除了咖啡，还要了什么，我全忘记。只记得她问我，你们——你和兆鹏，都想好了？

想好了。我说。

其实我什么都没想好，和龚兆鹏结婚的事，更多的是梦想。现实生活中因为有袁黛莉，一切都变得崇山阻隔。但我必须这么回答。事到如今，我别无选择。即便我的回答不是深思熟虑过的，但却与我的梦想完全吻合。

你们，准备什么时候结婚？袁黛莉的口气像是老朋友之间的关心。

如果……关键是你。如果你同意，我们就……就开始筹备。我的语气木讷得要命，但我知道我说的全是实话，尽管可耻，但我必须认真。尽管越是认真越是无耻，但又一想，面对她，我必须认真。

其实，你应该清醒，你也是一个被遗弃的女人。袁黛莉把杯子举过来，朝我的杯子轻轻碰了一下。本是咖啡，却像是喝红酒似的。也许，袁黛莉真的把咖啡当红酒了。

没错，我没有否认。我说。

如果杯子里真的是红酒，我会一饮而尽的。

袁黛莉说，我一直以为，你们是不准备结婚的，无论你们的关系发展到何种程度，我也决意不再纠缠。维持现状，也许对我来说已经算是上帝的恩惠了。但是，我战胜不了孤独，排遣不了长期被欺骗的滋味。其实，为了我可爱的女儿，我也认了。如今看来，我还得继续认一次，为你们的婚姻。大不了，今后的我，和现在的你一样，单身。或者，像你一样，重新等待，或寻找。

后来我说了什么，或者没说什么，都记不得了。我相信当时我的脸一定涨得通红，有个信念一直支撑着我，我必须顶住。我不能妥协，妥协是一个女人最大的无知和愚蠢，女人的悲哀，或者说悲剧往往都是从妥协开始的。我已经给邓秉恒妥协了，妥协的代价是什么，是遍体鳞伤，是体无完肤，还不够惨吗？

在第二天上班的路上，快到单位门口的时候，我挨了唾沫。

唾沫是从一位儿童的嘴里吐出来的。啐我的儿童，是晓岚。这是我毫无防备的被袭。其实，我老远看到，单位门口一侧，站着一个背着书包的小朋友，当时我根本没在意。近了，发现是晓岚。晓岚的意外出现，绝对不是偶然的。我突然被这个小家伙弄得局促起来。我努力让自己镇静。我笑着说，晓岚，是找阿姨吗？

晓岚没有正面回应我，小东西脸色涨得通红，大眼睛定定地看着我。从她的目光中，我分明感受到了她内心的委屈和仇恨。胸脯起伏着，里面在翻江倒海。面对此情此景，我有两个选择，一个是迅速回避，擦身而过，径直从单位门口进去。另一个选择是主动迎合她。至于迎合后和她怎样进行交流，心里一点谱都没有。

我当然选择了迎合。回避是最不明智的，甚至是愚昧的。我的智慧告诉我，回避一颗刚刚懂事的心和初涉人世的灵魂，极有可能伤了她的自尊，她有可能不顾一切地冲进我的单位，到时候，大庭广众之下，一切反而难以收场。

我朝晓岚走了过去。我把最好的笑容写在了脸上。我敢保证，这不是装出来的笑，我的笑，是真的。

呸——

因为近距离，小东西的唾沫不折不扣地扑在了我的脸上。

我只是怔了一瞬，从容地用手背擦拭了脸上的唾沫。我本想弯下腰，轻轻捧起她的脸蛋的，但我迅速打消了这个念头。这样的举动极有可能更加惹恼她。

晓岚发泄完自己，并没有离开，而是怔怔地看着我，表情一如既往。

晓岚，阿姨不是坏人。我说，但是，你啐了就啐了吧，阿姨不怪你的，你快上学去吧。迟到了，会影响学习的。

哼！这一声，是从晓岚鼻子里发出来的。晓岚忿忿然，你算什么破阿姨！

晓岚转身就走，连头也没回。

还好，凭直觉，从晓岚啐我，一直到她离开这里，并没有引起路人的注意，但我并没有如释重负的感觉。不一会儿，我就接到了龚兆鹏的电话，他说，你和黛莉昨晚谈的内容，黛莉告诉我了。

你们没有吵架吧。我说。我并没有告诉他晓岚来找我的事情。晓岚这个时间来找我，必然有小家伙自己的发现，自己的判断。

龚兆鹏说，吵架倒是没有，黛莉昨夜回来，她只是告诉晓岚，今后，无论在她身边，还是在你身边，都要一样的懂事，一样的听话。

我的心被深深地刺了一下。

我想起了我的小豹子。当年邓秉恒从国外发来最后的离婚通牒，我恨死了他。却丝毫不敢把这样的怨恨在小豹子面前有丝毫的流露，甚至用善意的谎言安慰他，我是这样安慰小豹子的，宝贝，你有一个好爸爸，他有本事，有爱心，爱着妈妈，爱着你。他一个人在国外打拼不容易，他的一切艰辛和付出，都是为了我和你。

甚至，当离婚后，准备把孩子送到国外的前夕，我还在不厌其烦地告诉小豹子，宝贝，大人之间离婚是很正常的，离婚是为了更好地过日子，是为了发展，是为了幸福。这不，你要到国外去学习、去生活了，你班里的小朋友有这样好的机遇吗？

在这样的谎言里，道德、伦理和基本的价值观，统统被颠覆了。我把有毒的鲜花送给了我亲爱的孩子，却宁可让自己在毒品中沉沦到底。

小豹子自幼很听话，听邓秉恒的，也听我的，习惯了接受我们的思想和思维。他被我的谎言所蛊惑，每次都中毒一样领悟着其中的道理。他越领悟得到位，我的心越痛，是绞痛的那种痛，是刺痛的那种痛，是揉碎的那种痛，是碾压的那种痛。我多渴望小豹子会狠狠地啐我这个当妈妈的一口啊，但小豹子从来没有过。

啐我的，却是晓岚。

我被袁黛莉的女儿晓岚啐了。

7

要说的是，地震就像一出恶作剧，从呼啦啦拉开帷幕，所有的演出超出了我们的想象。当一切尘埃落定，如火如荼的灾后重建使一个新的城市拔地而起的时候，你根本想不到，变了的，是什么；不变的，又是什么。

唯一确信的是青山依旧在，细水照样流。

是伤口，迟早是要愈合的。身体的伤口比心灵的伤口要理智得多，灾区的幸存者有理由重新挺起来。第二年的夏天，许多人选择了去山上观察我们这座劫后余生又在重建中正在艰难挺起脊梁和腰板的城市，我们也不例外。那天，我和龚兆鹏、晓岚一起来到山上。

这里——我们的相思树，久违了。

我们的婚姻不再久违。我和龚兆鹏马上要登记结婚了，时间的彼岸，婚姻正在期待着我们。

你一定难以想象，所有被地震震碎了的家庭，最需要的是什么？首要的答案，只有经历过地震劫难的人心里最清醒：家庭，仍然是家庭。许多失去了妻子的男士和失去了丈夫的女士，以只有传奇小说中才有的思维和方式，直面生活和未来，重新组建了新的家庭。家庭是什么？局外人无权解释这个看似普通的名词。在这里，家庭就是赖以生存的面包、水和空气。

眺望婚姻的殿堂，我和龚兆鹏还算平静，我们按部就班地向我们的目的地走去，没有传奇，有的，只是我们的心。

我给龚兆鹏说过，只有晓岚从内心接纳我的那一天，才是我们领取结婚证的日子。为了这句话，龚兆鹏紧紧抱住我，只说了一句话，茹玫，我懂！

你一定难以置信，晓岚接纳我的时间段大大超出了我的预期，不是长了，而是短了。我当然希望越短越好，短到化为无才好。因为出乎我的意料，我认为晓岚对我的接纳，才更具传奇性。从她啐我那天起，我心中对晓岚这孩子的态度一直没底儿。抗震救灾那阵，为了尽量避免让她的精神再次受到刺激，我们想尽一切办法让她远离废墟和血腥。但是，灾区的世界好大，而死亡的气息好近。有一次，小家伙还是在一处废墟清理中看到了许多年轻的母亲和孩子们的遗体。那是一家倒塌的幼儿园，年轻的母亲们刚刚把自己的孩子送进教室，大地就开始了摇晃……那次在挖掘现场，许多士兵都泣不成声。

躲避，已经来不及。这一切，难以避免地闯入了晓岚的眼睛。那一刻，晓岚的目光触电一样收回来，纯真的瞳仁里布满了对整个世界的恐惧和畏怯。她的表情几乎是静止的，凝固一样的那种静止，灰烬一样的那种静止，幻灭一样的那种静止，深渊一样那种静止。

有一只瑟瑟发抖的、冰凉的小手，自觉地、下意识地放到了我的手心。

阿姨，您握紧我，握紧。晓岚说。

在漫长的灾后重建的岁月里，我和晓岚的手总是紧紧地拉在一起。

你一定无法想象地震在晓岚接纳我的问题上产生了怎样的力量，她还是个孩子，太小的孩子，既单纯又聪明的孩子，我不想在地震背景下分析小孩子的内心世界，这点你得谅解我。我只想再给你举个例子，你一定更难以置信，前不久，杨芸芸和他曾经的先生董亮程复婚了。你会真得感到奇怪吗？

平时，我不知道人间离婚和复婚的比例到底有多大，反正我在生活中很难判断准确，因为在我有限的视野里，复婚的概率实在太小。但是，地震后，幸存者的复婚情况高潮迭起，被舆论评述为一种现象。

杨芸芸和董亮程的复婚当然也是有一个过程的。有一次，杨芸芸正在一支抢险队伍中协助清理遇难者遗物。来自全国各地的人们，谁也不认识谁，何况都带着大口罩。混凝土下面，一具遇难者遗体被发现了。

快，快！这里有人，杨芸芸朝附近的一个担架队喊。

有两三个人迅速拎起担架，深一脚浅一脚地登上了废墟。遗体被抢险队员掏出来了，大家按照程序，对遗体进行初步的整理、苫盖等处理，然后七手八脚地把遗体抬上担架。担架起身了。五六个幸存者抬着一个逝去的人，小心翼翼地在废墟上蹒跚而行。

杨芸芸突然就愣住了，她有了新的发现，不是再次发现废墟中的遗体，而是发现了一个活人，活着的人——他，董亮程。抬担架的人当中，有董亮程。尽管董亮程的半个脸被口罩遮得严严实实，但她还是认出来了。董亮程头发蓬乱，形容憔悴，疲惫的身材显得非常单薄，脸上没有任何表情。

仿佛有一把来自背部的推力，杨芸芸鬼使神差地跟了过去，来到了董亮程身边，她伸出了手，不是伸向董亮程，而是伸向担架的扶手。董亮程显然刚刚发现了她，微微怔了一瞬，他腾出来一只手，握住了杨芸芸的一只手。

这一握，杨芸芸和董亮程就没有分开。一直到复婚。

当然，我和龚兆鹏都为杨芸芸、董亮程感到高兴。我相信，当他们知道我和龚兆鹏即将走向婚姻，也会欣慰的。

我们——我、龚兆鹏、晓岚来到了山上。这是我们三人的首次集体上山。

在别人眼里，青山依旧在，但对我和龚兆鹏来说，却有了惊人的发现，变化的，是我们那棵相思树。

怎么会呢？我们的相思树！

相思树太突兀了，突兀地伫立在成荫的树丛中。时令离秋季尚远，但相思树所有的叶子凋零精光，干巴巴的主干和枝条因失去水分和营养，皲裂得皮屑斑斑，分明是一株孤独的标本。

我们的相思树，它……它怎么会死呢？

怎么会呢？它那么顽强的生命力。我和龚兆鹏几乎异口同声。

护林员像幽灵一样从林中钻出来。请原谅我在这里用幽灵这个词比喻一位老人，你不知道，地震让我们的神经多么的脆弱。总觉得，有那么多的冤魂，在默默注视着我们这些幸存者。老人说，我现在有些搞明白了，这棵纪念树大概是一个女士栽的吧，地震前的几年，她经常早早到山上来维护这棵树。她很专业，浇水、施肥、喷药样样精通。地震后，她再没上过山，估计……地震中，她没了。

一个女士？谁呢？

我和龚兆鹏的目光在不知不觉中对视上了，我们的目光像丛生的荆棘，像悬崖上的浮云，充满地震才有的死亡气息，和相思树传导过来的气息一样。

是啊！谁……谁呢？明知没有答案，却好像靠近了某个答案。

靠近，等于最终会抵达。就当个难解的谜吧，永远处于靠近状态。

龚兆鹏终于发话了，内容与相思树无关，也与相思树相关的谜无关。龚兆鹏只是说，茹玫，咱，下山吧。

其实上山才不久，无论如何也没到下山的火候。

这棵树，有那么重要吗？晓岚说。

小家伙的大眼睛扑闪着。她发表完自己的看法，就久久没说一句话，仿佛在记忆的屏幕中追溯一段模糊的往事，好一会儿，小家伙像个疯子一样紧紧搂住了相思树，说，如果妈妈还在，这棵树就不会死的。所有的树，妈妈都懂。

下吧。我说。

从山上下来，我和龚兆鹏，谁也没有提起去民政局登记的事情，我甚至不知道我们是否有走进婚姻殿堂的那一天。我们再也没有去过山上，那里，我们的相思树，死了。

我只想告诉你，那天，我接到了邓秉恒从英国打来的电话。

我真是佩服这家伙的嗅觉。邓秉恒在电话中说，茹玫，听说灾区的教育教学仍然没有得到很好的恢复，如果你，或者龚兆鹏先生同意，我愿意把晓岚接到英国来读书，当我的孩子一样对待。

我不知道该骂他呢，还是应该表示感谢，作为女人，地震让我的思维和理智到了尽头，那一刻，我特别想听听龚兆鹏的意见。

我还没来得及给龚兆鹏打电话，就收到了杨芸芸夫妻联合署名发来的短信：转告你爱的人，近期，有余震。

2010年3月20日于天津

（载《天津文学》2010年第8期，入选《2010年中国中篇小说精选》）

心　震

1

来了，就这样不期而至。地震，它……它说来就来。

只有地震了，我们才无奈而真切地发现，人类会有这样一种扑面而来的排山倒海的死亡。无论死亡的规模，死亡的方式，还是死亡的话题，几乎毫无悬念，它会让一切在颠覆中消亡，同时会让生活的所有千丝万缕快刀斩乱麻一样瞬间画上句号。无论真的，假的；无论实的，虚的；无论美的，丑的；无论……

面对大地上的废墟和万千亡灵，我拥堵的大脑想不了太多，最直接的感受是：我活着。

我的闺中密友，我的好同事：云，她死了。

现场和所有的废墟没什么区别，唯一的区别在于死者中有云——樊绮云。

这是大地震后的第二天。作为职业医生和抢险队成员，严格地说作为幸存者，我不奇怪会在这个特殊的时刻进入残垣断壁的世界。这片地方的残垣断壁已经挖开了，一个女人和一个男人的遗体仰面朝天，以不同的姿势横陈在冰冷的、断裂的混凝土之间。我实在不忍用潮湿的文字描述现场的血腥和残酷，那种无形而锐利的冲击力太具画面感，生者如果没有足够的定力和毅力，很难承受那样的视角冲击，不信你可以去看电视新闻。

我要说的是，女人的右臂和男人的左臂努力平伸，朝着彼此，有明确的方向感，指尖儿都触一起了，再有那么一点点，就握住了的……

大面积的坍塌让我们这座群山环抱的城市陡然间空旷得像一片乱世岗，而依然艰难支撑的其他建筑物，犹如饱受枪林弹雨的城堡。空气凝重，恍如几千米以下的海底世界。温软的太阳光线抛洒在这里，像雾像雨又像风。我的目光被女人身上的梦芬黛尔睡衣抻直了，直得像拉紧了的发丝，再拉，准断。睡衣还是那样的质地，那样的款式，只是多处破损。破损处，我看到了女人颇显大众化的普通蜂窝文胸和纯棉内裤。睡衣和女性特有的胴体一起连绵起伏，和废墟一样冰冷。睡衣不再半透明，确切说已经不透明了，鹅黄色也被女人血液的颜色和落定的尘埃代替。男人全身赤裸，男性最敏感的部位暴露无遗。通晓床第之欢的过来人，第一反应就明白，楼群坍塌前，他们并没有做爱，或者说，做爱还没有开始。

耳边传来轻微的感慨：“唉！准是夫妻。”

言外之意，排除了夫妻之外的关系，比如一夜情、野鸳鸯什么的。这就够了！没人知道我与死者的熟悉程度，他们本来就是夫妻。他们是谢凤珍和夏景坤。

构成男女关系——确切地说构成人们视野里夫妻关系的女方，不是樊绮云而是谢凤珍，这是多么的符合惯常逻辑。几乎是天经地义，实事求是。

“多可惜啊！夫妻俩准是来这里度假的。”有人说。

“他们的手，都要握住了。”这话是记者模样的人说的，话从白色的大口罩中过滤出来，仍然像粥一样黏稠。记者在不停地拍照。

樊绮云的尸体同时出现在附近。

所谓附近，只是一种相对的近，实际上相隔一大片残缺的混凝土、破碎的瓦砾和镶嵌其中的遇难者的遗体。她几乎是在这片废墟的边缘，也是边缘部位唯一的一名死者。我老远就意识到那是樊绮云，她飘逸的长发和那双我再熟悉不过的棕色高跟鞋仿佛在对我发出信号：“千万别过来，慧儿姐，我是绮云，我此刻的样子，会把你吓着的。”

樊绮云给现场的抢险者留下的谜在于，求生者跳楼，一般是垂直而下，而樊绮云恰恰相反，用的是跳远的架势，否则不会在废墟的边缘。救援人员说，根据楼群倒塌的方向判断，这位女性，是从阳台窗口飞跃而出的。

和生前的樊绮云一样，我们早就习惯了救死扶伤，习惯了血腥、伤口和死亡。此刻的我缺乏走近樊绮云的勇气，但还是靠近了。

我看见樊绮云穿着一件套裙，这件套裙似曾相识，但我敢肯定不是樊绮云的，小资女人决不会看重这种浅灰色的近乎古板的款式和颜色。套裙多处因蹭挂而破损，裸露处，我能看到小樊身上具有欧陆风情的奇丽尔粉色提花款内衣：刺绣文胸精细典雅，蕾丝底裤活泼轻盈。不善审美、不谙情调的人，不会明白这样的内衣和套裙是多么的不协调，甚至不伦不类。

她本该是穿着那件半透明梦芬黛尔睡衣的，就像谢凤珍身上的那件。

记忆的闸门又一次打开，是关于套裙的。当初谢风珍走进我们医院照顾老公夏景坤的时候，就穿着这身，都新世纪了，她却让我们难以避免地联想到曾经刻板的灰色年代。

如果说我们女人的身体是男人眼里的风景，女人的睡衣则是风景中的小桥流水，或者是柔媚的春风和盛开的花儿。睡衣是我们女人身上最具风情的宝贝儿，说是饰物也非过誉，它的魅力远比项链戒指耳环提供的习惯审美元素要丰饶得多。那种看得、抚得的丝光暗影顷刻间能让男人懂得女人，共享人间真味。它的神秘性在于一旦附着女人的胴体，对方就是唯一，非所有男人有缘赏得。私密空间里，睡衣的内韵让女人的妩媚无限蔓延，如雾中花儿开，品质不菲。

男人们肯定无法想象，这样一件睡衣穿在樊绮云身上，是多么的风情万种。睡衣属很高档的梦芬黛尔牌子，产地威尼斯，真丝，低胸，无袖，鹅黄色，荷叶吊带，网眼花边。你可以进而延伸想象的触角，当樊绮云身着这样的睡衣，和夏景坤缱绻在某个精致的地方，所有的点滴，都是多么的诗情摇曳。所谓欧陆意境中的银河星梦，所谓中国古典意味的蝶恋花，你想象去吧！

可是，啊！可是它竟然不是穿在樊绮云身上，而是穿在另一个女人谢风珍身上。

怎么会呢？

面对废墟和死亡，这样的设问显然过于弱智。

也许，设问的只有我自己。我不想去找答案，面对地震，心灵的废墟，也是一片瓦砾。

2

“惠儿姐，明天，我要给他一个全新的自己。”樊绮云那天的话至今还像羽毛一样在我的耳畔轻拂。

话是在红玫瑰酒吧里说的。她说：“姐姐，为我干杯吧。”

这是我们在人间的对话，春夏之交的人间，空气清新，阳光明媚。常态的生活秩序按部就班，大地上的一切有条不紊。谁也不会想到在我们的脚下，地壳正在岁月的禁锢和流转中，一厢情愿地蓄谋着一个无所顾忌的计划，即将以剧烈的摇晃和颠覆调整自己的存在方式。它不会在乎这样的计划将把人间的许多生命送进万劫不复的地狱，也许，它是知道的；也许，它真的不知道；也许它有意；也许是一次随意。

怎会有这么多的也许呢？一如人间，人与人，彼此的心。

都活着，谁知道彼此心的地震？何况，我们不知道地震的心。

两个女人的心能够靠近，也是难的。为此，能和樊绮云坐在酒吧里，这是我俩的幸运。

那一刻，樊绮云的脸颊浮泛起一抹好看的绯红，有酒精的缘故，更多的是激动。我端起酒杯，我发现平时妙语连珠的我此刻多么的木讷。说什么呢？说别让你老公和孩子知道？说别引起谢凤珍警觉？说把见面的气氛搞得诗意一些？不说了，不说了，这不把自己贬成傻大姐了，人过而立，生活的智慧比年龄要领先得多，可不是嘛。

我把酒杯轻轻举起来，碰了她的杯口。

我说：“祝福你，云儿。”

说这话的时候，有潮湿的雾霭笼罩了我的视线，好在酒吧的烛光营造情绪的同时，也掩饰了我们的表情和内心。

我想起了我的初恋，医科大上学时的他——洪隆亭，比我现在的老公谭晨阳要出众得多，仅仅因为当年从洪隆亭那里看到珍存的另一位女同学的求爱信，我就毅然决然地离开了他，无论他怎么解释珍存信件并不意味着移情别恋，我仍然走得义无反顾。当时，耳畔传来的“唰唰”声决绝、坚决，是他撕扯信件的声音。那声音比所有的表白更能证明他的心，却没能阻挡我的脚步，分解我的任性。

其实我不是不知道，一个男人有更多女孩子追逐，至少说明了男人的品位和魅力，但在那个年龄，我真是发昏了，发昏到对它苛刻的地步，发昏到不允许他珍存另一异性的信件。我考虑最多的，是我的尊严。尽管，这跟尊严并无多大的关联；尽管，他把信件撕成了碎片；尽管，我在他心中稳如泰山。

我知道我至今仍然在爱洪隆亭，但，爱又如何？

我深爱着的洪隆亭，成为别人丈夫的那天，我昏死一样把自己关在卧室里。当心成为废墟，何时还会有心动？

都说男人找配偶，是走马观花之后的花中取景；女人找配偶，是用青春和生命的一次豪赌。少女时代，我死活不信。结婚了，全信了。生为女人，在婚姻问题上付出代价，显然比注定还要注定。而这样的代价，始作俑者往往是自己。古往今来，多少高傲的公主，在少女时代像只无忧无虑的孔雀，乃至于对趋之若鹜的男人失去了最后一点价值判断，最终深陷无爱婚姻的囹圄，成为地道的怨妇。人，就是这样怪，有了一番经历，思想才变得成熟乖爽起来。一个女人在少女时代发昏，想必是难以避免的程序，否则，这个世界上就不会有那么多的怨女。所有的怨女，与其怨人，怨事，怨环境，怨客观，怨时代，终不如怨自己。

在我淡定、文静的伪饰之下，是一颗多么幽怨的心。

癫狂的夜晚，头枕在谭晨阳的臂弯里，生理的渴望满足了，难挨的却是心。心震比地震还要惊心动魄。地震之后，即便余震不断，终有断的一天。心震呢？这样的夜，心往往被落寞和无趣笼罩。感受着谭晨阳粗重的呼吸、苍白的语言和枯燥的抚摸，我会紧紧地闭上眼睛。我充满想象，想象着眼前的男人，是洪隆亭。有时候，想象会带我进入一种奇妙幻觉，这样的幻觉，是洪隆亭带来的。

做爱时，我会不顾谭晨阳的强烈反对，决然把床头灯、小夜灯关掉，为的是让幻觉的世界持久而执拗。我害怕光线，担心光线里谭晨阳陌生而熟悉的脸，生生地，把洪隆亭从我的幻觉中驱逐走。

有一次，谭晨阳求我了："惠儿，把灯打开吧，可以吗？"

"为什么？"我说，"你知道的，我不喜欢。"

"我想看着你美丽的眼睛。"

这是我听到的谭晨阳唯一引人入胜的句子。那一瞬间，我内心感到了一丝愧疚，默许了他。灯开了。我的身体上面，是谭晨阳被情欲炙烤得有些变形的表情，我迅速地闭上了眼睛。

谭晨阳说："闭上就闭上吧，你的睫毛，像弯弯的月牙一样，也很好看。"

我"扑哧"一声笑了。这话，怎么像洪隆亭嘴里说出来的，诗意得很。

这一笑，洪隆亭在我的脑海里，潜艇一样沉入纵深。

我条件反射似的睁开眼睛，脑海已经不是海，脑是一个泥淖，潜艇从何处深陷其中的，竟无迹可寻。

我说："晨阳，下去吧。"

谭晨阳加快了进度，完成任务似地下来了。我说："你有时候说话，怎么也酸酸的？"

"你当然不知道了，为了这样的夜，我看了爱情书的。"

我鼻子突然一酸，差点流下泪了。我拍了拍谭晨阳的脑袋，像哄婴儿似地说："乖，我委屈你了。"

然后，我鼓起勇气，使劲说："晨阳，我爱你！"

我还能说什么？在凡俗的生活里，在既定的日子里，我得让爱情的语言进入家庭生活的基本程序，尽管，这样的语言像空气一样没有味道。

谭晨阳果然激动了。套上睡衣，自告奋勇地进了厨房，回头问我："亲爱的，夜宵，想吃点吗？"

我说："我哪有那么娇气啊！夜宵就不用了吧，睡吧！"

但谭晨阳还是把夜宵做好了，我们穿着睡衣，坐在餐厅。我在网上下载了具有法国风情的欧洲小夜曲，是我喜欢的小提琴。音量适中，旋律妙曼。

窗外，月朦胧，鸟朦胧；但是，室内除了音乐，感觉什么都没有，包括夜宵，包括谭晨阳。只剩一个我，和我的夜。

有时候，不！常常吧。我的视线会从我们医院大楼的窗口投放下去，像投放了一台扫描仪。常看到洪隆亭一家三口，开着一辆漂亮的私家车，从线条流畅的大街上潇洒而过。

洪隆亭一定不知道，窗口上我这双眼睛里，饱含着怎样的点点滴滴和琐琐碎碎。而我面对同事敏感的眼睛，自己反而更敏感。为了掩饰自己扫描到洪隆亭的惶恐和激动，我会不经意地把目光收回来，有意无意地感慨："城市发展太快了，车一多，总堵。"

洪隆亭在我心里纠结成怎样一个结，只有我最清楚。此刻，我这样的目光在酒吧里已经有些迷离了，我想我的笑容，只能绽放给樊绮云。

我必须让自己笑着。

我让我的笑容绽放得更像春天盛开的花儿一样。我得让樊绮云感到默契，感到温馨。这是酒吧，这是一种环境，这里不是我当怨妇的地方。

红酒沾唇，难得的丝丝的甜。和樊绮云在一起，我们不一定非得说许多言不由衷的话，要说的，要表达的，全在这酒的颜色里，在女人针对女人特有的眼神里，在举杯时挂在嘴角的轻轻的微笑里。杯中酒，那酡红的荡漾，就是心海的波涛。

我们都在分享同一个主题：樊绮云和夏景坤的见面。

樊绮云所谓“给他一个全新的自己”，不言而喻，他们的见面已不是第一次。所谓全新，只不过是一次更为精心的营造，一次更加倾力的培育，一次更加浪漫的期待。

女人有女人的聪明，女人也有女人的傻气。

婚姻之外的爱情，即便美丽如花，也只不过像地下工作者的偷袭，得手的喜悦最见不得别人分享。分享，意味着靠近毁灭。好在樊绮云面对的是我，分享在这里变成了炸酱面里的调料：辣椒，酱油或者蒜末。

我近乎贪婪地、带着嫉妒的心理，想象着樊绮云和夏景坤下次见面的情景，想象未必就是现实，但我真的希望樊绮云和夏景坤的这次见面，是在一个优雅、宁静的地方。

我甚至无耻地想象到了细节：樊绮云睡衣上的束腰丝带，被一双懂交流的手轻轻拉开，拉开的，是帷幕，也是序曲，所有的剧目，花儿一样绽开……

睡衣，我知道的。梦芬黛尔牌子，鹅黄色。

就……天哪！就是后来发现穿在谢凤珍身上的那……那件。

3

那件鹅黄色的梦芬黛尔牌睡衣，是我陪伴樊绮云去中心广场最高档的女性专卖店购买的。

那是个阳光柔媚的正午，我们脱去白大褂，换上休闲衫。樊绮云说："惠儿姐，你说我穿什么样的睡衣好呢?"

我有些伤心，为她。一个对生活充满渴望和憧憬的女人，却渐次迟钝了对睡衣的审美，你可以想象她每天拖着疲惫的身体回到家的港湾后，迎接并包容她的夜晚，是多么的缺少摇曳，平淡无奇。那还是港湾吗?

某个瞬间，我想起了樊绮云的老公——那个叫周树森的无耻之徒。什么人啊！当年追小樊的时候，三天两头往我们医院跑，处处表现得像只温驯的小羊羔。如果他长得真像只羊羔，算是美化他了。他其实毫无审美价值。长得更像只瘦驴，身子单薄不说，窄长的脸，突兀的颧骨、眉骨，加上塌陷的腮，使一双老鼠眼有一种悬空的感觉。但他似乎脑子不傻，吹起牛来头头是道。突兀的耳朵里似乎储存了城市里每天发生的所有信息，而这些信息往往会被他梳理成故事，一来，就对樊绮云滔滔不绝。

他的口若悬河，让人不得不联想到他大学时所学的专业。周树森是销售专业，现在一家合资企业跑销售，据说跑得还可以，年年能得到几万元的销售奖励。现在的销售不像计划经济时代了，市场把金钱和物质捧到了商品交换的前沿，为了利益的最大化，一个"靠"字足以说明一切。靠吗?靠关系，靠人脉，靠投机，靠嘴皮，靠脑子，靠出卖，靠厚颜无耻……能靠的，就见缝插针地靠。奇怪的是，这样一种违背基本社会伦理的市场秩序，听多了，见广了，看够了，就习以为常为一种普遍意义的常态。人们最容易接受的，就是常态的事物。只要能靠上，就是胜利，甚至，就是君子，或者，就能赢得尊严。

他分明是把这种靠，用到追求女人上来了。

那时候，追求樊绮云的小伙子不在少数，随便拎出一个来，也比周树森强十倍。周树森假如有哪怕一点点的自尊、自爱和自知，就不该动樊绮云的心思，更不该向樊绮云发起孤注一掷的全面进攻。

至少在半年内，我看出了樊绮云攻不可破的定力。周树森每次到医院来，樊绮云的表现总是不卑不亢，落落大方，与对待其他男士一样，看不出一点儿的孰重孰轻。

后来，樊绮云为了回绝周树森，她开始调动少女少有的傲慢和偏见，以挑战周树森自尊和人格的方式，直抵一个男人的承受力和底线。比如，樊绮云会以工作忙为由，躲进其他科室，屡屡把周树森晾在我们办公室。周树森如果是一杯开水，早该晾凉了。而周树森不是开水，他似乎更像一个顽固的、质量奇绝的保温杯。晾他，似乎奈何不了他的温度。再比如，临近中午，大家都在吃盒饭，樊绮云绝不会朝周树森客气，只顾自个儿吃。我们大家也配合她，演戏一样把吃饭搞出一种姿态。每当此时，周树森像个滑稽的观众，全然不顾大家眼神里放肆的交流和默契，一旦看准谁吃完了，就赶紧凑上去，收拾人家的碗筷，拎了抹布，三两下冲洗得干干净净。并盗用绅士的姿态为自己开脱："男人嘛！多为女人干点活，是一种心灵的救赎。知道这是谁说的吗？上帝，是上帝说的。"

上帝说没说过这样的话，没人知道，但这样的话从他嘴里被"引用"出来。反而弄得我们有些尴尬，心灵深处或多或少有了一点点的感动。

至少，他，不是下贱，是一种低姿态。

总而言之吧，在周树森追求樊绮云的日子里，我们科室的卫生是最好的。

一方是进攻，一方是坚守。进攻者似乎丝毫没有退缩的意思，坚守者也是寸土不让。当我们科室成为他们看不见的战线时，有个现象越来越明显，那就是来找樊绮云的小伙子越来越少。原来，周树森未雨绸缪，欲擒故纵，早在社会上传出了话："我和樊绮云，不是一般性的朋友关系，是恋人关系。"这样的烟幕弹，很具有弥漫性，更具备欺骗性。

樊绮云差点气炸了肺，当面痛骂了几次。

周树森似乎对挨骂没有概念，一切的一切，一如既往。

有好几次，樊绮云当着大家的面，把周树森带来的各种零食、小吃扔进垃圾篓里。周树森不但不难堪，反而笑了，笑得坦坦荡荡，说："看看看，你要扔，就扔我，把我这个人扔到垃圾篓里去，你把吃的东西扔了干什么？谁知盘中餐，粒粒皆辛苦哇！"

一句话，反而把樊绮云气笑了。

笑什么啊笑，这就是少女，这就是我们女人，男人使坏的时候，我们往往犯贱。

最终，周树森和樊绮云跨进了婚姻。这一跨，跨得所有人难以置信。

于是，一直以来，周树森进攻樊绮云的方式和内容，成为我们医院的谈资，不解内情的，给这种谈资罩上了褒奖色彩，谓之美谈。你听咋说的："癞蛤蟆嘛，别泄气，只要下功夫，癞蛤蟆照样能吃上天鹅肉。"就这种。

其实其中的秘密，只有我最清楚。樊绮云告诉我："其实，是自己一时犯傻，让这家伙得手了。"某个冬夜，樊绮云一个人值夜班，偏偏那晚房间的暖气片出了问题，冻得她直打哆嗦。周树森送了夜宵来。偌大的科室一时成为两人的空间，就显得空旷了。加上那晚病人不是太多，其他科室的值班医生、护士被寒冷逼到房间里。楼道显得空寂而单调。周树森先是脱下自己的防寒服给樊绮云裹上，而自己仅仅穿着毛衣，蜷缩在椅子上，像童话里卖火柴的小女孩。

樊绮云看不过去了，把防寒服脱下来，说："你赶紧穿上，回家吧。"

这一脱——其实里面还有自己的滑雪衫呢，一层层的，还多呢。也不知道这个动作点燃了周树森的哪根导火线，他一下就扑上来了，并且，用吃奶的力气，一下子就把她甩到了床上。

她当然不敢喊。尽管，这实质是强暴。

樊绮云后来告诉我："唉，我们女人，真犯贱。当时我要一心拒绝他，完全是可能的。我也努力挣扎了，可是……可是脑子突然就晕了，我……配合了他。"

樊绮云还说，完事后，她泪流满面，而周树森当场就给她跪下了，而且不断磕头，一厢情愿地表白着他的诺言。信誓旦旦。

我当时就反驳了樊绮云："即便你们发生了关系，又能说明什么呢？如今都啥年代了，这不是你们走进婚姻的唯一理由啊。"

樊绮云说："这狗东西太不是个东西了，当时，他居然趁我不备，用手机拍摄了我们在床上的镜头，他说了，如果不答应，就把照片发到互联网上。"

我无话可说，我还能说什么呢？都坚守了多半年了，却在最关键的时刻，樊绮云的堡垒完全坍塌了。这叫什么，这叫里应外合。

这就是臭男人，这就是女人最后的犯贱。

就这样，一个曾经诗情画意的小资女人，过早地进入沧桑。

要说女人最容易懂的，不是男人，恰恰是同性：女人。

我早就察觉出她内心有涟漪了，为一个男人。

他就是夏景坤。一个女人和一个男人有了心灵的默契，两个人的心，就会成为同一个世界。这个世界好大好大，别人休想涉足半步。

关于睡衣，关于为谁才去如此动脑筋地选择一件睡衣。我真的不想多问，睡衣是女人的梦，是男人的风景。梦是不容打扰的，风景是需要默默欣赏的。梦和风景，是精神地界里最温馨的故园，是生活最可宝贵的味道。

“说呀！惠儿姐，我最相信你的眼力了。你说我穿什么样的睡衣好呢?”樊绮云说。

“那就……”我说，“那就选鹅黄色吧，梦芬黛尔牌子。”

这纯粹是我的个人审美。

樊绮云却羞赧地笑了，默许并折服的那种笑。

我们这对老姐妹是手拉着手双双进入精品店的，那一刻的心情，像回到了少女时代。有青涩，有默契，也有几分调皮和任性。

是我首先选准了它，只是价位太高了，标价 3600 元。我说：“就是太贵了，咱当医生的，工薪阶层。”

“惠儿姐，就是它了。”樊绮云说。

从小樊的眸子里，我看到了早霞一样的热切和透明。只有心里布满蛛网、落满尘埃的人，才对别人眸子里的这种热切和透明感到弥足珍贵。

我不能不想到谭晨阳，他一年四季老是出差，跟着地质队东西南北到处跑，在他眼里，地理、水文、勘探、年会高于一切。而家，就像他匆匆步履中的驿站。我感受到了我脆弱的心，像干燥的花瓣儿一样，传导出片片的碎裂声。

导购小姐对我说："您这位女士，真有眼光，鹅黄色梦芬黛尔睡衣就我们这个精品店里才有，只进了两件，还有一件，早前被一位男士买走了。"

这样的信息让我这个做女人的暗吃一惊。信息包含两个重要元素，其一，这样的睡衣只进过两件，算是真正的缺物；其二，买走另外一件的，居然是个男人。

懂女人睡衣的男人，他所拥有的那个女人好幸福，好甜蜜！

"那位男士，倒是挺懂女人的。"我有些情不自禁。

樊绮云把嘴凑到我耳边，说："该不是洪隆亭买去了吧，为你。"

这话，足足让我怔了半晌。恰恰在那一刻，我满脑子正是洪隆亭的影子。洪隆亭——睡衣；睡衣——洪隆亭。我的确是把两者之间联系起来了的。明知这只不过是个梦，睡衣一样的梦，但这个梦做得很实在，有根系，有枝干，有叶片儿。

真的是洪隆亭吗？有这么大的概率吗？

说到概率，后来我想到了地震，生活真是奇妙，一年三百六十五天，谁知道哪天会发生地震？惯常的生活形态里，我们最不应该忽略的，恰恰就是地震。按常识，地球上一年要发生数万次的地震，只不过因为绝大多数的震级太小，小到没有危及人们的正常生活，于是我们觉得它好像离我们很远很远。我们在没有感受到它巨大的死亡气息之前，往往愚蠢地把它当作一个假设，一种怀疑，而它来了，带着巨大的死亡气息来了，我们才发现，一切皆有可能，一切都是真的。

也就是说，所有的假设和怀疑中，都深藏着可怕的概率。

就像精品店里的睡衣，凭洪隆亭的智慧和审美，凭他对我的懂，对我的疼，他不是没有可能。洪隆亭在宾馆为我开过几次房？一次，两次，好像是三次吧，每次，他都准备了芳香扑鼻的鲜花。鲜花的品种视季节而定，都是我喜欢的，丁香、栀子、康乃馨……他把鲜花捧到我面前的时候，他平静的笑容里包含着生动的信息，这是只有我能够读懂的信息，信息里涂满了生活的色彩，解读着情感的密码，蕴蓄着日子的快意。这种信息，谭晨阳的脸上就没有，谭晨阳的笑容只是一种表情，一是一，二是二，是生活的翻版，是自己内心的外现，是个人性格的直观表露。

是洪隆亭买走了睡衣吗？假如是，必然是为我。我来不及自我寻找答案，我首先伸出右手的食指，戳到了樊绮云的鼻梁上，把责怪的话从牙缝里挤了出来："你个死丫头。"说戳，只是轻轻地点；说牙缝，并没有咬牙切齿。

我只是戳她的鼻梁，而她的话，捅破了我内心的窗户纸。

樊绮云做了一个鬼脸，把会心的笑挤兑到鼻翼和嘴角里。扫了导购员一眼，掩饰着我们共有的秘密。

"你买不买啊，不买，我不陪你了。"我真的生气了。

4

没有什么更悲壮的救死扶伤，超过医生面对地震灾难的无奈。

地震后的夏景坤，在我眼里，不是病人，而是一个不幸的死难者。他把生命和生前的一切都带走了，留给我的除了记忆，什么都没有。

夏景坤在我们医院住院是在前年，这是我们——准确地说是樊绮云和他拉开情感帷幕的开始。

论品评男人的经验和方法，男人和女人真是大相径庭。判断一个男人的品格和魅力，对女性来说是最严峻的考验。凭单纯的外表，你休想甄别一个男人的高下。夏景坤就是这样的男人，我无从知道他所有的内心世界，我只是和他的交流中感知到他内心的丰富和精神状态的饱满，这是一个真正男人最难得的资本。作为主治医生的樊绮云这么快就和这个建筑设计院的工程师走到一起，像注定，更像缘。

我无意去寻找他们两情相悦的谜底，我只觉得，他们在一起，是多么的恰如其分。

记得有位搞心理学的朋友说过，人的感情像水。既然是水，就有理由往最适合自己的地方流动。小樊有了夏景坤，我为她高兴，她每天沉浸在幸福和喜悦中，工作也铆足了劲儿，只有我清楚动力来源于何方。一开始我并没为她庆幸，而是暗自为另一个女人鸣不平，谁？当然是夏景坤的太太。这个女人，我是见过的。后来我的心态很快趋于平静，是在和夏景坤的太太谢凤珍有过几番交道之后。

第一次见夏景坤的太太是在夏景坤住院后期。

我之所以要强调后期，因为夏景坤前期的陪护其实雇用了我们医院的护工。我们医院的护工基本上是从社会上招来的下岗妇女，年龄上属于那种所谓的 4050 人员。最初我以为夏景坤是个离过婚的男人，后来才知道他太太搞什么现当代文学研究，脱不开身。谢凤珍终于出现在我们医院住院部的时候，夏景坤的伤口都快要拆线了。谢凤珍戴着很厚的眼镜，不修边幅，一副很专业的知识分子模样。她的解释是，老公做手术的时候，她正在组织研讨活动，老公住院的事情也给儿子保了密，他正在中考的冲刺阶段。

记得樊绮云问谢凤珍：“谢教授，现当代文学真的值得您那么投入精力研究吗？居然连自己的老公都忽略了。”

“当然了。”谢凤珍说，“现当代文学是一门很热门的学科。”

“可是。”樊绮云说，“我们从大学开始，现代文学还读一点点，当代文学几乎不读了，特别是如今的文坛，好像欣欣向荣，一看，和假药没什么两样，发现屡屡上当受骗。”

本来是说着玩儿的，但谢凤珍当真了。她的情绪马上像油脂一样从脸颊上分泌出来，分泌出来的，还有难以掩饰的不屑和愤懑，眼镜片后面的目光立即隐藏起来。她不好朝老公的主治医生反击，似乎在强迫自己冷静。她从容地给我们列举了一长串当下作家的大名，说张三的作品如何先锋，李四的作品如何魔幻，王五的作品如何更具拉美风格。

有趣的是，这些作家的作品，樊绮云不感兴趣，我也不感兴趣。我相信，我们的感觉有一定的代表性，我们医院上千号职工，谁还看当下的小说呢。从谢凤珍骨子里的不理智和对樊绮云的说教，让这个女人身上仅存的一点可爱，在我心中消逝了。如果夏景坤不是一个善于包容的人，你就无法相信他们的生活质量。

最后是夏景坤打圆场，他从病榻上微微倾起身子，说：“我国未来的文学，应该是有希望的，我太太的研究算是立足当前，着眼未来吧。”

这是一句很智慧、很男人的话。

我想，被这种智慧吸引住的，不仅是我，更是樊绮云。

夏景坤出院后，樊绮云手机短信的频率直线上升。从那时起，樊绮云在科室的出现，不再是一副沧桑的面孔，她接收短信、发送短信的表情，像早春的柳芽儿，有一丝嫩黄。这样的嫩黄尽管和这个年龄不尽匹配，但那种不易察觉的生机，却像冰雪融化后的溪水，汩汩地流淌着。

在我看来，如果这是她和夏景坤在情感舞台上的出场，那么，不容忽略的，是舞台的背景。我最清楚的，恰恰是背景。

背景当然是关于她和周树森的。

周树森从和樊绮云结婚到最终提出离婚，前后不到四年。去年，他们的孩子刚刚三岁。四年里，周树森借鸡下蛋，凭着搞销售的优势和人脉，铆足了劲儿，自己注册了公司，成了在销售市场上翻云覆雨的老板。男人就这德行，有钱了，就不知天高地厚了，就开始抛妻舍子了。周树森几乎成为这种男人的典型。周树森背着樊绮云在城郊购置了一套别墅，别墅的主人不是他们夫妻中的任何一方，而是一位艺术院校毕业不久的女大学生。如今的周树森，有足够的金钱包养这个小女子——二奶。据说，这位女大学生出身贫困乡村，相貌姣好。她还把乡下年迈的爷爷奶奶、长期打工的爸爸妈妈频频接来，感受乡村之外的城市奢华生活。

樊绮云不是傻子，这一切，她心知肚明。

不是傻子有什么用，心知肚明又有什么用。

曾经，当着樊绮云的面，周树森把一个三陪小姐领到家里来。挑战樊绮云心理的最底线，逼迫樊绮云走出这个家。

樊绮云，她……你猜怎么着……她居然也认了。周树森搂着樊绮云的脖子，笑了，说："亲爱的，当初我追你，你没捅到我的底线；现在我逼你，我也没有捅到你的底线。咱夫妻俩，是个平手。"

结了婚的女人，底线是什么呢？像樊绮云这样的，还能有什么底线啊！她当然不肯离婚，根本上是为了孩子。从此，委曲求全让她天生的倔强、尊严和清高丧失殆尽，世界上又多了一个怨妇。

这就是女人。如果说周树森是地道的臭男人，那么，樊绮云呢？香吗？不！有什么样的臭男人，就有什么样的臭女人。樊绮云，更臭！

男人的臭和女人的臭不一样，男人的臭，是无耻的那种；女人的臭，是无知的那种。

当然，无知的，还有我自己。

5

生活本身就是戏剧，只有天才的作家才能表达得淋漓尽致。

比如我有资格分享樊绮云和夏景坤之间背后的故事，缘起于我和洪隆亭的一次意外见面。

洪隆亭来我们医院的时候，拎着一个鹅黄色的提兜儿——就是我喜欢的那种颜色。你猜他送给我的是什么？热喷喷的烤红薯。十几年前的大学校园里，我就爱吃烤红薯，他知道的。十几年后，他没忘。这让我心里最柔软的地方更加柔软，柔软得像惧冷病人怀中的薄皮儿暖袋。对洪隆亭，除了爱，我没有什么奢望的，即便当初真的走向婚姻，我也无须什么手镯项链、钻石戒指、披红挂花。一个红薯，就值我一个千金难买的初吻。同样，他给我的红薯，在我眼里就值一座金山。这绝对不是我单纯的理想化心态，而是我对待感情的态度。

他说："我今天来看两样东西，一是给自己看病，最近颈椎有点儿问题；二是来看一个人，这个人嘛，远在天边，近在眼前。"

洪隆亭说这话的时候，樊绮云在场。樊绮云的眼睫毛迅速而狡黠地眨了又眨，表情像小姑娘似的。那时候夏景坤已经出院几个月了，而樊绮云的精神状态始终保持着冰雪消融后流水潺潺的样子。当时，我还不知道他俩已经从前台躲到了幕后。前台是戏，唯有幕后，才是实的。至于实到什么样的程度，只有他俩最清楚了。我有时只是暗自猜猜，就那么一小会儿的经意或不经意的猜，竟会让我这个毫不相干的局外人萌生一丝妒意。我会迅即掐灭这点小小的妒火，掐灭了，会生出一点儿的甜。这是为别人的甜，而自己竟也像是分得一羹。

樊绮云对洪隆亭的出现表现出了少有的热情，她把好奇和戏谑融化在善意里，先入为主地替我酝酿着一份动人的期待。

我知道的，樊绮云的期待里，其实更有祝愿的意思。

充满来苏味儿的医务室因为洪隆亭的到来，空气推陈出新，显得清新而活跃。我们聊了许多话题，谈笑风生，畅所欲言。话是用嘴说的，有些话不用嘴，用眼神。

我发现洪隆亭的眼睛里有一种我熟悉的东西在闪动，他一定也看到了我的。

话题的戛然而止源自从我嘴里冒出来的一句话，我说："你现在在哪里工作?"

我真是自打嘴巴，自讨苦吃，自讨无趣。我怎能不知道他的工作呢？我为什么要这样？事到如今，我居然会无耻地明知故问，还清高什么啊我!

我知道洪隆亭一毕业就作为选干生一步到位分配进了卫生局。从他离开校园的那天，我情感的触角，始终像小猫咪可爱而敏锐的细须一样，试探着他所有的步履和气息。卫生局是我们医院的主管部门，我们医院的几乎所有工作人员都知道卫生局的头头脑脑，边边角角。年轻女医生和女护士，谁不知道卫生局有个组织人事科，组织人事科有个堂堂大科长洪隆亭？有几个姐妹甚至知道洪隆亭曾经是我的初恋，比如樊绮云，我的心思，休想逃过她的眼睛。

甚至，我甚至知道组织人事科的朝向和位置——上楼，对！上三楼左拐，前行，过了办公室，往前第三个房间。我还知道他拥有哪张办公桌——进门，斜对面，巴西木旁边的那张。我还……还知道窗口上摆放的花儿，有时候，是一个沙柳盆景，有时，是一盆仙人掌。

真是难以置信，因为曾经的过去，我生活和行动的半径从来都尽量绕着卫生局的，偶尔受医院领导指派不得不前往办事，也只是轻描淡写地朝组织人事科虚掩的房门扫一眼。你说我犯贱到什么程度，就这为数不多的一扫，一扫，又一扫，他所有的信息就储存在我脑海里了。

我惊讶我自己。我对他竟是如此的了如指掌。

印证了一句名言：只要心在，这个世界就是透明的。

但是，但是你说这个男人傻不傻，就我这句话，他信了。他的脸憋得通红，所有的话题一时刻板起来，板结成了干涸湖底皲裂的土片儿，更像本来舒展的绿叶，风干了，成了僵硬的标本。

“哦哦哦，你居然不知道我在卫生局？怪不得我在局里从来没碰到过你。我可是对你的一切了如指掌，基层报送到局里的所有文件，什么考核表，什么职称评审资料，什么专业技术人员档案，我都要过目的，每次看到你的相关资料信息，就感到格外亲切……”

“扑哧。”我使劲让自己笑了。不使劲，我笑不出来。

送洪隆亭下楼的时候，我努力把握着脚步的分寸。医务室、化验室、B超室、心电图室、护办室……所有的房间像道具一样徐徐退到了我的身后，而此刻的我，又是谁的道具呢？

洪隆亭像老朋友似的道了再见，而我像一棵包裹了老皮的树干，干巴巴地伫立在电梯口。

那一瞬间，我发现三十八岁的我，大概已经是八十三岁的样子了。

电梯的门即将合拢的一刹那，洪隆亭在里面潇洒地挥手。

我——我也挥挥手，像是模仿他的。

一回头，就看到了樊绮云。樊绮云像一棵玉兰树一样静候在走廊排椅的病人中间，注视着刚刚回过身子的我。她的白大褂好白啊，像玉兰花儿开。

“惠儿姐，你呀你！你真是活受罪，就这样放他走了？”小樊说。

她的话分明就是手术刀，那么锋利，刀刃几乎在不经意间，鱼儿一样游进了我的肌肤纵深，幽幽地，从我单薄的肋骨之间探入，触到了心脏的毛细血管。好疼啊！我泪流满面。

樊绮云的目光也是幽幽的，像深潭。她说：“惠儿姐，你知道吗？我喜欢上夏景坤了，我们几乎每个周末都到咖啡屋去。你放心，周树森不知道，孩子在姥姥那边。”

“谢谢你绮云，你的秘密，就等于我的。”我说。

我又补充了一句：“你这么重要的秘密，也敢让我分享啊!”

“谁让你是我的好姐姐呢。”樊绮云说。

樊绮云也补充了一句：“谁让，今天撞上洪科长呢。”

这个死丫头！话里的话，很是深了，悠了，复杂了。

6

于是，我和洪隆亭，就有了后来。

第一次是在家里。这是怎样一个家，不说你也明白。我是主人，孩子也是主人，唯独——唯独谭晨阳像客人。他偶尔匆匆回家，匆匆的，又走。对谭晨阳来说，家更像个驿站。他是典型的甩手掌柜。有人说，夫妻过日子像是跷跷板，就看双方谁会使巧劲儿。懒惰的男人往往是女人用勤快娇惯出来的，同理，勤快的男人往往由于女人的懒散。也就是说，女人要享受，首先应该让自己变得懒散起来。看来我天性就不是享受的命，因为我从来不懂得如何懒散。有时候我也检讨自己，应该让谭晨阳在锅碗瓢盆的凡俗日子里尝尝撑起一个家的滋味，但我总是做不到。我发现我不敢，日子已经把我像木偶一样推到了前台，掌控木偶的不是别人，正是谭晨阳。

我首先得承认谭晨阳的厚道和真诚，他如果不具备这起码的一点，我打死也不会嫁给他的，但是，厚道和真诚就是爱情的全部吗？显然不是。全部是什么，我不可能研究透，但我的直觉知道。我至少知道洪隆亭更靠近全部，靠近我生活的方向。但我却最终嫁给了谭晨阳，我知道风餐露宿的他，回家一次也很不容易。他每次回家，都会赎罪似的给我和孩子带来许多好吃的，好穿的，给患有严重尿毒症的老母亲带来营养品。好吃的固然好吃，却不符合我的胃口；好穿的固然好穿，却不符合我的审美。但我从来没有反对过。还能反对什么呢？他如果懂得我的反对，当初就不应该追我。

我知道如何尊重他。我知道他的不易。

知道又怎样？家，即便是个空洞的概念，也毕竟是个家。

直到有一次，谭晨阳突然意识到我身上的所有穿戴，几乎没有一件来自他在商场的选择。若有所思地问我："你这身……你自己买的？"

我直言不讳地说："不是我买的，还能有谁呢。"

"真好看，真合身，真得体。"他一连串说出了三个"真"。

谭晨阳这才知道，他给我买的那些套装、裙子、皮鞋是多么安静地沉睡在柜子里，甚至连盒子都原封不动。他的脸突然涨得通红。他说："惠儿，你……"

我赶紧打圆场："我的意思，你以后不要买了，太贵了。"

这是个美丽的借口。的确，他买的东西都很贵，贵，那是因为在他看来值得。他心目中的值得和我心目中的审美恰恰两重天。他无知地认为，世界上的物有所值，可以让自己的女人动心。

那天的谭晨阳，没说多少话。没说话比说话好，最怕说了，怕的是他念念不忘的地形、地貌、岩石、断裂带。但那次他的沉默区别于以往。我从他的眸子里，看出了他看我的视角，本来很近了，他却似乎在远视。

夜幕降临后的他照样是疯狂的，我倒是看重他这种疯狂劲。他疯狂起来会忘乎所以，会把“我爱你”这三个字重复一万遍，像打机关枪。似乎除了这三个字，再没有别的了。这次，当他把“我爱你”说到不知道第几遍的时候，突然冒出了一句：“可把我憋坏了。”

堵心！可悲！多么平铺直叙的道白！简直到了没意思的地步。

我终于没把他从我身上掀下去，我忍了忍。考虑到客观上，他确是憋久了，于是谅解了他。我决意用一颗悲悯的心，借此调节一下气氛。我试图发挥我的智慧，把他这种发自内心的道白以做爱的名义因势利导，点石成金，化腐朽为神奇，渲染成一种具有原生态特质的、野性的做爱氛围。我说：“没你的日子，我不也憋着嘛。”

但是，听了他下一步的应答，我几乎气得七窍生烟，你瞧他是咋说的：“其实，这没什么稀罕的。我俩比农民工强多了。你一定能想象到的。如今的农民工，离乡背井外出打工，一出门就是一年，只有春节才能回家，你想想，这一年内，青春的身体，和荒地有什么两样？我俩还强一些，一年，至少见四五次呢。”

像兜头一瓢凉水，驱走了我残存的最后一点兴致。每一个生活在城市的普通公民，谁不知道农民工在城市里的尴尬境地？离乡背井、衣衫褴褛的农民工几乎成为现代城市里无法回避的特殊人群。他们和城市青年一样，都是从母亲身体里带出来的骨血，但他们有了足够的劳动力，就不得不从庄稼地里小心翼翼地蹭进城市。他们用青春的身躯、青春的精血、青春的元气，在城市里盖大楼、挖地基、淘水沟、清垃圾、扫马路、搞搬运。他们是城市的另类，他们简陋、简单的衣食住行无形中形成了一个客观存在的阶层，有点像书中曾经诠释过的无产阶级。都知道，他们一年辛苦下来，领到城里老板的工资都很困难。他们在城里干着本应该由产业工人干的活，但他们的的确确是农民，他们一年四季见不到妻儿老小，把青春的身体无条件地耗在了城市的每一个角落。是人，是男人和女人，都明白他们青春的身体需要什么？谁不知道呢？谁又在真正关心他们呢？谭晨阳倒好，他倒是用悲悯的情怀感受到了这一层，感受到了农民工荒地一样的身体。

我不是没有悲悯的情怀。那一刻我更多的是悲哀和痛楚。谭晨阳居然能拿我们和农民工做比喻，这是我无论如何都没想到的。在他看来，他一年能回家四五次，似乎是对我身体的施舍。我的身体是荒漠和戈壁，而他，就是阳光和雨露。

“你说得太有道理了。”我使劲把他推到了一遍，我说，“好累啊！歇一会儿吧。”

书呆子又开腔了：“亲爱的，我是不是比喻错了？”

“没错，亲爱的。你如果是农民工，我如果是乡村留守妇女。此刻，在这样的夜里，我们多么幸福啊！”

夜灯的光线幽暗。他不可能知道我泪流满面。

三天以后，谭晨阳就踏上了归程。再以后，就是洪隆亭在我家的第一次。那天我感冒发烧很厉害，请假在家休息。为了不扩散传染，我特意把孩子安排在母亲那里。婆婆在医院继续治疗，我特意给婆婆高价请了护工陪护。我把自己一个人关在家里，吃了药，就静静地躺在床上发呆，脑子里像是塞了破棉絮，胀，沉，闷。手机短信提示铃声响了，我以为是谭晨阳发来的，他的短信倒是比较频繁，但中心主题往往是：“家里没事吧？”我回答的当然也是中心主题：“没事，挺好的！”有事又能怎样？多少次，孩子发烧、拉肚子，都是我背着往医院跑；多少次自来水滴漏、煤气管道维修、暖气片检测都是我一个女人顶着；多少个月上树梢头的夜，别的三口之家其乐融融，看电影，看文艺会演，而我，陪伴孩子，辅导那些没完没了的作业；多少次，婆婆需要去医院透析、治疗，我陪伴左右，有时累得睁不开眼……

在谭晨阳眼里，我有本事，我能扛，我能干。能者多劳，天经地义。他那种看似充满人情味儿的短信，其实更像欺负人。什么有事没事。有事能咋？没事又能咋？

说没事吧，事就来了，恰恰以这条短信开始。

短信不是谭晨阳发来的，而是从洪隆亭那里发来的。

洪隆亭发来的短信是："你是不是病了？"

就这六个字，包括最后那个语气助词"了"，还包括那个问号，把淡定如烟的我，一时看激动了，竟在五分钟内忘记了回信。

但我的回信很像顶牛："没有啊，很正常啊！"

"你看看，这事情，骗我有什么用呢？你是不是感冒了，多喝水。"

我的泪水一下就下来了，我短信中说："我是感冒了，还烧。"

洪隆亭不再发短信，直接把电话打了过来："那……我去你家看看吧。"他说，"正好这会儿有空。"

"来吧！"我说，"其实，我很想见你。"

撂了手机，我做的第一件事情，就是心急火燎地扑进盥洗室，我贪婪而焦渴地审视着镜子里的自己。镜子里的我，当然已经不是过去的我。而现在的我，连我自己都感到陌生了。其实每天一觉醒来，都要面对镜子的。那样的面对几乎毫无悬念，没有任何异样的感觉。而这次，此刻，面对镜子里的自己。我发现我表情倦怠，头发蓬乱，鱼尾纹龇牙咧嘴地宣示着年龄与日俱增的风霜。

我发现，我原来对自己如此陌生。

迅速地洗澡，化妆。在卧室，在书房，在盥洗室，在花盆周围，我都喷洒了香水。然后，我继续把自己放进被窝里，我要努力保持好目前的状态，首先要保持好病人的身份。

我有理由穿着睡袍接待他。是那种我喜欢的长袖圆领睡袍，法国面料，柔滑细腻，背景颜色以银白为主，图案是鹅黄色碎花。这件睡袍是我在北京医科大学进修时，专门选购的。我常常一个人穿上它，静静地喝茶，或者是听听音乐。我从来没有穿上它面对过谭晨阳。

我用它面对洪隆亭了。洪隆亭西装革履地来了，这是我喜欢的装束，这是郑重其事的装束，是态度，也是姿态；是情调，也是情怀。

他俯下身子，轻轻摸了摸我的头，说："还好，吃过药了吧，烧有些退。"

就这轻轻地一摸，我一下就把他拽到了床上。

"惠儿。"以往的那种叫法。

"亭子。"叫法也是以往的。

……

洪隆亭果然和谭晨阳是不一样的。他略有节制地喘息着，而我的喊叫早已忘情。我的眼睛对着他的眼睛，他的目光中是那些我熟悉的丰富而饱满的信息，我喜欢这样的目光，喜欢他用这样的目光看着我。我情愿让我的目光，像蜻蜓一样黏在他目光的沼泽里，难以自拔，也不想自拔，就这样挣扎，就这样博弈，就这样永远。

当年，在校园里，我和洪隆亭最大的发展，也就是把初吻给了对方，然后，一切就都画了句号。而今，一段新的叙事，又从逗号开始。他吻我，也吻睡袍。他轻轻地抚摸着我的每一寸肌肤，同时也抚摸着睡袍上美丽的图案。我的魅力和睡袍的魅力融为一体，默契的气氛，在空气里荡漾，像歌谣一样传唱。

铃声。电话，他的。

他接了，身子趴在我身上，右臂探到被子外，接。

“……哦哦，是的，你把电话打到我单位了啊，我当然不在单位啊，一起的哥们儿有点事儿，办完就回家……哦哦，罚我做饭，你想吃什么啊？我给你做得了……”

分明，是他妻子打来的。而他在电话中表述的内容，尽管有所遮掩，但我完全听明白了。他在用一种情趣的方式，给妻子一个承诺，一个有安抚意味的期待。

偏偏，他们的通话，居然是在这个时候。

不是我非得吃醋，而是……我发现，我和他妻子比，我是多么的可怜。他的妻子无条件地享用着他，享用着夫妻名义下的种种可能。而我呢？

我像只偷吃荤腥的猫咪。这样的现实，客观上我必须得有足够的心理准备，但是，理智面对情感，往往管不住来自软肋的脆弱。

我说：“你赶紧回家吧，她在等……”

临走，洪隆亭一只手轻轻搂着我，另一只手在后面抚摸着我的头发，嘴唇在我额头吻了几下，像给一束盛开的鲜花传递信息。他说：“亲爱的，我还会来的。你知道的，我这辈子，就认真地爱过一个女人，那就是你。”

我的睡袍是敞开着的。他拎起我睡袍上的丝带，轻轻给我束在腰上，打了个适中而舒适的蝴蝶结，他俯下身子，吻了吻蝴蝶结，

我抬起头，我什么都说不出来。

我最后说出的话，竟然是：“给她做饭去吧，我这里的饭，我自己做。”

洪隆亭紧紧地抱住了我，我感觉脖子上有滚烫的感觉，湿漉漉的。是泪，来自洪隆亭眼睛里的泪腺。

我突然醒悟了。我凭什么逼他呢。我赶紧笑了，说：“你咋这样

啊，人家只不过开了一个玩笑嘛！”

7

说到这里，我该说说我这条命了。捡回来的这条命。

当然是关于地震的，也是关于洪隆亭的。

在这次地震中，我之所以能够绝处逢生，纯属意外。下午两点半那阵，也就是地震的一刹那，我恰恰下楼去传达室取一个邮包。传达室的大爷都催多次了。我知道一定又是谭晨阳寄来的。春夏之交，换季的时令，谭晨阳寄来的必然是我和女儿的衣服。在传达室，签字，领取邮包，走出传达室，向门诊大楼走去……

有浓重而恢宏的呼啸声从空气中传来，像蝗虫群？像蜜蜂群？像野马群？不！像飞机群，不！也不像。这是一种从没有听到过的呼啸。刹那间，我脚下的地面剧烈地晃动起来，我不是在大地上，像是在筛动的竹箩里，在蹦蹦床上，在沼泽地里，在……

呼啸变成了轰鸣，由远及近。

坍塌，倒塌……摇晃，断裂……

喊叫，狂奔……

尘土飞扬，云遮雾罩……

“啊——”我惨叫一声。我被一块从高空飞来的广告牌扑倒在地，巧的是，压住我的，是广告牌幔帐的部分，假如是角铁或者支架的部分，我难免会被铁质的尖锐和巨大的重力加速度截成数段。这时候，我才反应过来，这是地震。

是地震来了。医生最清楚地震和死亡是什么关系。

我能感觉到头顶有瓦砾、混凝土在飞速地掠过，疾风骤雨似的，发出连片的撞击声。

作为医生的职业敏感，我意识到自己的生命状态基本正常，只是被刚才的一扑、一甩，腰部和肩部有些疼痛。我努力挣扎着，在幔帐下面调转方向……朝院子中央而不是朝门诊大楼。

我挣扎得很艰难，像电影里被对方炮火压制下的匍匐前进。广告牌其实并不大，对我来说简直就像是天塌下来了。致命的是，我努力了多次，都没能掀开它。我能感觉到瓦砾飞石砸落到幔帐上的冲击力和越来越重的压力。有一股熟悉的血腥味儿从幔帐外钻进来，外边一定有伤亡。我绝望了，我多么渴望有人来救我。谁会来救我呢？

当然不可能是谭晨阳。那，是洪隆亭吗？我首先想到的是洪隆亭。洪隆亭如果活着，他一定会来救我的，一定！一定！！一定！！！

他活着吗？我艰难地从肩包里摸出手机，按钮，却没有任何反应。

通讯中断了。此刻的手机，形同一块冰冷的瓦砾。

大约十多分钟后，我被救出来了，是一双枯瘦如柴的老人的手，吃力地抬起了细长的角铁。阳光，正午的、带着血晕的阳光扑面而来。

我终于爬出来了，我发现手上全是血。不是我的，是别人的。

老人——我们传达室的大爷，是我见到的第一个活人。

门诊楼、住院部，包括传达室，都……都塌了。

关于地震后的惨状，我不愿用文字去继续描述，我没有那个决心和勇气。我佩服那些后来赶到的记者和作家，通过他们，这里的一切以通讯、新闻、录像、图片的形式，十分具体地、客观地传递到了世界上每一个人的眼睛和耳朵里。

要说的是我当时的心路历程。

侥幸活着的我，第一时间想到的亲人，有三个：女儿，婆婆，还有洪隆亭。

我是把洪隆亭当成亲人了。

当然，谭晨阳也是，但他出差在外，地震的魔爪对他鞭长莫及。

庆幸的是，女儿成为学校为数不多的幸存者。而我的婆婆——谭晨阳的母亲，她没了。根本无法施救，我们小区的几幢大楼坍塌成了几座连绵的大山。我对着废墟，撕心裂肺地喊了无数次的“妈”。我知道这是白喊，我疯狂地去扒拉残垣断壁，但我一个女人弱小的力量，连一根细细的钢筋都奈何不得，手指上磨出的血，烙在残垣断壁上，像一朵朵破败的梅花。太突然了，山里山外交通中断，重山阻隔，救援队还没跟上。所有活着的人，心，空空的，悬悬的。

女儿被后来赶到的救援队伍安排在临时帐篷里。我紧紧地搂着沾满尘土和血渍的女儿，只搂了大约二十分钟，我就毅然放开了她。我从帐篷里冲了出去。

我放不下洪隆亭。亲爱的隆亭，亲爱的亭子，你活着吗？你在吗？你没伤着吗？你好吗？

大街上像是刚刚经历过一场空袭，幸存者们都乱套了。我没命地在街道上奔跑。奔跑成为街道上幸存者的一种状态。奔跑其实都是有方向性的，朝废墟，朝倒塌的地带，所有的方向，都是生命有可能消失的地方。那里，这里；这里，那里，亲人、同事、朋友都成为生命的谜团……都是奔跑者寻觅的终极目标。

我的目标，是卫生局机关大楼。

太阳在漫天的尘雾中晃了几晃，就像断线的风筝，在西山陷落。缺水、停电、通讯中断的城市，像一个气数已尽的垂暮老人。

洪隆亭一定凶多吉少，他一定出事了。从地震到现在，都四个小时了，我始终没有见到他的踪迹。我心里紧张到了极点，他……也许……死了。

即便死了，我也要找到他的遗体。我不能让他带着遗憾离开这个有我的世界，不能让他去天堂的路上，看不到我的目光。

卫生局机关的大楼像个倾斜的魔方，院子中央停放着十几具遇难者的遗体。幸存者显然被紧急组织起来去其他地方救援去了。在卫生局机关门口，我看到了一张书有“卫生局紧急抢险救灾人员临时安排表”，借助手机电池的光亮，我在名单里找到了洪隆亭名字。

啊啊！活着，洪隆亭还活着，他和我一样，是幸存者。

碰到了卫生局机关的一个干部，我急不可耐地问他：“请问，您知道洪隆亭，洪科长在哪里吗?”

“他在参与抢险救灾呢? 您是大夫吧。按照县里的统一部署，所有大夫，自觉接受编组，就近参与抢险。”他通过我的工作服看出了我的身份。

用得着说吗? 我是医生，我很清醒自己该做什么。那段日子，抢险救灾是我们最自觉的行动。这样的行动，更多来自心灵，绝不是因为号召和指令。

那一刻，我发疯似的想去找洪隆亭。洪隆亭已不仅仅是他洪隆亭，而是一个存活的、与我的生命有关的生命。他生命的胸膛，一定比我想象的还要火热。想象中他的死亡和现实中的存活如此戏剧性地发生逆转，让我再一次感受到了生命的无常和奇妙。真想对他大哭一场。此刻，理智比感情更要脆弱。人说死就死了，还要什么理智啊！

我却无法去找他了。暗夜和余震掺和在一起，大地和人们的心始终处于颠簸状态，面对布满大地的随处可见的死亡和伤残，活人之间的寻找是多么的自私和无趣。我就近参与了一个抢险队伍，我大声告诉他们：“我是医生。”

一个比天还要大的问号，朝我铺天盖地而来，像曾经重压在我身上的广告牌。就是说，洪隆亭，他——侥幸生存的他，是不是忽略了我呢？忽略了我在人间的死亡，或者存在？

洪隆亭既然活着，为什么不去找我？

像地震背景下的生命一样，一切，脆弱得让人捉摸不透。

耳边传来最多的声音，是哭声。

路过一个临时帐篷，一个女人的哭声穿透帐篷厚厚的帆布，她几乎在喊："我的儿子——"

她的儿子一定死了。这是天底下所有当妈妈的最无法接受的信息。

我的泪珠再次夺眶而出。为她的儿子，也为一颗母亲的心。

近了，透过帐篷窗口摇曳的烛光，女人脖子上吊着绷带，一定是胳膊受伤了。怀里抱着一个孩子。乱发遮盖着女人的脸，像个模糊的定格。

耳边传来小声地感慨："这是卫生局洪科长的妻子。洪科长第一时间冲进家属院，他的妻子和儿子都被压在一截混凝土下面，妻子被救出来了，儿子却……"

8

这是震后的第二天，我也就是在这天终于见到了樊绮云。

没人奇怪樊绮云为什么会选择跳楼，事实上，地震发生时，选择跳楼的人很多。许多人都十分理解这种无奈的选择。跳楼，尽管是与死神的迎面相撞，说不定也会有擦肩而过的可能。而不跳楼呢？应了句词语：死守。极有可能万劫不复，即便不是被砸、被压、被碾，光那弥漫的尘埃，足以让人活活呛死。

至此，我不说你该意识到了，这片废墟，之前，是一家宾馆。

在宾馆和地壳一起像谜一样的同频共振中，这里到底发生了什么？对现场的其他救援人员来说，仍然是个谜。但是，当任何一个谜以血淋淋的死亡为背景，真的就不应该朝谜来理解了。这里，此刻，打死也不该是个揭谜底的地方。

面对地震，所有的谜面，莫过于救死扶伤；所有猜谜的过程，莫过于救死扶伤；所有的谜底，莫过于救死扶伤。

很显然——当然我这是假设，或者叫判断。地震当天下午两点半左右，也就是地震前，樊绮云和夏景坤先是在宾馆登记了房间。后来两人就上电梯、进房间了……窗帘拉上了，清幽的床灯和粉红色的壁灯使整个标准间显得暧昧而温情，也许，还有舒缓的乐曲吧。樊绮云换上了那件精美的梦芬黛尔睡衣……

只有我有资格做出这样的判断，因为这件睡衣的来龙去脉，只有我和樊绮云是当事人。既然睡衣穿在另一个女人身上的事实，我是唯一知情者，那么，请原谅我对死者的并非恶意的判断。

谢凤珍准是在这个时候冲进客房的。

谢凤珍怎么嗅到的消息，这已经不重要……

谢凤珍怎么进的房间，这已经不重要……

谢凤珍寻迹而至的动机，这已经不重要……

重要的是谢凤珍偏偏出现了。

更重要的是谢凤珍和地震几乎是前后脚不期而至。经历过地震的人，不会认为这样的概率过于意外，过于偶然，过于充满变数。不！所有事件的发生，必然有它的可能。连地震都会不请而来，连生命都会化为乌有，连时间都会瞬间凝固，连机遇都会稍纵即逝，何况，何况谢凤珍—— 一个有备而来的不期而至。

天地间轰隆隆的异响伴随着山摇地动由远及近。灾难瞬间让房间即将发生的一切故事改变了预设的主题，包括原有的立意和方向。

……摇晃……坍塌……血液……

很难设想当死亡之神不容置疑地敲响丧钟的时候，不同的人第一反应该是什么，或者不应该是什么。反正，那一刻，我的第一反应其实等于没有反应，第二反应才是本能——逃生，但是等反应过来了，却被广告牌俘获了。

说远了。还是回到我对现场的判断吧。我直截了当告诉你吧。面对扑面而来的死亡之神对夏景坤、樊绮云、谢凤珍三人的投掷、挤压和倾泻，理智在最短的时间里替代了冲动，樊绮云和谢凤珍几乎不约而同地完成了一连串的程序。樊绮云脱掉睡衣，谢凤珍脱掉套裙；樊绮云换上谢凤珍的套裙，谢凤珍换上樊绮云的睡衣。唯独夏景坤什么也没换，当时的他，是伤？是死？是活？无从知晓。

也许，樊绮云在纵深一跃的最后几秒钟前，朝谢凤珍挥了挥手。

也许，樊绮云什么话都没说，就攀上了阳台的窗口。

也许，樊绮云和谢凤珍都泪流满面，他们一起相拥过。

也许，樊绮云在谢凤珍的咒骂声中，毅然转身。

也许……

都是判断。我是不是想多了？

交换睡衣和套裙这个重大主题，是谁率先提出来的呢？是谢凤珍？还是樊绮云？她俩都是尊严感极强的女人，无论谁率先提出，似乎都有可能。如果不是为了尊严，谢凤珍绝对不会在自己的丈夫和婚外情人约会的关键时刻找上门来；如果不是为了尊严，樊绮云绝对不会穿着最美丽的睡衣和她最看重的心上人见面；如果不是为了尊严，三足鼎立的尴尬局面就不会在宾馆的房间出现。

因为尊严，交换睡衣和套裙，就有一万种可能。

尽管，这是濒临死亡的人对救援者乃至所有活着的人所做的最后一次关于尊严的表演，准确地说更像一幕哑剧。她俩在试图掩盖死亡前的无耻，试图伪饰灾难后的难堪，试图让生前的所有尊严贯穿始终，给见证他们死亡的救援者一个简单的“真相”。

如果我不去戳穿，这样的“真相”几乎就是真理。我……我怎会想到“戳穿”两个字呢？亏我还是个文学爱好者呢，面对这样的灾难，我理屈词穷。

无论怎样判断，他们和地震中丧生的几万公民一样，首先带走的，是生命。

假如，我说的是假如。假如梦芬黛尔牌睡衣是穿在樊绮云身上的，并且和谢凤珍的老公夏景坤依偎在一起；再假如，房间的死者是两女一男三个人。那么，一切的一切，都无须判断。所有的尊严，也将和桃色新闻一起，汇入人们飞短流长的泥淖，伴随着岁月的尘埃沸沸扬扬，飘飘洒洒，谁能知道最终灰飞烟灭的那一天？

我在心里默默为谢凤珍、樊绮云祝福：我的好姐妹，你们，一路走好！

那天，耳边传来的所有感慨，是那么让我感到欣慰。

“唉！准是夫妻。”

“多可惜啊！夫妻俩准是来这里度假的。”

这就够了。人间对死者这样的结论，足以让我彻底放下心来，为谢凤珍夫妻俩，也为樊绮云。

后来的几天，来自全国各地的救援队伍和志愿者终于翻山越岭陆续开进了山城，他们冒着生命危险，洒满灾区所有的边边角角，与死神做着顽强的较量。他们是抢险救灾的主心骨，是生命的寄托，是灾区的希望，是灾民们心目中真正的救星。现场还有大量的作家、诗人、记者。我在报刊上读到大量关于抢险救灾的报道、散文、诗歌和摄影作品，一曲曲抢险救灾的人间浩歌，惊天地，泣鬼神，唤醒了多少人间大爱！据说，大灾面前，沉寂多年的中国诗歌、摄影作品创作进入前所未有的爆发期，有人形象地概括为艺术“井喷”。同时，灾区出现的一些假、恶、丑现象也被媒体曝光，比如截留救灾物资的地方官员，比如某些豆腐渣工程带来的代价，比如“甄跑跑事件”……所谓“甄跑跑”，据说是一位灾区姓甄的教师，地震到来时抛下自己的学生不管不顾，只顾自个儿逃跑。他的理由振振有词：生命是公平的，首先得保护好自己。一时在媒体引起激烈的争论。

同时闯入我眼帘的，还有一幅照片，题目叫《爱人，让我们一起牵手》。

——《爱人，让我们一起牵手》，这张后来在社会上引起广泛关注的照片，一度被认为是摄影界的重要收获。

最初我并没太注意这张照片，那些日子，感动和被感动、震撼和被震撼、报答和被报答、帮助和被帮助几乎填充了人们情感的全部，“残酷”“事迹”“大爱”“奉献”“真情”这样的字眼几乎成为所有媒体的关键词。我真的无暇去感受一张命名为《爱人，让我们一起牵手》的照片所包含的深刻意义，直到几天内“你看《爱人，让我们一起牵手》了吗?”成为一句口头禅，我才赶紧去网上查找。

找到了，找到了《爱人，让我们一起牵手》。

照片上，其实是两位遇难者手臂的特写，一只是男人的，一只是女人的。该怎样描述这两只手呢？女人的右臂和男人的左臂努力平伸，朝着彼此，有明确的方向感，指尖儿都触一起了，再有那么一点点，就握住了的……

天哪！只有我知道，这是夏景坤和谢凤珍的手。

有人偏偏问我对这张照片的感受。

我努力想说点什么，努力了半晌，说出来的竟是：“再有那么一点点，就握住了的……”

9

最终认领并运走樊绮云遗体的人，是她的老公周树森。

周树森，堂堂一个老板，竟然是推着电动自行车来的。周树森他既然活着，为什么第二天才来到樊绮云的遗体旁边，而不是在地震后的第一时间？难道，樊绮云偷偷外出幽会的秘密去向需要他长达两天的猜度？也许，他根本就用不着猜度，那么，这两天里，他到底在干什么呢？

除了我，无人会在内心诘问这样一位死者的家属。我已经在内心诘问过一次洪隆亭了，我已经没有力气面对周树森这样一个问号。

地震是不容人们有任何疑问的，所有的疑问都没有任何理由，一如地震理直气壮地到来，一如地震无所顾忌地杀戮、屠城。

周树森的高级轿车一定被混凝土砸坏了，或者停放车棚里。事实上，所有的机动车在灾区几乎是寸步难行。我不知道周树森是从他的公司来的呢，还是从别墅的香风脂气里来？

周树森告诉现场的人：“她，是我的太太。”

周树森刻意强调，“我一眼就认出来了，她临出门时，就穿着这身衣服，我让她来宾馆看望一位多年没见的朋友，没想到就……唉！我来晚了。”

我真是佩服周树森这一点，这欲盖弥彰、掩耳盗铃、却又属于真实的谎言，像谎言的质地一样真实，使有关樊绮云的秘密和生命同时化作袅袅青烟，飘散、消失在所有幸存者想象的尽头。

我发自内心地佩服，真的！

如果不是这谎言，还有什么能够掩盖假象；如果不是这谎言，还有什么来保护尊严。

地震掩盖了一切，谎言也能掩盖一切。

谎言和地震一样不要脸。

但是，我打死也不会要地震，我要的是谎言。对，是谎言。

周树森根本不会留意到，周围的救援者中有我的存在。那个戴着大口罩戴着白帽子穿着白大褂的我，正在用地震教会我的目光扫描着他，同时扫描着从他嘴里滑落的每一句话。

许多人看见了这样的一幕，在众目睽睽之下，周树森试图把樊绮云背起来，但是樊绮云的遗体已经开始僵硬。周树森努力了几次，都没有成功，他索性找来一根绳子，说："请帮个忙。"

大伙明白了，周树森是想把妻子绑在自己身上。

谁都没有提出反对意见。在血雨腥风中，即便有多大的不妥，死者家属的意见，就等于上帝的意见。在大伙的帮助下，周树森把樊绮云绑在了他的背上。周树森试图驮着妻子离开，但樊绮云僵直的腿脚阻碍了他的操作。他只好不再努力，推着电动自行车，沿着废墟边缘前行。

他要把樊绮云背往哪里？是往自己的家吗？

我的心提到了嗓子眼。

负重前行的周树森，身子前倾。他左臂使劲弯到身后，吃力地揽着樊绮云的身子，腾出右手，紧紧攥着电动自行车的右把儿。人、车在残垣断壁之间蹒跚而行的过程，像一组生动而逼真的真情镜头，让在场的许多人潸然泪下。当时恰恰没有记者在场，否则，这样的镜头会毫无悬念地定格下来，定格在各大媒体事关地震的头条位置。这样的定格蕴蓄着何其深刻的主题！即便人间纯粹的冷血者也会得到感化。

试想，生作为人，当一个普通的丈夫，用这样一种特殊的方式，把罹难的妻子绑在自己的身体上，把健全的生命与遗体绑在一起，这是夫妻之间怎样一种联系？你尽可以去想象，肉体之间的联系，情感之间的联系，岁月之间的联系，亲人之间的联系，还有，生，与死之间的联系。

所有的联系归结起来，似乎是：生者，以最朴实的方式，给了死者最后的尊严。

虚假的行动，比谎言来得更惟妙惟肖。

我的心在滴血，一滴，一滴，又一滴。我知道樊绮云死也不会瞑目。但是，在人间，在所有生者的视野里，纵有一万个樊绮云，也可以瞑目了。啊啊啊，不！不对，樊绮云——天堂里的樊绮云，一定瞑目了。

不久，我从一本叫《地震诗抄》的诗集里读到这样一首诗歌，题目叫《背着爱人回家》，其中有这样的句子：

回家吧，我相濡以沫的爱人
你小的时候，是我的岳父背你
后来，你到了我家的门口
现在，是我背你
背你去天堂的路
请原谅我不得不用麻绳捆住我俩的身体
只为，在人间，我仍然拥有你
只为，在天堂，我仍然是你的

其实天堂就在人间
其实人间就在天堂
变了的只是生死
不变的，仍然是我们的家
回家，回家
我相濡以沫的爱人
地震只是地震
地震不会让我们心震
看见了吗亲爱的
门口眺望的
是我们的老母亲

这首诗，风传得很快，简直像从天而降的风，平地而生的风，横空出世的风，在空气中刮来刮去，刮遍了大江南北，许多读者在网上留言，其中有句留言是这样的："看了这首诗，我哭了。仿佛看到一位可敬的丈夫，背着爱人的遗体，在岁月里一如既往地行走，朝情感的方向。他踩着物欲社会人性的软肋，踩得我们好痛，好痛！"

读到这里，我也痛了。我不知道是哪儿痛，反正是痛。

媒体真厉害，周树森在报刊、网络上迅速被传成"周背背"。"周背背"和"甄跑跑"的意义和内涵截然相反。在公众眼里，"周背背"背上负载的，不仅是自己不幸死难的爱妻，更是中华民族的传统美德，是无声的大爱和朴素的感情，是……反正公众总结了好多。

面对这个世界，我笑了。我无论如何想不到，我在这样一个世界里已经生活了快四十年。居然是一次地震，让我突然明白了许多。

需要补充的是，灾后重建进入尾声的时候，周树森进入了新的婚姻。他专门给我送来了请柬。新娘子就是那位包养多年的二奶。他既然有脸皮给我送来请柬，我就有脸皮去赴宴。我潜意识里，总觉得我是代替樊绮云去的。为什么要代表樊绮云去参加这样一场婚礼，连我自己都说不清楚。

婚礼当天，我恶作剧地带了一份转载有诗歌《背着爱人回家》的权威报纸，我想象着把这份报纸当面送给周树森或者新女主人后的第一反应。是撕了？是扔到垃圾里？是置之不理？是无奈地一笑？是对诗人和报纸的诅咒？答案不得而知。我特意把报纸掖在包里的，但是我最终没有把他拿出来。置身灾后这无比难得的、罕见的大喜日子，我突然觉得，哪怕是虚假的喜庆，在这样的世界里，也是多么的昂贵。人们渴望喜庆，也惧怕喜庆，终归又是多么需要喜庆。不久，媒体上出现了一条新闻，新闻的题目很抢眼，叫《“周背背”感动了大学生痴情女》，奇怪的是，面对这样一条新闻，我已经冷静、平静了许多。当全社会都在为“周背背”和新娘子祝福的时候，我把目光落在了县城北侧的一个山坪上，那里是集中埋葬死难者的地方之一，有上万具遗体长眠于此。阳光洒落在那里，当初新栽培的松柏已经显得郁郁葱葱。草在生长，花儿在开。一切的一切，和周围没有任何区别。只有那块高大的大理石墓碑默默矗立，提醒人们，同样的大地上，这里与众不同。

倒是新娘子——这位叫罗梦彤女大学生后来看望过我一次。我很清楚，她显然是冲樊绮云来的。她说：“惠儿姐，你是绮云姐生前的好朋友。我知道我此生最对不起的人就是绮云姐。你一定知道，我和周树森之间，是不可能有感情的。但严酷的现实已经教育我如何选择自己的生活。而地震，让我再次懂得了什么才是好好活着。我们如果连活着都做不到，要心，有什么用啊！我好羡慕你惠儿姐，您有一个充满爱的家庭，有安放心的地方。”

天哪！这死丫头，一下就戳到了我的软肋，不知是无心，还是有意？

我一时无言以对。我只犹豫了一瞬，就选择了一个具有挑战性的话题，我说：“你怎么看待诗歌、新闻里对你们的描述。”

罗梦彤说：“惠儿姐，我不理解您为什么会对这样的诗歌和报道感兴趣。我都懒得提起这样一个关于文学的话题。地震让我明白，我们肉眼看到的事情，不一定就是真的，而虚构的东西，也许才是最可信的。”

“虚构？只有小说里才有虚构。”我拿出了文学爱好者的架势。

“你说得对，地震让我明白，能够还原地震本身的文学作品，唯有小说。小说可以让我们感受到地震的同时，也感受到我们的心震。”

我再一次无言以对，我突然就想到了樊绮云。作为女人，罗梦彤的睿智、聪慧和这分令人吃惊的淡定，和樊绮云竟是如此的相似。天哪！我还能和眼前这个女子把话题继续下去吗？这个叫罗梦彤的曾经的——二奶。

10

在救灾现场，我看见过洪隆亭。

我老远就看见了另一支抢险队伍里的洪隆亭，尽管他戴着厚厚的口罩，仅凭他那两道眉毛，我就确信无疑。就是他。

我没有来得及躲开他。他第一时间就发现了我，像意外发现了久别重逢的战友。他扔掉手里铁锹，以奔跑的速度，却是在废墟上高一脚低一脚地朝我靠近。

洪隆亭说："惠儿，我看见你了。"边说，边摘掉口罩。

"谢谢你看见我。"我说。我并没有把口罩摘掉。

洪隆亭听出了我的弦外之音，想说什么，喉咙一时像是噎住了。他用一种说不清楚的目光注视着我的眼睛。目光就是目光，他偏偏要把目光搞得说不清楚，搞得内涵复杂，搞得像是包含了很多内容。他越是用这样的目光注视我，越说明他内心的虚伪。这是一种过分修饰过的目光，是掩护，也是迂回。

然而，他的泪马上就下来了。

我一怔，那一瞬间，我突然意识到我是不是过分了。这泪水，是为我流的吗？不！不应该为我，真的。他失去了自己最宝贵的儿子，他有为儿子、为自己流泪的理由。这次地震，成千上万的孩子失去了生命，而抢险救灾的队伍中，就有许多像洪隆亭这样的家长。得相信灾难面前的人间大爱，许多家长擦干眼泪，挺起来，去寻找与自身本无血缘、亲情的生命希望。

"隆亭，节哀吧。一切，我都知道了。"我看着他，回应着他的目光。

也许，这话说得显然有些迟到了；也许，这话有些多余。迟到是不合时宜，多余是多此一举。但这话却适得其反地重击了洪隆亭。他的头轰然低下，几乎是下垂，眼泪扑簌簌地垂落。

我轻轻摘下口罩。我没想到又说出了更不合时宜的话："我看到过你妻子，还有，你……儿子。"我为什么要这样说，显然不是安慰，是表示我对他的在乎吗？

"我相信的，惠儿。"洪隆亭说，"我妻子和儿子从废墟里被挖出来后，我当时已经懵了。后来，我才去了你那里，听说你已经被救出来，参加救援去了，我也就放心了。我没有在地震的第一时间奔你那里，我无法解释我自己……”

我听得睁大了眼睛，这样的内心话，本该烂在心里，融化掉，稀释掉，挥发掉才对，是万万不能说出来的。特别是这样的环境，这样的氛围，这样的场合。

我幸亏活下来了，活下来不是我的错。假如我当时被压死了，压残了。把我从广告牌底下拖出来的，肯定不是洪隆亭。他不会顾及我，这是铁定的逻辑。在生死线上，过程和结果有本质的区别，结果是一回事儿，过程是另一回事儿，如何面对结果和过程，又不是同一回事儿。

这是一种态度，铁的态度，铁逻辑，逻辑的铁。

这样一疙瘩铁，像是沉到我心脏的底部了。

我反过来安慰他：“你想多了，我这不活得好好的吗！”

这样的安慰，连我自己都不会相信，洪隆亭怎会相信？连鬼也不会相信。

就这种不被相信的话，被我拉家常似的说出来，通过空气在废墟上明目张胆地传导着，郑重其事地进入洪隆亭的耳膜。

我惊慌失措地发现，这样的见面，我们的思维整个乱套了。

至此，许多话，都该打住了。我不知道，这是不是我和洪隆亭的结束。不仅仅是对话的结束，而是我和他的一切行将结束，永远画上含蓄的、含糊的、含混的句号。

什么都无须多言了。一切，都无须追问。地震本身就是一个没有答案的追问，它早已把我们高高悬挂在无尽问号的尽头。比如，我本来想告诉他，不远处那堆废墟，那，就那，那里曾经是樊绮云跳楼的地方。你还能想起樊绮云吗？她曾经让我因你而泪流满面，为你！

比如，我本来想期待他突然对我说点什么，当然是安慰的话，这样的话首先不应该是空洞的，应该是实实在在的，他会说，知道吗，惠儿，曾经，我准备了一件东西，在我们某个相约的夜晚，我会亲自送给你，或者，帮你穿在身上……

当然，我指的是睡衣。

作为一个深陷情网中的女人，我始终忘不了精品店里的导购小姐的那句话，小姐曾经说：“您这位女士，真有眼光，鹅黄色梦芬黛尔睡衣就我们这个精品店里才有，只进了两件，还有一件，早前被一位男士买走了。”

当然更忘不了樊绮云凑到我耳边的话：“该不是洪隆亭买去了吧，为你。”

要说身心疲惫，莫过于此刻；要说最想听的话，莫过于掏心窝子的安慰。

无须再做比如了，就让……就让那件鹅黄色梦芬黛尔睡衣属于洪隆亭的妻子吧，我们都是女人。尽管，那不是洪隆亭对妻子的真心。

活着就好！还提什么睡衣啊。

要说地震给我们最大的启示，就是活着，把该放下的，一律放下；把不该放下的，要放，也放下。

生命在呼唤，救人要紧。夜，很快又来了。

窄小的帐篷里，受到连日惊吓的女儿似是而非地进入了梦乡。几夜未曾合眼的我，用疲惫的手在烛光里打开了一个破损的皮箱，这是救灾人员从我家所在小区的废墟里挖出来的，如果不是皮箱上写着“奖给优秀地质工作者谭晨阳同志”的字样，就无法这么快回到家属身边。

我决定打开这个皮箱。我之所以执意要打开老公的私物，是因为我从破损处意外地看到了梦芬黛尔的字样。“我的天！”我听见我来自心灵的感叹通过喉咙、气管和口腔传导出来，迅速在烛光里扩散。

这是我最吃惊的发现。

我用一种只有探险者才有的心态，迅速打开了皮箱，打开，果然是一件包装完好的睡衣，鹅黄色，和樊绮云的那件一模一样。

我在烛光里把睡衣搭在身上比试了一下，尺寸正好。滑爽、绵润、摇曳的感觉像从鲜嫩的青苔上流过的清水。有一双手，轻盈而贪婪地抚摸着睡衣，睡衣把这样的抚摸传导给了我的肌肤。我知道，这手，不是洪隆亭的，也不是老公的。

是一个女人的，这个女人就是我自己。

“妈——”女儿从睡梦里一声惊叫，翻身坐起，像一只蜷缩的小猫。

有个影影绰绰的暗影，伫立在帐篷门口，一动也不动。月光在他的背后，他在月光的前面。哦，是谭晨阳回来了。

2010年9月从汶川灾区考察归来重写

（载《中国作家》2011年第5期）

流淌在祖院的时光

引 子

我家祖院能变成全县唯一的乡级地震纪念园，完全在我们祖孙三代的意料之外。我有时就想，那一代代在唢呐和哭丧声中被抬出这个院子并在祖坟里入土为安的历代先人们，当他们的阴魂返回故乡的时候，还会在流淌的时光里聚聚散散吗？

就材质而论，地震之前，我家的祖院和尖山村几百户人家的院落几乎没什么两样，院墙多属于干打垒的那种，瓦房多是土木结构，主墙由干打垒和土坯结合而成。四周是同样的空气、同样的阳光、同样的崖畔、同样的羊肠小道、同样的黄土高坡，后洼里那眼深不见底的枯井，有雨则满，无雨则干，那就等于日子的成色了。要说家家户户的房屋有什么区别，只能是朝向了，有东有西，有南有北，一成不变地嵌挂、黏附在层层叠叠的崖畔上。站在这边山梁上一望，整个村子像一堆儿散架了的炕面儿，草灰裸露，土坯突兀，执着地掩映在一片稀稀拉拉的刺槐林里，顽强地显示着一个堂堂行政村的存在。自从有先祖以来，一茬一茬的男女老少就在这样的家园里，被辐射到四周庄稼地的羊肠小道牵引，日出而作，日落而息。夜来窗灯四亮，忙乎了一天的人儿开始串东家门，溜西家院，时有秦腔吼起来，二胡拉起来，酒令猜起来，各种声响混杂、徜徉在山风中，像拎了灯笼的萤火虫扇动着季节的翅翼，在昏暗的半山腰里炫舞。所谓日子，可不就这个意思嘛。

而今，尖山村的绝大多数院落已不翼而飞，唯独剩下我家的祖院，以废墟的姿态，摇身一变成了全乡唯一的地震纪念园。说是纪念园，不过是绕着祖院砌了一圈儿的砖墙，一丝不苟地维护了整个院落坍塌之后的样貌，让废墟保持了美丽而残酷的尊严而已吧。

1

那次震惊中外的波及川、陕、甘诸省的汶川大地震到底死伤了多少人和牲畜，倒塌了多少房屋和道路，媒体的报道连篇累牍，我不需赘言。我们尖山村总共死亡二十人，死亡大牲畜一百多头，毁坏农路若干条，倒塌的房屋大约有十分之七，另有一些房屋或多或少有墙体开裂、主体倾斜情况，只有少数房屋毫发无损。我家祖院的三间土坯房属于墙体轻微开裂的那种，只有院子东边的一间柴房倒了，被废墟掩埋的只是一大堆玉米秆儿、胡麻秆儿和烧炕用的麦衣。一个小小的村子突然有二十多位乡亲以集体死亡的方式血淋淋地离开人间，那种亘古未有的事件对全村意味着什么，我实在不敢想象。那时我正在省城读初中，记得那晚我们全家正一边就餐一边看电视，灾难突然就从荧屏上冒出来了，爸爸的筷子“唰拉”一声掉在了地上，整个人变成了一尊似乎凝固已久的雕像。第二天，爸妈就千里迢迢直奔故乡。我当然也想去看望奶奶，但爸爸说：“说不定还有余震呢，小孩子没经验，不能冒这个险。”

“哥，我和丽娜，能一起去吗?”临出发前，爸爸曾接到叔叔的电话。丽娜是我的婶婶。听得出，叔叔的电话是从洗浴中心打来的，里面一片快乐而亢奋的嘈杂。洗浴中心在东城，我家在西城。

“你还是别去了，不去，比去好。”

电话那边传来叔叔的哭腔：“这关键时候，非常时期，村里人怎么看我哩。呜——呜——呜——”

“一切，都为咱妈好，你懂的。”

在爸妈离开省城的十天里，坍塌、死亡、流血、抢险、救灾的信息几乎占据了所有媒体的主要窗口，垄断了人们街头巷尾的话语权，覆盖了芸芸众生紧张的神经。让我心悬一线的是我敬爱的奶奶，她老人家……

迎接爸妈归来的那天，我的翘首期盼里始终有一种祈愿，一如故乡的老屋一样死死地镶嵌在我望眼欲穿的目光里，我多么希望有第三人突然闯入我的眼帘：奶奶。可是没有，我只见到了爸爸和妈妈，他们什么都没有带来，只带来了两张呆滞、板结的脸。我的眼泪“唰”地就下来了。坏了，奶奶……

“放心，奶奶挺好的。她老人家是幸存者，没事儿，真的!”

我终于相信奶奶没死。爸妈这次返乡，除了与抢险的武警战士、志愿者、幸存的村民一起冒雨埋葬了死难的乡亲，处理了压死的牲口，还赶到县、乡医院看望了受伤的村民，其中每时每刻都贯穿的一个重要主题就是：动员奶奶到省城来。

这也是政府抢险救灾时期暂时安置灾民的渠道之一：提倡有条件

的灾民暂时投亲靠友。爸爸动员奶奶，本当是天经地义的事情，也是我们全家的热切期盼。但这个愿望最终没有实现。爸妈必然是苦口婆心仁至义尽了的，他们扛不住奶奶的顽固与坚持，只能选择丢下奶奶折返。听爸爸说，奶奶最后以死相逼："我活得好好的，你们快走，再缠我，我一头撞死算了。"

"妈，这是非常时期，你不跟我们一起去省城，人们怎么看咱？不了解情况的，还以为您属于'空巢'老人哩。如今老家变成了灾区，您还……不知道的，以为我们当晚辈的……"

"很简单，就说我一根筋不跟你们去不就是了吗？何况，灾区像我这样的老人比驴还多，都习惯了。"

后来我才知道，爸妈返回省城的第二天，叔叔也按捺不住了，心急火燎地赶往故乡，只不过没敢和我奶奶见面，一个人披着雨衣，拉低帽檐儿，在村口鳞次栉比的帐篷和抢险的队伍里来来往往逡巡了好几遭，在确信奶奶安然无恙之后，这才赶到乡上捐了款，然后匆匆返回省城。那次他没有把款捐给村里，他担心村里有人会发现他曾经出现的迹象。

相对而言，村民的灾情程度不一。灾情重的，大多暂时住在社会各界捐助的帐篷里；灾情轻的，照样住在家中。奶奶属于住在家中的那种。后来的日子里，爸妈尽管转入了正常工作，但是每天晚上回家，所有的话题都离不开灾区，离不开故乡和奶奶。好在这是新媒体时代，爸爸每天晚上都要和奶奶通一次移动电话，于是，我们得知村里大规模的灾后重建已经列入规划，死亡农户家庭的善后工作进展顺利，上面派来的心理咨询师挨家挨户进行心理疏导，娃娃们开始在帐篷里恢复了学习，用电照明基本恢复……尽管我家祖院受损轻微，但爸妈仍然每天提心吊胆，总是生怕余震突然来了，生怕老屋突然倒塌了，生怕奶奶……奶奶总是说：“你们忙你们的，灾后重建主要是那些受灾严重的，我这里一切和往常一样，你们不要操闲心了。”

奶奶的解释越是举重若轻，越让爸妈有做贼心虚的感觉。爸爸感慨：“咱妈，把我们当晚辈的恨透了。”是冲妈妈说的，以为我没听见呢，我只是装聋作哑而已。

地震，让奶奶的心变得坚硬无比。现在看来，她那时已经被另一件事堵在胸口了，一位七十岁的老人，那件事让她在纠结、幽怨和愤懑里无法自拔。村委会公示了家家户户的地震受损情况后，大多数村民没有反对意见。死亡的气息像雾霾一样笼罩着小村的房前屋后、树梢崖畔，不散的阴魂似乎还舍不得离开残垣断壁，活着的人脸上没有一丝笑容，谁还有心思在乎公示的客观性、公正性呢？公示是上面派到村里的工作组和村委会共同完成的。在对家家户户实地查看、丈量、分析、评估之后，又征求了多数人的建议和意见，这才公布上墙。据说那是乡村有史以来最大、最直观、最漂亮的公示牌，采用了现代喷绘技术。公示的最终目的大家都很清楚，它涉及救助资金的发放。谁家受灾严重，领到的救助款自然多些，反之则少些，房屋没有任何损坏的，分文不得。

“我有意见。”谁也没想到奶奶会跳出来，“我家的柴房也倒塌了，也应该享受救助。”

奶奶盯住的是邻居国盛家。在奶奶看来，同样是柴房，国盛家的柴房为什么会按倒塌的住房面积计算，而我家祖院的柴房就不能。国盛家的柴房和我家的柴房都建于20世纪70年代，何况我家的柴房比国盛家的还早建几个月。说是建——其实都是下砌土坯、上苫高粱秆儿搭起来的。上面发放的文件白纸黑字写得很明朗：倒塌的柴房一律不纳入受损住房面积统计。奶奶和村长的争执，像本来发酵的面团儿，突然就冒泡儿了，那就意味着馊了。

“您老人家的柴房和国盛家的柴房不一样。”村长解释。

“为啥不一样？”

“您也知道，几年前国盛弟兄们闹分家，逼得国盛妈没处安身，就搬进了柴房里，一直到咽气，才从柴房里搬进了坟地。但您家的柴房不是，您家的柴房是堆放柴草的，不能算受损住房面积。”

“照你的意思，住过人的柴房，就算住房？你难道忘记了，当年村里收容来自四面八方的乞丐，我家柴房给村里帮了多大忙啊！一次多则收容四五人，少则一两人，断断续续收容了十多年哩。”

“可是，国盛妈是国盛的直系亲属，乞丐不是您的亲属。”

“你这是啥话嘛！你的意思是，国盛妈是人，乞丐不是人？”

“……嗳，还有一种情况，国盛弟兄们都在外打工，日子推得紧巴，您至少还有两个争气的儿子，一个在省城吃公家饭，一个在省城挣大钱呢。”

“不行，我就认准一条，住房是住房，柴房是柴房，文件有规定，就要一视同仁。”

奶奶这一闹，像引擎构成的巨大动力，全村死气沉沉的氛围有了些许解冻的意味，隐现几分怪异的活跃。村委会就被乡亲们围起来了，一些人拿出了证人证言，反复证明自家的柴房当年也曾住过人，另有一些人则干脆认为，自家的住房和柴房从来没有什么区分，比如夏收时迎接麦客、平时接待远道而来的亲戚时，土炕无法容身，就得搭上柴房，还有一些人认为……公示无法进行下去了。最终的结果，奶奶不仅没有如愿以偿，国盛到手的鸭子，也飞了。

乡亲们等于跟着奶奶白忙乎了一场，一个个感觉偷鸡不成蚀把米，无趣死了。奶奶呢？等于把自己抹成了大花脸。

当晚，村长家受到了国盛的攻击。国盛穿过院门直奔堂屋，一手拎铁锨，一手指着村长："把我送你的，给我吐出来。"

村长从炕柜里摸出了两条香烟，叹口气："国盛，你他妈的，你以为我是为了你的两条破烟吗？我是为了你那从柴房里死去的老妈，你狗日的忘记了，我当年咋把你老妈从柴房里抬进坟的？"

国盛高高举起的铁锨，像拉满了的弓，千钧一发……

村长的脑袋完全暴露在铁锨的有效打击半径之内，却丝毫没有设防的意思。但村长态度明了，句句都是反攻的意味，口气却是温婉的，像没刃子的镰刀，秃得连个棱都没有，平了。他了解村里每一个人的脾性，死了的，没死的；残了的，没残的；疯了的，没疯的。村长不好当，斧头铁锨镬头榔头架到脖子上的事儿，他见多了。态度是原则，口气是方法；原则是刀子，方法是软刀子。软刀子有时候能让刀子变成木楔子，甚至化作一团棉花。口气，有时候会决定事态发展的程度和走向，这是村长做思想工作的狡黠和智慧。

要说国盛家的情况，其实和其他村民没什么大的区别。国盛弟兄三人，他行大，下面还有二弟国强、三弟国威。生产队那阵，他父亲看秋时偷了几个玉米棒子，被抓了，被斗了，于是一根绳子上吊了。母亲杨海霞端屎端尿把哥仨一手拉扯大，并陆陆续续读完了初中。三个儿子是杨海霞的骄傲。村里人用善意的预见来宽慰她："你哗啦一下养了三个虎儿，将来有福可享了。"可谁也没想到市场经济的西北风一刮进山里，曾经四平八稳、五谷丰登的承包地反而养活不了日子了。庄稼汉成了离乡背井的候鸟，哪里好挣钱就往哪里飞。才几年工夫，村里就像泄气的皮球一样疲沓了不少，连人气也疲沓了。七沟八梁的土地，有的只好栽了树，有的眼睁睁地荒了、废了。

国盛长大了，走了；国强长大了，走了；国威长大了，走了。

三五年之后，国盛来了，盖房子、娶妻、生子，最后把儿子丢给母亲，两口子又走了。

又一个三五年之后，国强来了，盖房子、娶妻、生子，最后把儿子丢给母亲，两口子又走了。

再一个三五年之后，国威来了，盖房子、娶妻、生子，最后把儿子丢给母亲，两口子又走了。

十多年光景，国盛、国强、国威根本就不像这片土地上新一代的主人，祖传的土地、锄头、连枷、背篓、镢头、镰刀似乎与他们没有一毛钱的关系，他们都属于发达地区城市里的农民工，属于不是城里人的城里人。他们唯一与故乡有关系的是祖上留下的老院和一位生他们养他们的母亲。哥仨娶妻生子一分家，老院的家业就一分为三，越分越瘦。以前不是这样的，以前一家人祖孙几代都住一起，其乐融融，老的有老了的福，小的有小了的营生，穷富一个样儿，一碗水怎么荡漾也漾不出碗口。如今不一样了，有挣多的有挣少的，手头上有肥有瘦，该花谁的该捂谁的，日子就有了磕绊和颠簸，闹分家是必然的了。家徒四壁的老院理所当然留给了老大国盛。母亲是个大活人，不能分的，但也等于分了。咋说呢？三个儿媳妇哗啦啦生了六个儿女，全是母亲一个人拉扯到一个个换下开裆裤，背着书包上了村小。不到六十岁的杨海霞，活像一个筋疲力尽的、永远也无法退休的保姆，枯瘦如柴的身子骨里，布满了濒临死亡的女人才有的无助和沧桑。

那段日子里，全村除了爷爷辈的老年人和孙子辈的娃娃，很难找到一个身强力壮的青壮年。臭知识分子们真会玩文字，把这类老年人叫作“空巢”老人，把这类娃娃们叫作留守儿童。“空巢”就“空巢”吧，留守就留守吧，杨海霞后来连真正的“空巢”也没有了。那年春节前，国盛向老板讨薪时，被保安打瘸了腿，只好回家养伤，杨海霞又多了一个伺候对象。老大国盛的一儿一女慢慢长大了，祖孙三代挤在一个炕上不方便，柴房就成了疏散家族人口密度的最佳场所，疏散谁呢？——除了长辈杨海霞，还能有谁？总不能让废儿子进去吧，总不能让孙子孙女进去吧。一年后，国盛身体稍有恢复，憋了一肚子哀怨的国盛像落荒而逃的流寇一样辞别家母，再次南下。初夏的某一天，放学回家的孙子孙女意外发现院门口并没有奶奶守候的身影，院子里也出奇得安静，没有炊烟的厨房成了麻雀的乐园。倒在柴房里的奶奶，早已像发硬的地埂，蜷窝在灶台一旁。闻讯赶来的村长长叹一声："这年月，连个抬棺材的劳力都没有了。你们两个娃娃命大，奶奶死了，找我；我死了，找谁呢?"

那天，国盛怔了半晌，铁锨"哐当"一声从眼前掉下来。半晌才开了腔："我……侄子我糊涂了，侄子我，对不住您。"

"滚!"村长怒吼一声，口气大变，把两条香烟劈头盖脸砸过来。

国盛软了，村长硬了。国盛唯一还算硬的地方是额头被砸出的一个大包。国盛像一堆儿烂泥一样圪蹴下来，抱着头，"嗡嗡嗡"地啜泣，鼻涕眼泪的，像个小娃娃。

2

谁也不晓得啥时候，我家祖院的墙根豁开了几个碗口大的小坑，像镢头挖的，也像铁锨刨的。这段院墙同属于老屋的后墙。地震后的后墙，一条裂缝像蛇一样从墙根蜿蜒而上直窜后房檐，而今伤口从根子上又多了几个坑，就像一条蛇增加了几个脑袋。是不是国盛干的，没人看见过。也巧了，地震后的半个月里，雨水反而不断线，几个小坑很快被疯长的杂草遮蔽，变成了黄鼠狼的风水宝地。聪明有加的黄鼠狼按照自己建设家园的逻辑进行了修整，把小坑和墙缝串联起来，拖儿带女藏身其中。黄鼠狼比灾民率先完成了灾后重建。没人知道在夜幕和杂草的掩护下，黄鼠狼的夜生活是如何的如火如荼，风光浪漫。灾难，让黄鼠狼的家族提前进入了小康。

奶奶和国盛的关系，从此变得紧张异常。

得罪国盛，奶奶倒不是太在乎。以往国盛见了我奶奶，那种客客气气的态度，是发自内心的，真诚着呢。柴房的事情泡汤之后，国盛见了我奶奶，脑袋便高昂起来，但他不敢对奶奶动一根指头。奶奶在全村的威信那是数一数二的。听爸爸讲，当年曾外祖父不光是远近闻名的阴阳风水师，还是民间秦腔艺人，能自编自导自演，上至三皇五帝，下到才子佳人，均能入戏。没进过一天学堂的奶奶，自幼肚子里就灌满了之乎者也。多少年了，奶奶就像全村的活菩萨，哪儿有难必然出现在哪里，连鬼也得敬三分。生产队时，队里急缺记工员，奶奶就顶上去了，全体村民出工投劳的一本账全在她心里；后来又急缺民办教师，奶奶撂下账本又上了村小讲台，全村半数以上的村民都当过奶奶的学生，其中理所当然包括国盛。据说那时奶奶除了讲课本里的，还会讲祖上传下来的《朱子家训》《三字经》《弟子规》什么的，神着哩。再后来，村里急缺赤脚医生，奶奶又走下讲台参加了全县赤脚医生培训班，然后背起药箱子，一路翻山越岭，唱着《赤脚医生向阳花》，风里来雨里去，东家进西家出……

奶奶的这些陈芝麻烂谷子，说起来似乎已经非常遥远了，但奶奶曾经的过去，让奶奶在全村的名望始终如日中天，无法替代。

那次柴房的事情发生之后，奶奶隐隐觉得不对劲儿了，直到有一天，她终于憋不住了。

那些天，政府决定对尖山村实行异地搬迁，新的村址选在十几公里外山下的一片漫坡上。也就是说，政府对尖山村的灾后重建工作提高了标准和档次，并把灾后重建与新农村建设结合了起来。在这之前，政府对所有农户的房屋受损情况进行了摸底调查，给予了资金救助，并计划根据房屋受损的程度，采取指导、支持、帮助老百姓原址重建、危房加固等办法重建家园。而异地重建就不一样了，旧址连窝端，从山上搬到山下。在资金保证上采取政府和个人共同担负、银行提供优惠贷款等多种方式。这当然是大好事，一来宜居，二来交通便利，三来有利于持续发展长治久安。要说问题也不是没有，那就是家家户户离自己家的承包地越来越远了，未来的耕作成本自然成了大问题。有些仍然靠土地生存的、受损较轻的农户并不同意搬迁。上边派下来的工作组，开始挨家挨户做思想工作，并表示将来还可以进一步加大劳务输出力度，利用交通优势发展商业，反哺种地缺口。那阵子，村里搭起的帐篷大多迁到了山下，许多返乡的农民工开始在山下忙乎起来。

那天早上奶奶出院门，突然有异味扑鼻，这才发现大门的右门框上有一抹屎。

屎是有人高高撅着屁股喷上去的，然后又像稀软的泥巴一样顺着门框吱溜到了门槛上。门框棱子上，还有蹭过屁股沟的痕迹。那金黄的一抹儿秽物，实在太刺眼。奶奶二话没说，用清水把门框擦洗干净，然后躺在炕上，不吃不喝，睡了整整一天。

准是冲柴房的事情来的。奶奶前前后后琢磨过了，包括国盛在内的青壮年吃住都在山下，村里就剩一帮老人娃娃。娃娃们懵混不清，不可能记仇，也不会有高撅屁股的本事。那么老人们呢？这个问题一时让奶奶无可适从，怎么可能呢？也许还真是国盛这小子干的，难道他为了一泡屎，不惜连夜上山一趟，然后又下山？

奶奶专门下了一趟山。村民们正在划定的范围内平整未来的家园。奶奶好像很随意地蹭到了国盛跟前：“国盛，你够勤快的。”

国盛并没放下手中的活儿，连头也不回：“灾后重建，人人都勤快，又不是我一个。”

“你山上山下来回跑，也不累？”

“吃住行都在山下，我跑山上干啥？”国盛扫了奶奶一眼，“你有啥事，就吭声，我照样帮你干，你当过我的老师嘛！”

话分明是带刺儿了的，但奶奶立即判断出，屎，显然与国盛无关。既然与国盛无关，问题反而更加复杂了。奶奶有奶奶的涵养，上得山来，她不动声色地走进了老人们中间。她只字不提屎的事儿，像和大家拉家常。

“家家户户祖宗留下的这分家业，搬到山下也好着哩，就整齐了，这次下山，我都看到了，孩子们干得都很卖力。”奶奶说。

“是哩，是哩。咋不见你家栋学和栋梁来呢？到时候搬迁、重建、架梁，当儿子的不来咋成？”栋学是我父亲，栋梁是我叔叔。

“他俩工作繁忙得紧，到时候再说吧。”

“反正您不用着急，建好了也没人住，两个能干儿子给您兜底儿，住省城比住山沟里强。”

“……”

可是第二天，门框上又有屎了。奶奶终于撑不住了，径直找到村长：“我倒想听听，国盛家柴房的事情，我哪里错了，拉屎的事儿，有个再一，没个再二，把我一个老婆子当啥了？”

村长也很吃惊：“这真就怪了！”

村长帮奶奶做了全面的分析。在村长看来，拉屎的人显然是为国盛鸣不平。人心都是肉长的。邻里乡亲，情分为重。事情明摆着，论面子、论日子、论条件、论发展、论光阴，我家都要比国盛家强几倍。奶奶放着省城的安乐窝不享受，偏偏要住在条件艰苦的老家。住了就住了吧，还看不惯村里给国盛家一点额外的照顾。用我们老家的话说，就是“吃着碗里的肉，却看不惯穷人喝拌汤”。放到平时，这点事过去了就过去了，可这是要人命的地震，是送死人哩，救活人哩。奶奶这次恐怕是招惹众怒了，几十年积攒的好名声岌岌可危。村长说：“老人家，作为您当年的学生，我给您说话不愿弯弯绕绕，您看看我的分析是不是个理儿。至少，话丑里端吧。”

“你真是这么认为的？”

“不是我非得这么认为，我是帮您分析拉屎的原因。”

“照你这么说，我难道错了？”

“从监督村委会和履行民主权利的角度看，您老人家没错。我讲的只是个理儿。”

“你以为，我一个上了年纪的人，一个人住在村里，好受吗？”

“您不是常说，尖山的空气比省城好吗？您还说过，住省城受不了噪音和污染吗？”

“……”

“现在，全村多数人都在山下忙乎，投工的投工，出钱的出钱，投劳的投劳，过些日子，就开始开槽挖地基了，栋学是公家人，可以不来，但栋梁迟早得来，异地搬迁是统一规划，统一修建，有一户缺劳力，就说不过去，到时候，全村人对您的看法，就更大了。您的两个儿子，可都是尖山的名人哪。”

奶奶突然吼了起来：“你们这茬人，根本不晓得我，我比国盛他妈杨海霞还要可怜哪！”奶奶的吼声几乎和泪水同时喷出来的。

村长的嘴唇抖动了一下，长长的烟灰突然就栽了下来。

但村长很快就乐了。非常明显，触动村长的是杨海霞，而不是奶奶。奶奶的吼声，让村长莫名其妙，哭也不成，笑也不得。

村长喊了几个人，不到两小时就把我家祖院的柴房重新搭了起来。奶奶却不领情：“你们这是啥意思？栋学来，我都没让他动柴房。”

“没啥意思，真没意思。”

3

在我心目中，奶奶真是我的好奶奶。她老人家拉扯两个儿子长大成人，真是不容易的。在奶奶的言传身教下，爸爸从小念书非常用功，成为尖山村第一个考上警校的泥腿子，毕业分配后先是在省城派出所当片警，后来一步步到了市公安局城西分局成了局长。叔叔高中毕业后没考上大学，就参军当了特种兵，复原后被爸爸托关系安排进了一家洗浴中心。

关于我和奶奶感情，这么说吧，我不光是奶奶一手带大的，重要的是奶奶身上有许多物欲世界超凡脱俗的东西，让我容易与传统、美好、珍贵这样的字眼联系起来。比如我儿时满脑子的“黎明即起，洒扫庭除”“赵钱孙李，周吴郑王”“太上曰：祸福无门，惟人自召；善恶之报，如影随形”什么的，全是奶奶灌输进来的。上小学后，我开始对奶奶的种种灌输采取了抵制、排斥的态度，这乱七八糟的东西不但与我们的课本无关，老师也从来没有讲过。但奶奶有奶奶的理由：“当初你爸爸如果不是把这些东西背得滚瓜烂熟，还能当上局长？你小小年纪，以为是人就能当上大官啊！”

我只好硬着头皮跟着奶奶摇头晃脑之乎者也起来。当官不当官我不懂，我纯粹是给了奶奶面子。后来一个偶然的机会，我忽发奇想地把这些老古董带进了校园朗诵会现场。同学们听得云里雾里，一脸茫然，可老师们却齐刷刷地对我睁大了眼睛，那种刮目相看的眼神，让我突然明白了一些东西，我似乎刚刚走进了奶奶的内心，她老人家的内心真是一个不一样的世界。我似乎懂了奶奶，但并没有全懂。

你可以想想，那些年在省城，爸爸在单位忙得连轴转，奶奶每天陪伴在我母亲左右，从大肚子一直到我出生，即便我后来上幼儿园，也由奶奶往返接送。记得我在幼儿园上中班的时候，城东那头婶婶的肚子又大了，奶奶不得不搬到叔叔家里，开始了周而复始的全套服务。你很难想象奶奶日程的紧凑性和复杂性：洗衣、做饭、伺候月婆子，期间还要乘坐公交车到我家来，给我们做好晚饭，再返回叔叔家，有点南征北战的意思了。上小学后，我对奶奶的身份多了一层理解。她其实更像我们从家政公司雇来的大嫂，或者，像社区志愿者，再或者，佛家心肠的居士。爸爸和叔叔身处其中，一切是看在眼里的。爸爸和叔叔曾多次试图劝奶奶歇下来好好享享福，然后雇一位职业家政大嫂。可奶奶总是说："雇什么雇？那又是一笔不小的开销呢，你们房子的贷款还没还清，孩子上学也得用钱垒，柴米油盐每天都在涨。咱省一角是一角，省一分是一分。"

多年后，叔叔那边的小堂弟也要上小学了，大家的日子也慢慢有些好转的意思，气顺了，宽松了，负担轻了。爸爸和叔叔开始商量，无论如何也要领着奶奶走出省城，看看名山大川，至少飞机得坐坐吧，兵马俑得看看吧，西湖也得走走吧。可是不久，事情就来了……

那是个很平常的傍晚，奶奶领着小堂弟遛街。她突然就愣了神儿，嘱咐小堂弟："你原地等我，我前面买点东西就来。"

其实是奶奶耍了个小聪明。她意外发现一男一女走进了一家宾馆，女的挽着男的胳膊肘儿，腰身一闪一闪的，小包一亮一亮的，一条白白的小臂一甩一甩的，那分明就是我年轻漂亮的婶婶嘛。

我那时已经读初中了，千变万化的社会和新媒体已经让我们这茬少男少女对同样千变万化的世界有了很多意外的感触和认识，这样的感触和认识尽管谈不上多么纵深，但大致已经有自己的判断了。只是一切都看在眼里，记在心上，很少与大人们交流罢了。比如婶婶的那点事儿，其实我早有耳闻。最终得知婶婶从事那种行当，是我上六年级那阵。有个周末，我们全家在叔叔家聚会，餐厅里的鸡鸭鱼肉早已对我失去了吸引力，迷恋我的是婶婶卧室里的电脑。在厨房里煎烹煮炒的婶婶也许是健忘了，也许习惯上对心粗体胖的叔叔疏于戒备，也许对我这样的黄毛丫头片子的智慧根本就不屑一顾——电脑显示器上的 QQ 聊天窗口居然是挂着的，那只可爱的企鹅标识挑逗性地一闪一闪。我好奇地点击进入……那次真是开眼了啊！好几个网友同时在给她留言，文字够肉麻的了，归纳起来全是那些我们平时浏览网页时司空见惯的文字：

“乖！你几点出来，等得我花儿快要谢了。”

“宝贝儿，我想你！想你的秀发，想你的芳唇，想你所有的白白嫩嫩。”

“我已经给咱俩订了房间，记住啦！不见不散，让我们一起火山爆发。”

“……”

十三岁的年纪，对这样的文字我其实早已不再脸红，但那天我的脸分明滚烫如炭，红是肯定的了。不是吓的，而是为婶婶脸红。如果说网络是个虚拟的世界，那么，我在现实生活中的领教，多是在校园周边的洗头房、足疗店、按摩屋的门口感受到的，每次背着书包路过，那些翘首弄姿的姐姐们和嬉皮笑脸的叔叔们口无遮拦的打情骂俏，早已为我打开了一个既神秘又躁动的世界，这样的世界近在咫尺，与扑面而来的网络世界相得益彰。但这样的现实在我们家族里如此高调地登堂入室，我还是始料未及的。

于是我也曾想，那天奶奶对小堂弟玩的小聪明，能骗过小堂弟的脑瓜吗？那时堂弟已经九岁。反正我九岁时，就已经被催发成小大人了，你一定猜不出我当时给自己的QQ名取的昵称：不装嫩照样嫩。

你千万不要大惊小怪，我们班的男生还有取名西门庆的呢。

那天晚上我正在书房做作业，听到了奶奶与爸爸的对话。对话的声音压得很低，内容也是闪烁其词，但这丝毫不妨碍我对事情本质的基本判断。大人们越是把一些事情搞得神神道道，层层设防，反而越能激发我的好奇和追寻。我对所有信息的获得，注定了大人们彻底的失败。

“我撞见好几次了，每一次，都是不一样的男人。《朱子家训》里说得好：‘童仆勿用俊美，妻妾切忌艳妆’，我早就估摸着不对了。”

“妈，既然您知道了，就一定要想开些，暂不要声张，我会想想办法的，敲打敲打栋梁和弟媳。”

“听你的意思，你早就知道？”

“……嗯。”

“这么伤风败俗的事情，你这个当哥的，就没管过？亏你还是个公安局长呢。”

“……”

我后来没听到爸爸的反应，也许他们的对话换了房间。打一枪换一个地方，把我甩在了对话的死角。

奶奶死活不再去叔叔家里。爸爸给叔叔的解释是：“咱妈身体不舒服。”婶婶当天就找上门来了，手里拎着大包小包，装满各种营养品什么的。“妈，这些天，没有您的日子，家里乱套了。虎虎梦里都在喊奶奶。”

“哦。”奶奶只顾饮咖啡，仿佛没听见。

婶婶剥了一个榴莲：“您尝尝，这是一位朋友从台湾带来的。”

“朋友?”奶奶咆哮了：“滚，我嫌你脏。”

奶奶显然是憋不住了，这样的口气让我的心提到了嗓子眼儿。奶奶紧接着转向我：“萍萍，回你的书房去，不关你的事儿。”

我发现一团浓浓的潮红扑上了婶婶的脸颊，但很快就恢复了平静。婶婶讪讪地笑了一下，说：“妈，您老人家别生气，您，是我的妈。”

“给你当这个妈，丢人死了，你千万不要叫我妈。”

这种极不对称的对话已无法进行。平时能说会道的爸爸有些手足无措，他那天的表情难堪极了，鼻翼和嘴角扯一扯、抻一抻，主要的反应还是笑笑，也只是笑笑。这样的笑，好像没有什么内容，好像什么内容都有，但这样的笑分明对婶婶有抚慰的意思。婶婶要走了，爸爸亲自把她送到楼下，很久才回来。

“我看出来了，这十几年，只有我一个人蒙在鼓里，我走，回尖山。”

“妈，您不能一个人回尖山，我们当晚辈的……”

谁也挡不住奶奶。她留下的最后声响是摔门的声音。

4

“解铃还须系铃人”。解铃的不是婶婶，是妈妈的亲儿子——我的叔叔栋梁。奶奶前脚刚走，叔叔随后就跟去了。两天后，叔叔面无表情地返回了省城。那天，叔叔像一摊烂泥一样堆在我家的沙发上，一根接一根吸烟，一声不吭。爸爸也是，有些发蔫儿。一对亲兄弟，像两根被秋风扫光了叶子的洋槐树，不见树叶唰唰响，只有干巴巴的枝条，在风中杂乱地轻轻打战。

那是奶奶告别老家十几年以来重返故乡最长的一次滞留，对乡亲们来说，无疑是个重大事件。一位老人，放着省城的清福不享，偏偏要跑到尖山与那些“空巢”老人为伍。奶奶是笑着给左邻右舍解释的：“孙子孙女嘛，都大了。”意思是作为长辈，已经享尽了陪伴孙辈们的天伦之乐和人生荣耀，知足了，够了。口气中或多或少嵌入了炫耀的成分。这样的炫耀有事实依据，不光显得入情入理，也赢得了表面上的尊严。

“省城空气不好，噪音太大，顿顿离不开鸡鸭鱼肉，真是腻了，不习惯了。回来，图个清静。”这是奶奶的另一种回答。传递的信息分明是：荣华算啥？富贵算啥？我这老婆子未必还买这个账哩。口气里隐含了一种孤傲。当“不买账”变成理由，村里人就更得刮目相看了。给人形成的印象仿佛是：老奶奶这是超凡了，脱俗了。

“儿子儿媳们工作忙，社区里也没几个能说上话的，到山里来，至少能和老哥老妹们拉拉家常。”这也是奶奶的一种说法。这样的说法既暗示了对城里人的不屑，又表达了内心自有乡情在，人情味什么的，都在其中了。

……

骗得了谁呢？都啥年月了，家家都在风风火火跑营生，谁顾得了谁啊！谁又会为奶奶这样那样的自圆其说较真？月亮在天上干巴巴地圪蹴着，但家家的月亮没有一个圆的，这里缺一块，那里少一角，一块一角，都是不大不小的伤，伤不好，是疼；伤好了，是疤。疼呢痒呢，都没个喊疼喊痒的地方。奶奶把自己搞成这般光景，算疼吗？算痒吗？

奶奶空守尖山，完全改变了我们全家的生活方式。爸爸每半月回一次尖山，送去高级营养品、米面油盐什么的。尽管有司机接送，但几百里路上来来往往穷折腾，心力交瘁那是免不了的。爸爸累，妈妈必然也跟着累，我也难免分心。在我印象中，爸爸简直就是工作狂，每天都早出晚归，不是这里有刑事案件了，就是那里的拆迁户堵政府了，不是这边的妇女儿童被拐了，就是那边又黄赌毒了，常常加班加点到深夜才回家。有了奶奶这档子事儿，更是雪上加霜。有次爸爸从老家回来，眼睛红肿得像被马蜂蜇了一样。我和妈妈同时被吓着了，妈妈愣了好久，硬是一句话也没说出来。那一瞬间，我似乎懂了些什么，赶紧钻进书房，但大脑彻底乱了套，像大草原上旋起的蝗虫，遮天蔽日。

“知道你爸爸那么多的荣誉哪里来的吧，知道你爸爸咋当上局长的吧，告诉你，萍萍，一切，都是干出来的。我自幼在省城长大，之所以能和你这个一身土味的爸爸走到一起，就是因为早早看出他是个潜力股。”妈妈常常对我说。哈！那意思既在夸爸爸，其实也在夸自己。可是现在她很少这样夸了，奶奶的事儿搅得妈妈好像提前进入了更年期。爸爸每每去尖山，妈妈时不时会冒出一句：“这个不省心的老婆子啊！”

经常有人在妈妈跟前问起爸爸：“你老公好像比以前更忙了，是不是经常出差啊？”

“是啊，干那行的，唉，东一头西一头的，我都习惯了。”

我叹服了妈妈撒谎的水平，都是专家层次了。

叔叔那边是什么情况，我都不敢想象，他们无疑是奶奶出走的始作俑者。记得有次我去他们家，正碰上两口子吵架，从门口都能听到摔东西的声音。我的到来变成了神奇的力量，战争立即平息。

“哈，萍萍来啦。”叔叔笑着说。

“欢迎萍萍。”婶婶也是笑着的。

虎虎却冒了一句：“你们继续啊，咋不干仗了呢？今天的作业，我说啥也不写了。”

就奶奶那身子骨，当然不可能去承包地玩命，只是在院子靠近南墙那边刨了刨，种了一些蔬菜。吃的喝的有爸爸送，肯定是不用愁了。奶奶的人缘好，还时不时得到东家几根葱，西家几个蒜啥的。这样的人缘除了自己的威望，也是与爸爸的面子有关的。多年来，村里人烦劳爸爸的事情多了去了，张家申请宅基地、李家缴纳计划生育罚款、赵家聚众赌博被抓、王家闺女在城里当“三陪”被游街教育什么的，求到我爸爸，爸爸一个长途电话打给县上、乡上，能大事化小、小事化了就化了了，能复杂问题简单化的就简单化了。这是了不得的人情。但爸爸懂得如何宽慰奶奶：“乡亲们对您好，主要还是您在村里有威信。”

叔叔不同，他完全失去了看望、照顾奶奶的权利和机会。后来我才知道，那次叔叔去尖山，奶奶堵在院子门口，死活不让叔叔跨进一步。叔叔“扑通”一声就跪下了，痛哭失声：“妈……”

奶奶根本就不理这个茬儿，一口回绝：“你如果不和那个骚女人离婚，就不要进这个祖院。你晓得不？这是祖院，干净着哩。”

“妈……”

“你不要叫我妈了，听着堵心着哩。”

叔叔当天连夜下山，到镇子上找了一家旅店住了。第二天又上山，奶奶照样不开门。叔叔这才一步三回头，返回省城。

5

灾后，爸爸和村委会的联系就没有断过，可有一天，村长却说出了这样的话："我这个村长也不是什么官儿，连你这个大局长的零头儿也算不上。无论怎么说，我比你们哥俩年长一些，如今看来，有些话嘛，我多说几句你们也不会介意。咱村在外的人很多，相比之下，你们弟兄是最鲜亮的。因此，在对待自己长辈的事情上，还是多办一些实实在在的事情为好，全村人都盯着哩。"

这话不硬不软，不轻不重，不厚不薄，但分明绵里藏针了。这根本就不是平时沟通的口气，爸爸一时没有反应过来，只好哆声表态："您说得对，非常对，很对的。作为晚辈，对待长辈，永远不能马虎。"

爸爸的长辈当然是奶奶了。爸爸盘算了一番，地震发生后，他带给奶奶的生活用品比地震前增加了一倍还要多。奶奶饭量并不大，对吃饭也没有什么讲究，平时节约惯了，并不怎么花钱。甭说奶奶一人享用，三人也未必消费得完。

村长何意？爸爸和妈妈叽叽咕咕讨论半天，最后得出的结论是：村长一定嫌我们对村里的贡献还不够，又不好意思明着张口，于是抬出奶奶借题发挥，绕着弯子诉苦哩。

汶川地震发生之后，全国各地都在向灾区捐款，有各级组织层层发动的，有个人自愿的。在这事情上，爸爸非常清醒。据说在爸爸那样的公安系统，捐款的层次和数目非常清晰，县级人均二百元，副县级一百五十元，正科级一百元，副科级五十元，一般公务员三十元，另外还有特殊党费、特殊工会会费什么的。爸爸不光按照组织的倡议如数捐了款，还悄悄匿名给红十字会捐了五千元，给老家村委会捐了一万元。我家的财政由妈妈掌管，对额外的捐款妈妈也非常支持，但明确表示绝对不能对外泄露。捐款理当是善事好事积德的事吧，却被爸爸妈妈搞得神神秘秘。后来我渐渐悟出来了，爸爸作为领导干部，在捐款这样的事情上万万不能出风头，捐多了会让别人下不来台，说不定还会有拿赃款买乖的嫌疑；也不能当缩头乌龟少捐，那是态度和原则问题。叔叔就不一样了，他是自由人，一次性给村里捐了五万元，还购买了几顶帐篷寄了去。叔叔是这样提醒村委会的："我的捐款数额，肯定是最大的，村委会知道就行了，上榜公布时，把我的捐款数额少写一些，随大流吧，不要太冒了。"他也是这个意思，我就不懂了。后来我是这样判断的，也许，叔叔担心由于哥俩捐款数额不一，会无端引起乡亲的比较和猜测吧。另外还有一种可能，叔叔实在被乡亲们借钱的事情弄怕了，这些年在外打工的、家庭生活困难的、盖房子的、娶媳妇的，没少向叔叔借钱的，其中有些钱算是肉包子打狗了，有去的，无回的。

爸爸又给村委会寄去了五千元。村长立即复电："你们哥俩已捐得够多了，准是把我上次电话的意思理解歪了。我明说了吧，你家老娘，靠救济过日子，实在太可怜了。"

这个消息，让我们全家大吃一惊。

我们这才知道，奶奶宁可向村委会申请救济，也不使用爸爸带去的任何东西，村委会哪知道其中的柳暗花明呢？后来，那五千元又被退回来了。村长说："本来想把这五千元退给您母亲的，但老人家根本就不要。"

奶奶真是有些可笑了。村委会配合由县民政部门、红十字会和乡政府干部组成的工作组挨家挨户登记受灾情况时，奶奶首先以"空巢"

老人的名义介绍了受灾情况，然后实事求是地告诉工作组："我家受灾情况不重，只是柴房倒塌了，既然不属住房受灾面积，也无所谓，救济款我也可以不要，但是吃的、喝的我要领一点，我要活命。"

按理说奶奶的要求并不高，但奶奶提供的两个信息足以构成两大谜团：一是你怎么就"空巢"了？二是你还缺吃缺喝？奶奶先后领取过一袋面粉、一袋大米、一桶食用油、一斤盐、一瓶醋。至于衣服、被子、矿泉水、饮料、营养品什么的，她说："这些东西，我不需要，给别人吧。"

那时候，全国各地的救灾物资源源不断地送往灾区，然后由县、乡、村层层调拨发放，村里几乎每周或多或少能接收一些。奶奶领取的那一点点，与其说仅仅够维持温饱，不如说勉强满足生存。

问题的关键在于，奶奶根本就算不得灾民。全村大约有三成的农户没有受灾，理所当然不能享受救济。奶奶的行为，搞得那些没有享受救济的农户人心浮动，再次让村委会的工作被动起来。

奶奶引起的轩然大波里，融入了乡亲们的不解、好奇和不屑。村委会只好替奶奶圆场。"老人家绝对不是那种自私自利的人，她当年无论当老师、当赤脚医生、当记工员，都是为村里做了大贡献的，况且平日里大小善事也没少做。这次，她只不过才领了一袋面、一桶油啥的嘛！"

乡亲们表面上噤了声，却把各种各样的蜚短流长转入地下，有了戏谑和调侃的意思。"按理说，栋学妈更年期该早过了，不过嘛，这个年龄，该是犯老年痴呆症的时候了。"

"人越老越想得开，可是栋学妈，越老越想不开，神经了哩。"

茶余饭后，很多人开始追忆奶奶的过去。"当年，多么好的一个人啊！"当年的奶奶年轻漂亮，扎着两条长长的辫子，往讲台上一站，就成了山里娃心目中的女神。那个年代，村里还没有通电，每天晚上，高悬在土坯教室里的煤油灯能亮到后半夜，同学们和前来扫盲的众乡亲一起跟着奶奶读老《三字经》、新《三字经》，唱《社会主义好》和《翻身道情》。村民们为了感谢奶奶，时不时会送来半斤猪油、两个鸡蛋、一把芫荽什么的，奶奶死活不受。很多人还能想起奶奶当赤脚医生那阵的风采。田间地埂，羊肠小道，前村后寨，到处都有奶奶匆匆的身影。一把伞，一个药箱，高高挽着胳膊腿儿。啧啧，那个美啊！

“世事咋变，咱都能想得通，栋学妈变成这样，咱打死一百遍，也想不通。”

“都有点……嗯嗯……老不要脸了。”

村委会只好用算账的方式替奶奶解围，意思是我爸爸、叔叔捐献的财物是最多的，而奶奶拿走的不及九牛一毛。当儿子的大捐，当母亲的小拿。羊毛出在羊身上，根本就碍不着乡亲什么。也可以理解为，奶奶拿的那一点点，权当是自己家里的吧。

这个算法好像是个算法，好像也不是个算法，倒也说服了很多乡亲。可是另一个问题反而很明显了，当儿子的时不时拎着大包小包来看老人，老人就缺那一袋面、一桶油、一瓶醋？

6

媒体隔三岔五都在报道灾区重建的情况，四川的，陕西的，甘肃的；市里的，县里的，乡里的。我们全家既想看电视，也不敢看电视。我们的目光和电视银屏之间，像耸立着一个巨大的屏障，那是奶奶的身影。

当初紧张而活泼的家庭氛围，笼上了一层雾霾一样深重和不明不白的不确定性。爸爸和奶奶的通话内容，无非是腰腿啊、天气啊、安全啊、走路啊、吃饭啊、喝水啊、大便啊什么的。对爸爸的这些唠叨，奶奶往往只是三言两语。可是，聊到我这个孙女时，奶奶似乎才会施舍一点面子，十句的，八句的，二十句的，问我吃、问我穿、问我学习、问我作业、问我睡眠、问我个头，反正能想起的要问个通遍。问到最后，还要让我接电话，把给爸爸问过的又对我重复一遍。其实我是明白的，她只是想听听我的声音。后来有一次，老人家情不自禁地感慨："虎虎，一定长高了！"

这是个重大信号，她内心其实是有目标的，而且黑白分明。

我的泪水"哗"的就下来了。我赶紧把这个信息转告给叔叔。

奶奶尽管对叔叔、婶婶心硬，但心里装着虎虎呢。虎虎是她老人家唯一的孙子，将来老董家的顶门人呢。我有时就想，假如我是男孩呢？分量肯定是不一样的。在我和虎虎之间，奶奶尽管没有直接表现出过重男轻女的迹象，但她内心的那点小九九我早就洞察出来了，比如过去一起聚会，她总会乐呵呵地给我和虎虎的碗里夹点菜、夹点肉什么的，而顺序必然先从虎虎开始，那是情不自禁的、下意识的、骨子里的。奶奶走后，我家和叔叔家的聚会由过去的每周一次变成了每半月一次，后来成了一月一次，有时大家一忙乎起来，两月也聚不了一次。在我看来，大人们纯粹是瞎忙。奶奶在时，聚会就像编入了程序，那是板上钉钉的；奶奶不在，聚会纯粹成了形式主义，松了，泄了。其实奶奶在虎虎心里是什么位置，我是看出来了。奶奶刚走那阵，虎虎简直就要疯了，用"十万个为什么"式的诘问向叔叔、婶婶发起进攻，哭闹着非得要把奶奶请回来。不久家里雇了一位下岗女工。这位女工高中文化，能说会道，会上网，懂围棋，至少要比奶奶精明十倍，还会陪虎虎玩城里孩子流行的"三国杀"，陪虎虎一起玩"奥特曼”。虎虎很快就和女工混得难舍难分。

我曾问过虎虎：“你还想奶奶吗?”

“过去想，阿姨来后，我就不想了。”

这话假如让奶奶听到了，还不相当于五雷轰顶！我当场指责虎虎：“奶奶对你那么好，你真没良心。”

“良心?”虎虎一脸的迷惘，“姐姐，啥叫良心。”

我反而语塞。是啊！啥叫良心呢?

我只好迂回到奶奶的教导上来：“记得吗?奶奶在时，还给你教过‘父母呼，应勿缓；父母命，行勿懒’，‘人之初，性本善。性相近，习相远。苟不教，性乃迁。教之道，贵以专’呢。你难道都忘记了?”

“我们老师说了，奶奶教的那些玩意儿，考试时根本用不着。”

叔叔第二天就去了老家。让我们欣喜万分的是，奶奶终于跟着叔叔回来了。前提是叔叔答应了奶奶的两个条件：一是拒绝住叔叔家而是住我家；二是婶婶必须彻底洗手不再干那事儿。

关于那事儿，据说叔叔给奶奶跪了半个晚上，奶奶才妥协的。其实就奶奶那脾性，跪不跪的不重要，重要的是叔叔一句话击中了奶奶的软肋：“您不在的日子里，虎虎夜夜缠着我要奶奶，每天都要哭几场，梦里也在喊奶奶，他已经瘦了好几圈儿，学习成绩也受到了严重影响……”

叔叔把谎言变成了杀手锏，而且大获全胜。这样的杀手锏如果过早拎出来，必然是不灵的。是岁月发酵了奶奶对孙子的苦苦思念，最终让奶奶做出了重大让步。当然，前提是必不可少的，那就是对婶婶的要求。

其实叔叔那次去接奶奶，还有调虎离山的意思。奶奶不同意异地搬迁，急得村委会的干部们抓耳挠腮、一筹莫展。只好把电话打给爸爸和叔叔求助，动员他们给奶奶做思想工作。爸爸和叔叔又不好意思扬家丑，只能满口答应坚决支持村里的工作，并表示等异地搬迁进入实质阶段时，由叔叔前往尖山参与建设，投资投劳，坚决不拖全村灾后重建的后腿。爸爸和叔叔是商量好的，等奶奶到了省城，只等村里一个电话，叔叔就重返尖山，参与建设。

离开村庄那天，奶奶叮嘱叔叔："你先下山找个僻静的地方等我，我随后下山。"

"为啥呢？我陪您下山不是更好吗？"

"还是那句话，村里人看到你来了，你就走不了了，家家户户都在山下忙乎哩，你不闪面，还不被村里人骂死？"

锁院门之前，奶奶去了一趟耳房，那里堆满了爸爸、叔叔送去的东西，所有的礼品盒均未打开，米面油盐原封不动。哦，不对！其实早已千疮百孔了。随着门板"吱扭"一声响，一群麻雀从窗子的破洞处飞奔而出，在树梢上盘旋。两只黄鼠狼"唰"地窜到了屋顶，钻进了墙缝。一堆儿正在饕餮的老鼠四散奔逃，瞬间无影无踪，只有密密麻麻的蟑螂们、蝇子们、蛾子们大大方方地手之舞之，足之蹈之，翼之飞之……

奶奶不为所动，这预料中的场景显然早已司空见惯。

这非常不符合她勤俭持家的秉性，却非常符合她对爸爸和叔叔的态度。宁可玉碎，不能瓦全。她紧紧地闭了眼睛，谁也不知道那一刻她想了些啥。

7

村干部们对爸爸和叔叔给予了极大的理解和宽容，始终没有来电催促义务投劳的事儿。叔叔还主动问过，村长就说："你寄来的几笔款子，完全可以折算到劳务里了。等到了下一个阶段，给你家的新院开槽、动土之时，我再给你打电话，那时必须要来。"

叔叔就说："我寄款子的事，是瞒着我妈的。我们坚决响应政府异地搬迁的号召，好在我妈现在省城，我和我大哥慢慢给她做思想工作。"

"全村人，谁也不会想到你们家居然就是钉子户。"

"唉！家家有本难念的经啊，村长您受累了。"

什么经啊？无非就是婶婶那点事引起的连锁反应。关于叔叔和婶婶的关系，让我怎么说呢？在这个世上，很多事情真是难以理喻的。大人们置身其中的很多事情，无论多么的诡异无常，也只能认了。一个认字，也潜移默化地渗透了我们这些小不点儿。比如我入园、上小学、读中学，不得不按照大人们的安排舍近求远上全市最好的。一要求人，二要交钱。大人们都是这种权钱交易的当事人，而我呢？既是当事人，又是这种交易的主角儿。大人们认了的事儿，我不仅也要认下，而且心灵深处无时无刻不发酵着一种难以言说的悲怆和愤懑。看病也是这样，每次都是爸爸利用自己的身份托关系联系医院和医生，否则不是被挨宰，就是遭冷遇。再比如我家的住房吧，每次卖小房，换大房，卖大房，买更大的房，给人的感觉，一切都是在一张看不见摸不着的关系与人情的大网中进行的，这还不包括房款，贷了还，还了贷；贷了再还，这世上除了钱，还有什么呢？

有次爸妈吵架，妈妈一气之下说出了这样的话："离就离吧，我只要两样，钱，和萍萍。”反过来的意思，是不是我只有和钱才是等值的呢。我当时就反应过来了，她要我，无非是未来不再寂寞，老了有所依靠。当然，这一切也可用爱的名义来解释。可是把我和钱并联起来，再辅以爱的名义，也未免太有些冠冕堂皇了吧。好在都是气话。你一定难以置信，我们全班五十名同学，居然三分之一都是单亲家庭子女，而且年年有递增的态势，但我敢打包票，我上边的这两口子是离不了的，他们彼此可以不爱了，但我是他们的骨血，是他们的心头肉，他们对我的爱好歹是真的。像爱钱那样爱我的人，准离不了。钱嘛，对吧。

“就得认。”这好像是左邻右舍的口头禅了。

一个认字，放到叔叔婶婶的关系问题上再也准确不过。后来，我通过零打碎敲的信息或多或少分析出了叔叔家的大概脉络。当年叔叔部队复员找不到工作，摆在面前的道路就两条：一是回家务农，二是进城打工。爸爸托关系给叔叔找了个在洗浴中心当保安的营生。那种保安，我算搞清楚了，叔叔的保安不同于一般意义的保安，是俗话说的压场子的那种。洗浴嘛，听起来是洗一洗搓一搓的事儿，里面的内容热闹着呢，多是男男女女之间的那事儿。一要防着公安来检查，二要对抗江湖上的欺诈拆台。第一个问题好办，有爸爸这样的“内部人”通个风报个信啥的，说穿了就是保护伞。最棘手的是第二个问题。同行是冤家。叔叔在部队练就一身功夫，这下派用场了，打打杀杀，敢动刀子。胳膊腿儿上的刀伤，就能看出他的生猛和血性了。说穿了，叔叔那营生和涉黑差不多。多年前，年轻的婶婶就是这家洗浴中心的前台领班，漂亮那是不用说的，当领班的，都是女人中拔梢儿的。

其实叔叔是个非常重感情的人，他的第一个对象是我们村的凤鸾。

据说早先两人一起上的小学、一起上的初中。两人的感情那个好啊，像卷心菜的菜叶和菜心似的，紧着，包着，用青梅竹马来形容，那是很贴切不过的。那时的凤鸾张口就能背几段《太上感应篇》什么的，是叔叔教的。叔叔从哪里学来的，还能有谁呢？

凤鸾兄妹二人，哥哥在乡政府当勤杂工，后来凤鸾经哥哥介绍，去县城给一个什么局长家当了保姆，祖院里只剩下体弱多病的“空巢”老爸、老妈相依为命。叔叔和凤鸾的悲剧由此开始了。谁晓得怎么搞的，局长就把凤鸾给睡了。一睡两说法，一种是局长醉酒状态下把凤鸾扑到沙发上给办了，另一种说法是凤鸾主动投的怀送的抱，把局长当大鱼钓了一把。无论哪种说法，最终的结果是局长的种子在凤鸾的沃土里植根了，发芽了。这样的结果变成了梅开二度：哥哥不久从乡政府转正成了全脱产的正式干部，凤鸾也嫁给了局长的司机，户口随迁，摇身一变成了城里人，父母也被接到城里，成了尖山的“空巢”进城大团圆的典型范例。

当年凤鸾给叔叔的绝交信中，有这样的文字：“……亲爱的栋梁，凤鸾我骨子里相信，你还是原来的你，我还是原来的我，我对你的爱，一辈子都不会改变。都说有情人终成眷属，可是，面对世事，你可怜的凤鸾没有一点办法啊……”

后来这封信变成了茅坑里的零散纸屑，那洒落在屎尿和草木灰上的只言片语，依然能辨得爱字、情字什么的。

关于凤鸾结婚前和叔叔在洗浴中心见面的版本很多，其中经典的版本有两个，一个是叔叔当场打了凤鸾，硬是把凤鸾赶了出来；另一种说法是两人喝了一阵红酒，凤鸾打也挨了，也请君入瓮地让叔叔睡了。我是不相信第二个版本的，但传言逼真得像现场直播似的，说是叔叔睡完之后骂凤鸾：“你别以为有了这一次两人心里就平衡了，我根本不稀罕你这第一次，何况你和局长早就有过第一次了，你他妈的还有多少个第一次？”

凤鸾说：“第一次和第一次是不一样的。”

“你这是啥话，这是跟我玩深沉还是玩哲学啊？”

“这第一次里面是有爱的。”

“少来这一套，在我心里，你，还有这所谓的第一次，一文不值了。你知道吗？你个无情无义的臭婊子，我恨不得把你宰了。”

凤鸾本来泪流满面，这下反而笑了：“真希望你把我给宰了呢，我失去了你，可是父母和哥哥都被我安排妥帖了，我也到死的时候了，这样没皮没脸地活着，真是没意思了。”

这句话，如果套用老师给我们作文的批语，那就是主题鲜明、立意清楚、观点明确。气头上的叔叔，立即蔫了下来。

“栋梁哥，你记住了，如果有那么一天，你听到我自杀的消息，请你一定记着，我是为你而死的。”

叔叔紧紧地抱住了凤鸾，一个大男人，顿时哭得天昏地暗。“我的好凤鸾，你千万不要死，千万不要。将来那个臭司机如果欺负你，你告诉我，我会拾掇他，让他一辈子乖爽乖爽地对你好。”

假如这一切都是真的，那么我相信凤鸾当时的表白一定是发自内心的。为爱情而死的故事，我看过的传统秦腔戏曲里有，神话传说里有，古典小说里有。据说几十年前四邻八乡也时不时有过。——几十年前，其实很近的，听着咋那么遥远呢？那是指腹为婚、娃娃亲、“两换亲”的时代，为爱情而抗争中的小伙子、姑娘们上个吊、喝瓶药、跳个崖什么的，偶尔也被老人们提起，像一段古老的传说。这年份如果谁为了爱情而送命，岂不成咄咄怪事了，荒唐事了，除非脑子进水，除非走火入魔，除非鬼使神差。

凤鸾果然没有死，据说和司机结婚后的前几年里，曾经一度郁郁寡欢，差点得了抑郁症，几次跳楼都被司机拽了回来。后来又慢慢风光了，变样儿了。脸蛋更漂亮了，身材更苗条了。旗袍三天一换，发型也是最时尚的。山水滋润过的乡里妹，只要底子过硬，再让洋房捂一捂，让高级美容霜补一补，天然的美就焕发出无与伦比的鲜亮。这样的女人既能上厅堂，又能下厨房，先天与后天结合起来的优势，城里女人是无法比的。两口子用铮明瓦亮的奔驰牌公车接送孩子时，立即让那些档次不一的私家车黯然无光。凤鸾在校门口时而款款而行、时而亭亭玉立的模样，像风景一样吸引着家长们的眼球。

事情到这份上，你说啥是真的？啥是假的？真与假，有时候完全是互动的，甚至是互换的，或者，互为因果的。可不是吗？

叔叔就是那时候拿下的婶婶。二十九岁才成家，算大龄了吧，实在是内心的纠结太深了。据说结婚那年，在省城打工的发小曾参加了他的婚礼。发小提起凤鸾的绝情，叔叔说："活到这份上，感情的事，我算是想通了。假如凤鸾真的为我而死了，我这辈子还真承受不起。她还就得好好活着，活得越滋润越好，越风光越好。"

"想开就好，再说了，嫂子比凤鸾漂亮多了，身材也比凤鸾强。"

"哈哈，我要的就是这个，女人嘛！哈哈。"

叔叔拥有婶婶的全过程，完全是另一种方式。据说当时婶婶早已被一位当官的包养着，当领班只是出来寻开心罢了。即便如此，追求婶婶的人也很多，有青年实业家，有高级白领，也有地痞流氓。面对狼多肉少的不利形势，叔叔采取霸王硬上弓的方法，属于刀架在脖子上逼婚的那种，够流氓了。他的刀随时能架在别人的脖子上，吓退了很多靠近婶婶的人。那位当官的不但乖乖交出了婶婶，还送上了最丰厚的陪嫁钱物。当官的不得不放大血。叔叔笑着对当官的说："你学乖些，如果不听话，我攥着证据直接去组织部。”

我现在猜想，关于婶婶的私生活，夫妻之间也许一开始就形成默契了。像婶婶这种水性杨花的女人，在家是贤内助，在外是交际花。钱，肯定没少挣，挣多少也算家里的。这种家庭生活的运营方式整个省城到底有多少，我猜不透，但我看到的是，短短十几年，叔叔家的房子就置换了好几茬，由小到大，由旧到新。交通工具也是，自行车变成小车。小车呢？最初是夏利，后来是帕萨特，如今已经是宝马了。就叔叔那臭本事，打拼一万年也未必能如愿以偿，但婶婶能，谁说妇女能顶半边天？像婶婶这样的女人，就是天了。

这一切，我爸爸妈妈一定是心知肚明的，与其说是宽容、放纵，不如说是认了。我后来有这么一个猜测：爸爸、妈妈对叔叔、婶婶的宽容和放纵，难道仅仅是为了照顾他们的生计和发展？婶婶的社交半径横向辐射官场，纵向覆盖商界，像爸爸这种在官场没有什么根基的人，真敢对弟媳妇说一个“不”字？

姑且算是枉猜吧，但这样的枉猜让我头皮发紧，浑身猛一激灵。

只是他们根本不了解我们这一代人，他们不可能知道，我在深深的恐惧中敏感地观察、判断着这一切，完全不是我主动的，而是社会像飓风一样朝我们扑面而来，躲不掉的，你只有慢慢地感受、承受和接受。或者，学会认，接受认，服从认。

“你去叔叔那边的主要任务，是帮助虎虎把学习搞好。你是三好生，对他的影响力，赛过我们的言传身教。”

这是爸爸常常对我的叮嘱。主要任务？有点指导思想的意思。言外之意就是其他都是次要的，所谓其他都包含什么，爸爸不言，我自明。我相信，我每次去叔叔家，爸爸一定也是胆战心惊、如履薄冰，生怕把我给染了。唉！把我当傻妞儿了。

“好的，爸爸，我懂。”我说。

爸爸并不知道，我嘴里吐出的“懂”字，不光是一语双关，那是一语十关了。

也许是英雄气短吧，抑或真的出于体贴和关心，我曾好几次看到叔叔亲自给婶婶按摩、洗脚。婶婶呢？仰躺在红木椅子上，左手翻看一本时尚服饰杂志，右手夹着一支香烟，一副17世纪欧洲贵妇人的样子。洗浴行业熏陶了叔叔的手艺，他按摩、洗脚的动作很专业，该重时重，该轻时轻。婶婶不时发出幸福的呻吟。

要说那场景，怎么说呢？够感人的了。如果把现场拍摄下来，题目完全可以取作《模范丈夫》的。照片这玩意儿，简直就是骗人的东西。它是现象的直观反映，永远照不到本质。学校好几次组织同学们去欣赏摄影展，我都借口不参加。在我看来，如果摄影表现的是事物的绝对真实，那么，它远远不如小说。小说是虚构的，可这虚构远远高于真实。

可是有一天，我发现叔叔家的门楣上多了一块精致的金属小牌子，上书“文明家庭”字样，是社区大娘们配合区文明办的同志钉上去的。文明，什么叫文明？我这个中学生一时手足无措，内心顿时波涛万顷。难以忘记的是社区大娘的感慨：“一家子，都是好人啊！”

我问大娘：“这么大的社区，怎么只有我叔叔家被评为文明家庭呢？”

“我们社区开展的捐资助学、给贫困地区捐款捐物这样的活动，你叔叔和婶婶不但一次没有落下，而且每次都是奉献最多的。我们本来要给栋梁同志申报文明市民称号，可栋梁同志死活不让，只好退而求其次评为文明家庭了。”

我想起了奶奶。我不知道该为她叫屈，还是替她可怜。她从大山里出来，却与城市格格不入，简直就是一个外星人。

8

你一定可以想象到，这次为了迎接奶奶的到来，我们全家和叔叔那边做了怎样精心的准备，简直就是厉兵秣马迎接《红楼梦》里贾母的意思了。重点是叔叔那边，婶婶的改邪归正那可是给奶奶打了包票的。这一点，我心里太清楚了，改什么改？能给奶奶做个样子就不错了，这样子应该是不难做的。一个老眼昏花的乡下老婆子又没有火眼金睛，婶婶轻而易举一个小小的障眼法，就能把奶奶神不知鬼不觉地糊弄过去。另一个重点是虎虎，这小东西对奶奶的到来不报一丝热情。为了从根子上解决这一燃眉之急，加快缩短虎虎与奶奶之间的距离，叔叔那边给保姆做了思想工作，请她暂时回家，工资照发，保姆于是兴高采烈地回家了。两口子抽出一切时间和精力，亲自打理虎虎，并给虎虎灌输奶奶的千般之好，万般之亲，还破例给他承诺购买最新的遥控式玩具飞机、最时尚的喷火式玩具冲锋枪。前提是，只有和奶奶相处亲热了，方可一切兑现。

先是叔叔、婶婶来我家，并没带虎虎。我就明白这是一次精心策划的见面，有投石问路的意思，谁知道和我爸爸沟通多少次了。为了迎接有可能的暴风骤雨，每个人一定暗自划定了承受一切的底线。这个底线到底有多低，从爸爸给我的任务就看出来了。“萍萍，给你一个任务，这次奶奶到家里来，不管夹带多大的怨气，你不仅要笑着面对，还要死磨硬缠，讨她老人家高兴。”

我故意问：“奶奶去尖山是自己愿意的，为什么会有怨气呢？”

爸爸的官腔一不留神暴露出来了："这个……唉……你一定听说过，地震灾区有很多人，心理上……咹！或多或少会有影响的。"啧啧，什么话啊！我真懒得让话题继续了，索性顺水推舟："行了行了，我照办就是了。"

叔叔和婶婶非常准时。两口子大包小包带了很多，临进门的时候，几个大包全部转移到了婶婶的手中。婶婶的态度是做足了的。

大家装模作样地寒暄了很久，都寒暄了些什么，我大都不记得。但我记得婶婶是这样表达的："妈妈！是我，让您老人家受委屈了。"说着话，眼窝子已经开始发红，潮潮的红。

"哈哈，说哪里话嘛，一家人不说两家话。是我这个糟老婆子，太任性了。这次来，也是想你们了。"

奶奶的笑居然爽爽朗朗，满面春风，和颜悦色；口气也是温婉大度，一副不计前嫌的样子。不！哪有什么嫌啊？分明啥事都不曾有过。

气氛过于融洽，远远超过了大家的预期，反而就假得要命。本来是血浓于水的三代人，都变成了客人，非常像电视里每天播放的国与国之间外长们的口气。

妈妈和婶婶在厨房里忙乎。客厅里，爸爸、叔叔和我围着奶奶闲聊，聊完地震和死去的乡亲，就聊天南海北，聊完天南海北，就聊物价、聊天气、聊柴米油盐。话题全是奶奶引起来的，她引向哪里，大家就发挥到哪里。

蹊跷的是，一家人团聚而独缺虎虎，似乎并没有在奶奶那头引起注意。还是叔叔主动解释的："现在的学校，唉！把学生都变成机器了，这点，您知道的。虎虎今天的作业量太大了，我们都没敢告诉他您老人家回来。他想您想得……唉，过几天是周末，我带他来看您。"

“哦，哦。”奶奶只是应了几声。

叔叔他们很晚才打道回府的。一切似乎都恢复到了从前。该上班的上班，该上学的上学。傍晚，我照样会陪奶奶到距离我家不远的公园去百步走。周末很快就来了。玩具果然刺激了虎虎的激情，那天叔叔、婶婶领着虎虎来我家，一进门，虎虎先是给了奶奶一个大尺度的、过于夸张的拥抱，然后一头扎在奶奶怀里哭了。“奶奶，您怎么忍心丢下我去了老家啊！我想死您了。”

奶奶的泪水“哗”地就下来，嘴唇在颤抖，哽咽着，居然说不出一句完整的话来。只是嗫喏：“好好好，乖乖乖。乖乖乖，好好好。”

虎虎扎在奶奶怀里的脑袋始终就没抬起来，除了口口声声“想您”，只是哭。我的判断是，叔叔、婶婶教给他的千言万语，虎虎一定是忘词了。但奶奶一定是当真的。坐在沙发上的奶奶哭得泪如泉涌，左手轻轻按着孙子的胖乎乎的肩膀，右手轻轻抚摸着孙子的头。我鼻子一酸，我发现奶奶的手背已经变得枯燥、粗糙，如祖院老墙上掉下来的一块土坯。

“好虎虎，我的亲蛋蛋，你起来吧，别难过了。奶奶这不回来了嘛。”

虎虎这才磨磨蹭蹭地站了起来。奶奶赶紧从茶几上取了纸巾，她一定是要替孙子擦眼泪的。可是虎虎退后了几步，边退边抬起胳膊，用袖子把眼眶抹了抹。对这一细节，奶奶显然来不及走脑子判断，用纸巾擦了擦自己的眼，只顾一声声地叹气。

虎虎用袖口抹过的眼眶完好如初，不见一丝丝的潮湿，根本就没有流过泪的痕迹。这一奇迹除了老眼昏花的奶奶，其他人肯定都注意到了。虎虎的确装得不够像，呈立正状站在那里，耷拉着脑袋，紧张而局促，像面对一位新来的班主任。

真不会装啊！我想。不过话说回来，假如他装得深沉练达，天衣无缝，那将又意味着什么呢？天哪！是什么？让我自幼亲密无间的小堂弟变成了这样。我只有暗暗问自己，有问，无答。

我简直要哭了。不！我已经哭了。

爸爸大声地呵斥我："还哭啊！行了行了，一家人和和乐乐的，都哭什么呢？"

当局长的真会临场发挥，一个"都"字，理所当然包含了虎虎，这是替虎虎解围哩。但我的眼泪一点也不听使唤，我只好转身躲进盥洗室里。镜子里的我，像风吹雨打中浸湿了、揉碎了的作业纸，一页页地凋零、飘落。

有次大家正在吃饭，爸爸接到一个电话。爸爸扫了一眼来电显示，就捂住电话去了卧室。对这一举动，我们早就习以为常了。平时与爸爸联系的不是上级就是平级，不是平级就是下级，不是请示就是汇报，不是交换意见就是沟通情况。公安那行当，许多事情对家庭成员或多或少来点遮遮掩掩，那是再正常不过的。可是，那天的奶奶真是神了，她以借故去洗手间的方式，看似不经意地从卧室门口蹭了一下，就判断出爸爸电话中的主题了。

大家刚吃完饭，奶奶就对爸爸发话："还是那句话，异地搬迁，没有我的同意，你们谁也不许掺和。搬还是不搬，我得看看火候。"

"您怎么又提起这个事情来了？"爸爸说。

"你们别给我装，村委会拿我没办法，就找你们求援，这点小把戏，我清楚着哩。"

"这个嘛……哈哈，我们听您的就是了。"

事后我才知道，那天果然是村长打给爸爸的电话，主题只有一个：

搬迁。

最初的十几天里，似乎并没有什么特别的迹象发生，只是有天傍晚我陪奶奶公园散步时，奶奶突然说：“萍萍，其实你不用陪我了，过去啊！你还小，好像是你陪我，其实是我陪你哩。如今啊，你长成大闺女了，陪着我，我反而不自在。我这不是散步，是锻炼哩。”

奶奶提出的一切，我们都会无原则地贯彻落实。“省城变化真是太快了！一会儿一栋楼就起来了，一会儿一条街就出来了，我要到处看看。午饭晚饭，你们也不要等我，我喜欢街头的小吃，你们是晓得的。”之后奶奶出门进门，全由着她了。可我们万万没有想到，奶奶在实施她蓄谋已久的行动计划。她会常常乘坐出租车到叔叔那边去，不是去叔叔家里，而是跟踪婶婶。也许是她的跟踪方式诡异有效，也许是婶婶那边完全放松了警惕，或者，满以为拒不登门的婆婆不可能会在家门口蹲点守候，因而自作聪明地保持了常态的生活。反正有那么几次，当婶婶钻进别人的小车前往宾馆的时候，当婶婶开着自己的小车和男人约会的时候，会有一辆神秘的出租车远远地跟着，该快时快，该慢时慢，像影子，也像尾巴。

当然，这一切都是我们后来才知道的。如今判断，奶奶的行动早在返回省城的十几天后就开始了。两家的聚会照旧，但奶奶什么异样也没有表现出来。但不久我发现，她不再给虎虎和我这边夹菜夹肉了，这一细微的变化也没有引起我们的任何警觉。何况爸爸还乐呵呵地提醒过奶奶：“妈，他们都大了，再这样疼他们，就把他们惯坏了。”然后转向我和虎虎，“你们两个家伙要好好照顾奶奶才是。”

“那当然啦。”我说。

“那当然啦。”虎虎鹦鹉学舌。

其实爸爸对奶奶这样的提醒不止一次两次了，奶奶根本不为所动。

夹菜夹肉，早已成了她骨子里约定俗成的习惯，或者是惯性。如今看来，奶奶停止夹菜夹肉，与爸爸的提醒连一毛钱的关系也没有。

我没好主动以给奶奶夹菜夹肉的方式回应爸爸的提醒，我非常希望把这么好的机会让给虎虎，可是虎虎只顾在一旁狼吞虎咽。虎虎后来还真的给奶奶夹菜了，我想，就虎虎那德性，如果不是叔叔或婶婶在桌下揣他，他不会主动的，不是不开窍，他原本就没那份心思。

很不幸！奶奶又离家出走了。

她老人家这次出走和上次不一样，她何时离开我家、离开省城的，我们全家一无所知。当时爸爸妈妈在单位上班，我在学校。晚上大家回家才发现的。奶奶和行李一起，不翼而飞。

满打满算，奶奶这次在我家停留了不到一个月。

“这次，天王老子也休想让我离开尖山了。”

这是奶奶对爸爸的话，斩钉截铁。奶奶不辞而别后，爸爸赶紧去了尖山，他没敢询问理由，只是绕着弯子请奶奶回去，“妈，我们当晚辈的，哪点对您老人家不好，可以直说嘛……”这些冠冕堂皇的话其实没有一点味道，像白开水煮萝卜。可是，爸爸又能说什么呢？

“我活到如今，不能让你们永远欺骗下去，我都是要进棺材的人了，被你们像傻子一样骗来骗去，还不如死了的好。”

就是在那天，奶奶开诚布公地说出了她跟踪婶婶的过程。末了，她盯着爸爸的眼睛说：“我告诉你们这茬不要脸的，你们毁了事小，萍萍、虎虎这茬人，我看也悬着呢，别以为我看不出来。”

奶奶的话，让爸爸后脊梁冷汗直冒。

爸爸回来的时候，我发现行李箱里的一切原封不动。也就是说，奶奶拒绝接受爸爸带去的任何东西。“奶奶要去乡下，就随她吧，那里清净些，我退休后，也想叶落归根呢，人嘛，一旦上了年纪，都有这个想法。”话是对我说的，采取的是障眼法。但我听见他去厨房找妈妈的时候，却轻轻地一声叹息：“天哪！这可怎么办呢?”叹息是轻的，口气却是重的。

“老人把东西退给你，她怎么过日子呢?”

“别提了，原先送去的东西，她也一分一厘都没用，都喂老鼠黄鼠狼了。”

我瞄见，爸爸和妈妈像两根木桩，一动也不动。

9

尖山那边，灾后重建工作进展神速，村民们干得热火朝天。我奶奶——姑且称作她钉子户吧。拒不搬迁，成了众矢之的。

村委会为了顺利完成异地搬迁，同时为了进一步合理利用土地，把受灾的村子旧址变成可耕种的土地。除了我家祖院，其他所有的院落、房屋连同地震废墟一起，拆的拆，挖的挖，平的平，整的整，推的推，运的运，旧址像刚刚平整过的梯田，空旷而安静，到处散发着新翻泥土的气息，和四周的庄稼地没什么两样。昔日的尖山，其实已经名存实亡，在地球上消失了。

只有我家的祖院突兀地摆在那里，孤独地伫立风中，像极了一个古老的、沧桑的土堡，在流淌的时光里沉默。老远望去，像一个污点。

村长先先后后又来过几次电话，要求我叔叔立即赶到尖山参与建设，叔叔除了搪塞，只好一次次给村里寄钱。村长那头说：“根本不是钱的问题，关键是人要来，新址那边，村里人都替你家开好槽了、夯完地基了，只等你来一起搭房梁了。”

叔叔是不好前往尖山的。那些天，又是爸爸亲自赶往尖山，一方面苦口婆心地做奶奶的工作，另一方面和村委会的干部们商量对策。均无果而终。

奶奶给爸爸放了话：“你们弟兄俩，谁要来尖山参与建设，我就一头撞死，我说到做到，信不信，由你。”

凡事得有个理由。奶奶给村委会提出的理由也越来越多，最初，她要求排除国盛家柴房补助问题对她造成的名誉伤害，调查在院子门框上拉屎的人。后来的理由更加高大上了。那段时期，媒体报道了一些令人震惊的事情，最典型的是全国各地捐献给灾区的有些物资，比如矿泉水、饮料、药品什么的，居然是过期的，更荒唐的是县里居然敢擅自挪用救灾款，有的乡、村被查出有虚报受灾数据骗取救助的情况，尽管这些负面的消息算是极个别，但影响却非常恶劣。奶奶就不依不饶了。“为啥？这是为啥？灾区死了那么多人，伤了那么多人，为啥还有人会昧着良心这么干，发国难财，活人还没吃够，又要吃死人啊。不查个水落石出，我拒绝搬迁。”

村长就说：“我们的社会在发展，在进步，那些贪污腐败分子，毕竟是极少数，极少数嘛，咱在大山里，不如一只蚂蚁，管人家那些干啥呢?”

“你不要给我讲这些，去去去，你不懂。”

后来有一次，村里又一次接到了乡上发送的救灾物资，主要是棉被、床单、衣服、鞋帽什么的。上面明确规定，这些物资应该向长期“空巢”的家庭倾斜。奶奶这样的家庭算不算“空巢”，村委会商量来商量去，一致认为这样的“空巢”不算真“空巢”，于是决定不予给奶奶发放。这事再次引起了奶奶的极大愤怒。她堵住村长直吼：“我不缺被子不缺床单不缺衣服不缺鞋帽不假，即便发给我，我也不会接收，可是你们凭什么认为我就不是‘空巢’哩?”

“你家的情况，你难道不清楚吗？能和别人家一样吗?”村长也恼了，“您”变成了“你”，蔑视的口气很直接了。

“你以为我子孙满堂就福气重啊！我也是没人管的人，我比村里任何一位老人还要可怜。”

“你这是无理取闹。”村长也吼起来了，“你不是没人管，你这是不让人管，我看你是财迷心窍到极点了，谁不知道栋学、栋梁每次来村里，都是被你劈头盖脸赶走的。”

“那是我们的家务事，你管得着吗?”

“还有，谁不知道你家里的高级营养品、米面油盐多得吃不完，宁可喂黄鼠狼、老鼠，也不用来救济灾民。”

这句话，可谓话丑里端，狠狠戳到奶奶的心窝子上了。奶奶踉跄了几下，几欲跌倒，但奶奶还是站稳了。

她最后留下的话是：“村长，我告诉你，我宁可享受灾民待遇，宁可吃救济，也不吃两个儿子的东西，在我心里，已经没有儿子了。”

关于她和两个儿子之间剪不断、理还乱的矛盾，如何面对世人，奶奶心中显然是有底线的，她始终没有把盖子揭开来。

村长鼻子里“哼”了一声，转身就走。

奶奶成为尖山村最后一位罹难者。

她老人家口口声声说要死，这次是真的死了，可能连她自己都不会想到，她会死于余震。

其实，那些天的余震都不是很大，充其量二到三级吧，但那天夜里，我家祖院里的老屋却稀里哗啦地坍塌了，院墙也倒塌了大半儿。第二天，是一位放羊的老汉意外发现了这场灾难。在山下干活的村里人闻讯赶紧上山，挖开主屋的残垣断壁，却没有发现奶奶的遗体。挖开耳房的废墟，只发现了几只黄鼠狼的遗体和一大堆儿盛营养品、食用油的盒子、油桶什么的。大家在暗自埋怨奶奶铺张浪费、心胸狭窄的同时，也有点庆幸，说不定地震时奶奶不在院子里，算是捡了一条老命吧。可是，人呢？

但是很快，大家在柴房的废墟了找到了她。奶奶为什么会住在柴房里，大家当场傻了眼。

真是谣言满天飞的时代啊！关于奶奶之死，一开始至少有三五个版本，最耸人听闻的说法是，村委会为了拔掉我奶奶这根钉子，派人连夜上山，一不做二不休，把院子连同老屋给推到了。还有一种说法更离谱得要命，说是奶奶的两个不孝儿子故意把奶奶撂到老家，像押宝一样争取政府和社会各界的捐助和救助，弟兄俩之所以轮番来尖山和老人发生冲突，分明是母子们联手上演的苦肉计和双簧戏。

无稽之谈。谣言很快一风吹了。经上面派来的专业人员测定，祖院经过多次余震的袭击，加上墙体四周被黄鼠狼等大小动物的大面积侵害，早已成了危房。坍塌是难以避免的。奶奶死后，上边按受灾户的救助标准送来了一笔资金，全被爸爸和叔叔婉言谢绝。

尾　声

新的尖山村与坐落在旧址的地震纪念园几乎是同时竣工的。山上山下，一小一大。山上保留着我家祖院废墟的原貌，山下是漂亮整齐的新村。据闻，乡上建设地震纪念园的打算，是全乡几十个村的灾后重建工作进入收尾阶段时才列入日程的。当时人们似乎突然醒过盹来，灾后重建一下让全乡农民的安居环境至少跨越了四五十年，也让新农村建设提前了十多年。这千年等一回的变化，注定要载入史册的。但是，历史不该忘记，灾难不该忘记，将来有谁还能想起地震前的故园和废墟呢？于是，建设地震纪念园的计划应运而生。

遗憾的是，全乡成片成片的废墟早已成为烟云。“矬子里拔将军”，我家祖院的废墟立即纳入了所有人的法眼，毫无悬念成为建设纪念园的不二选择。它在万万千千的废墟中肯定属于最不起眼、最普通的那种，可是现在它成了唯一，像一朵残酷的花儿，静静的，一枝独秀，感受着来自天南海北参观者的目光。

有次奶奶在梦中问我：“萍萍，我倒想听听，把废墟叫纪念园好，还是把纪念园叫废墟好？”

没来得及判断，我已经惊醒了。梦中的奶奶坚守祖院，时光缓缓流过，一切都是老样子。

2016 年 3 月 21 日于天津观海庐

阴阳界

1

此刻的月亮分明是一张失去血色的鬼脸，清冷而漠然地挂在空旷的半空，悬乎乎的，无依无靠的样子。大地笼着一层雾霾般的、阴森森的灰暗，世界，分明掉个儿了，像照相馆里一转身，换了底片儿。

星星也是悬着的，恹恹欲睡的样子，但每眨一下，照样闪烁着布满血丝的警惕、锐利和寒气。风似有形，又似无形，忽慢，忽疾，像长了蓝色的眼睛和黑色的翅膀，蝙蝠一样在废墟上扑腾、回旋、游弋。阴风过处，一阵阵的冷，风裹挟着忽长忽短、忽隐忽现、忽明忽暗的碎影，和冷冷的气流一起东奔西走。暗夜里，到处炸裂般释放着各种稀奇古怪的声音："呜——呜——""哇——哇——"不像人发出来的干嚎，也不像狼、狐狸、黄鼬的哀鸣，啥也不像。但这高低起伏的拖着长长尾音的声音，在袁峁田老人看来，分明是有几分熟悉，又有几分陌生的。

一丝惊悚捆缚了袁峁田老人的心头，莫非……他为自己的质疑暗吃一惊。自己果然也是像一阵风的，刮一刮，飘一飘，晃一晃，毫无根基地游走。抬头一看，到了一个古朴而庄严的所在，牌楼的门楣上，三个醒目的黄色大字扑入眼帘：鬼门关。

该明白了。果然是在阴间，模糊的月光下，阴魂真多啊！扶老携幼，披头散发，大家都拥挤在黄泉路上，等着排队过奈何桥呢。一个个脸色苍白，表情僵硬，白色的眼球和红色的舌头，蓄满了各种各样的幽怨。

悲怆像浓痰一样堵住了袁峁田的喉咙，上不能上，下不能下。他这才意识到，自己，快要断气了。奄奄一息的人，阳气下沉，阴气上升，当阳气不敌阴气，阴气自然占了上风。你即便有一百个不情愿，也会有小鬼来拽你、拖你、背你、扛你、锁你。当阴气像看不见的炊烟似的浮离身体，魂儿就到黄泉路上了。漫漫黄泉路的尽头，是忘川河，河上有座奈何桥，带着今世的所有记忆、念想和身体的疲惫、饥渴过了奈何桥，便是望乡台，终日以卖汤为业的孟婆老大姐便一丝不苟地坚守在那里。那里有一块石头叫三生石，三生石上记载着你的前世今生。望乡台上最后看一眼人间，饮一碗孟婆老大姐递上来的孟婆汤——迷魂汤，顿时魂儿飞了，魄儿散了，所有的前程往事，爱恨情仇，随着一声无奈的叹息，就会与不甘的心情、伤心的泪滴、不了的心愿一起烟消云散，无论转世还是归阴，阴阳两界，一切做了了断，一切从头再来。别的阴魂不懂黄泉路上的这个秘密，他懂，在阳间搞了半辈子阴阳法术，脚踩阴阳两界，不懂不行。

“唉，袁阴阳你怎么也凑热闹来了?”

迎面撞上了两个鬼，一黑一白，各戴一顶圆锥形的高帽。黑的面如锅底，獠牙上翘，一脸凶相，高帽正前方书有“天下太平”四字；

白的吐着几尺长的红舌头，红鬓竖立，却是笑逐颜开，高帽正前方书有“一见如故”四字。原来是位列“十大阴帅”的黑无常、白无常二位爷，算老朋友了吧。

“我……是不是够寿了？”

“这次地震，死人太多，除了战争和瘟疫，我们阴间的收容、接纳、甄别、登记工作从来没有这么手忙脚乱过。上面临时抽调了一大批小鬼帮我们加班呢，哪个混蛋有眼无珠，把您也拽来了。幸亏还没过奈何桥，否则就有来无回了，咱这里放您一马，您老人家赶紧回阳间去吧！”黑无常说。

“死就死吧，我这把贱骨头，在城里，简直是熬够了。”

迎面过来一大群阴魂，个个血流满面，“吱吱吱”地大叫，他们是打着横幅围过来的。横幅上书：强烈要求归还我们的土地。

一种无法排解的无助和无奈缠裹了袁峁田，一时不知所措。像此等阳间才有的咄咄怪事，怎么阴间也会有呢？而且无论形式还是内容，阴阳两界如出一辙。有人学鬼的，还没见过鬼学人的。不同的是，阴间给了这些阴魂宽容和理解，一任他们大呼小叫。都说小鬼爱挡道，可是，没有任何小鬼挡他们的道儿，任凭他们发泄情绪和怨气。当黑白无常发现阴魂们的目标是袁峁田时，这才醒过盹儿来，立即动手，替袁峁田解围。袁峁田纳闷儿：这些阴魂咋会冲自己而来？而且喊出的口号，也和阳光小区的失地农民喊出口号一模一样。顾不得了，实在顾不得想那么多了。严峻形势已经摆那儿了，如果不是有黑白无常在场，他非得被这群阴魂撕成碎片、撒到十八层地狱不可。下地狱的，难道活该是我袁峁田吗？一辈子快到头了，这是个无论如何都无法接受、也无法料到的下场。一滴混浊的老泪，像鸟屎一样从眼窝里掉下来，在胡子上打了个滚儿，没了，无声无息。

“呸——”阴魂里飞来的唾沫，直奔袁峁田的一张老脸。

袁峁田紧紧地闭了眼，用袖口擦拭了唾沫。他非常清醒，要说自己招惹了谁，不可能招惹鬼，而是招惹了人。这些刚刚脱离了人体的阴魂们，尚未喝孟婆汤，阴魂未散，骨子里、皮囊里、五脏里、毛发里、血管里仍然糅杂着、潜伏着、裹挟着从人间带来的冲天怨气。袁峁田感到后背一阵阵发冷，时令乃夏，分明三九。

“无常老弟，这次地震，人间到底咋样了？能不能让我到望乡台看看人间？”袁峁田明知这样的诉求无望，仿佛是自言自语。

“不行啊！去了望乡台，就得喝孟婆汤，一旦喝了孟婆汤，恐怕您后悔也来不及了。”黑无常说。

“可是，我这样稀里糊涂被阴魂们围攻，我……我心里不甘啊！”

“老袁，您就别纠结了。如今人间的很多事情，连我们也越来越想不通了。人都说是鬼迷心窍，其实是人迷心窍哩。趁天还没亮，我们弟兄送您还阳吧，您配合一下。所有的谜，您还是去人间解开它。”说着，二位无常按规矩给袁峁田蒙了双眼，黑无常打前站，袁峁田居中，白无常压后。避开黄泉路上的阴魂新鬼，朝鬼门关方向逆行。不知底细的，以为押着一位犯了事儿的新鬼呢。

袁峁田睁开眼时，世界安静得像没有了世界。人间？还是鬼蜮。他意外地听到了自己的呼吸，感受到了血液的流淌。视野里的一切，突然由灰变黑，哦哦，这应该是人间的夜晚了。不！不对，袁峁田推算了一下时辰，此刻，应该是地震后的第二天正午。

真是太黑了，时间是人间的正午，却黑得一塌糊涂。太阳应该在哩，却不见太阳；光线理当在哩，却不见光线；风肯定在哩，却不见一丝风。一阵钻心的剧痛袭来，浑身像在过电、受刑一样，却没有一丝一毫挣扎的气力。疼痛让老袁的头脑清醒了许多，这才明白自己像梦游一样从黄泉路上走过了一回。常人的阴魂一旦过了鬼门关，有谁回来过？

流了多少血，老袁无法判断。一根坚硬的螺纹钢筋无情地贯穿了他的小腿肚。他感觉身子底下先是一片潮湿，后来就像萝卜一样腌在黏稠的汁液中了。那汁液是从小腿肚那里流出来的血。鲜血的腥气憋满了世界。这是一个狭窄的空间，残垣断壁横七竖八，构成了一个张牙舞爪的牢笼。记不得喊过多少次了，无人应声。嗓子喊破了，嘴里咸咸的，他知道是嗓子喊出了血。他决定不再喊，他必须等待，这么大的别墅区，上千号人呢，难道就等不来一个人？这么大的县城，几十万人呢，难道真的就剩鬼了？

何况，就在昨天下午两点半前后，也就是地震前吧，别墅前的广场上还有那么多集会的农民呢。想到这些农民，袁峁田就想到了在黄泉路上撞上的那帮阴魂。同样的集会，一拨是魂儿，一拨是人儿。此刻，那些集会的人，都去哪里了呢？

“一方有难，八方支援”。这是报纸上、电视上常有的口号。会有人来救他的，说不定，废墟外边已经开始施救了。活着的人，一定比自己更着急吧。

2

地震发生前的一刻，袁峁田正在美国小镇一号别墅顶层的露台拉二胡。露台不像村里的崖畔，完全是西式的。西式的啤酒吧台、盆景、鱼缸、紫晶岩、翡翠石，还有精致的蓝白相间的遮阳篷。这样的别墅这样的露台，当年儿子领他“周游列国”满世界享福时，随处可见，做梦也没有想到，如今自己也住上了。“大，这都是咱的，您就安心住着，好好享受吧。”这是儿子儿媳常常吊在嘴边的话。他知道这是当晚辈的孝敬他，抚慰他，滋润他。在晚辈眼里，当爹的受了半辈子的苦，似乎注定该享受这份福分了吧。明知晚辈们这样的抚慰发自内心，但是老袁总感到虚幻如山里的雾气。

那一刻，他拉的是秦腔牌子曲。他喜欢拉秦腔，一拉，思绪就像山里的麻雀一样扇动翅膀，从美国小镇飞到老家去。美国小镇是这片小区的名称。如今的城里人都神经了，小区就小区吧，叫成了小镇；小镇就小镇吧，前面还搭上了美国二字，崇洋媚外到不要脸的地步了，骨气让狗吃了。老袁无法适应美国小镇，住在美国小镇的每一天，他习惯了回忆。往年，这个季节的老家尖山，小麦该扬花了，田野里弥漫着阵阵浓郁而厚实的清香。山风的脚步轻盈盈的，满山满洼地走，走到哪里，小草和花儿都会频频点头。盘山公路上的骡子们，该驮粪的驮粪，该拉车的拉车，从头到蹄儿弥散着一种熟悉的、沁人心脾的汗馊味儿，说不定会蹦出一团夹杂着青草和青稞的香屁来。父老乡亲成群结队地出山赶集，空背篓去，实背篓回，走一走，歇一歇，抽出挂在腰上的短笛，吹出各种调子的西北花儿。山里不像城里，山里的天是蓝的，云是白的。云在天上走，云影儿在地上走。天和地几乎就是贴心贴肺的那种，相拥着，相偎着，像老头老婆，像孙子孙女，像婚房里的小两口儿，缠绵得不行。自由飞翔的喜鹊、麻雀、画眉从这坡飞到那坡，从这棵树飞到那棵树，叽喳喳的，一切都是鲜活的，灵动的。人人都有各自的活法，一率性，就说了，就唱了，就吼了。

当年给生产队看秋时，儿子只有七八岁的样子。金灿灿的谷子漫山遍野，散发着浓郁的芳香。每当中午时辰，袁峁田就从坡顶那个看秋的浅窑里钻出来，坐在一堆儿蒋草上把二胡拉得山响。日头暖暖的，秋风轻轻的，白云悠悠的，远远近近的羊肠小道上，赶集的、驮粪的、转娘家的人，吆喝着骡子，一溜儿一溜儿的。老远就有人打招呼："峁田，这拉的是《华亭相会》里高文举的那段吧？"那时候的老袁还不老，人们叫他峁田。

"不！我拉的是《火焰驹》里的李彦贵。"

"那，前头那个是《庵堂认母》里那个谁的唱段吧？"

"也不是的，是《三滴血》里的李婉春。"

"哈哈哈哈……"

坦荡的自嘲和得意的解释，在风中弥漫成一种惬意的默契和祥和。"咱不走了，歇歇再走。"于是，就有三三两两的人吆停了骡子，在坡上、地埂上圪蹴下来，从腰间摸出旱烟锅，装填了烟叶子，"刺溜儿"一声点着了，吸得有滋有味。眼睛并不见得朝老袁这边瞧，在阳光里半眯着，朝大山、朝前川、朝蓝天，也不知道心里在想啥，但老袁的二胡曲子，却是实实在在地听进去了。也有过路的、挖野菜的大姑娘小媳妇，听出个味儿来了，手里的活路就有些凌乱，索性一起叽叽咕咕："好听得很！是穆桂英挂帅那段哩。"

每到这时，儿子就会循声而来。儿子是来送午饭的。午饭是女人做的臊子面。从厨房里出来直至看秋的浅窑，至少也得半小时。看秋的浅窑满山满洼有十好几个，哪里有二胡声，老袁必然就在那个浅窑里。儿子懂这一点。儿子真是好儿子，年年都是村小的"三好生"，家里的土墙上，奖状贴一溜儿了。儿子拎着盛满臊子面的陶瓷罐儿，站在村口，侧耳一听，就晓得老爸在前坡还是后梁了，撒开脚丫子，走！

"大大——饭来喽——"

儿子老远一声吼，那音嗓，像秦腔里的小生。"好——"老袁老远点点头，并没停弓。他非常亮清，停了弓，许多人会从梦中突然醒过来。在这大山里，每个人，都是有梦的。

儿子一到浅窑边，二话不说，轻车熟路地忙乎起来，折几根树枝，搭一个三脚架，把陶瓷罐儿搁上去，下边褥了晒干的蓐草。于是，一道袅袅的清烟从山梁上飘起来，摇摇摆摆的样子，对接了天，对接了云。早已冰凉的臊子面，又热热乎乎。

一曲终了，老袁才收了家伙。搓搓两手，拎起筷子。

人们这才起身，拍拍屁股上的干土。“嘚儿——”吆着骡子，重新上路，也少不了吼几句秦腔：“本为王打坐在金銮殿上，众爱卿把民情细说端详……”个个把自己当皇上了。皇上也是人当的，山高皇帝远，在这里，高兴了，咱都是皇上。

这样的回忆常常让老袁如痴如醉，心里就像塞蜜枣了，开花儿了。在一号别墅的露台，老袁紧紧地闭了双眼，把二胡拉得大开大合，出神入化，拉得忘乎所以，回肠荡气。他只有闭上眼睛，才能感受到扑面而来的田野、乡亲、大山和炊烟。他不敢睁眼，一睁眼，这一切全没了。他想，在这个县城里，听得懂他二胡的，恐怕只有小珍了吧。小珍是他最忠实的听众，此刻一定是在厨房给“夏威夷”调配吃的呢。伺候完“夏威夷”，他打算让小珍陪着上街逛逛。

“袁耀华，你这个狗官出来。”

“袁耀华，我们知道你躲在美国小镇了。”

“惩治腐败，还我土地。”

“……”

人声鼎沸，怨气冲天。龙卷风一样扫过来的怨气，迎击了曲子，瞬间就把二胡曲子淹没了。他停了弦，缓缓起身，抬起眼皮，轻轻地，一声叹息。

义愤填膺的农民正在美国小镇别墅群的前广场上集会，先是十几个，后来很快就达到几百个。最前面的横幅上写着：强烈要求归还我们的土地。

袁耀华就是袁局长，袁局长就是自己的儿子袁耀华。

袁峁田一时老泪纵横。这场景，他已经见识多次了，农民每次包围了别墅区，儿子总会和秘书、司机一起从后门逃走，留下全副武装的保安挡驾，有时还会有警察赶来维持秩序。这年头，农民们走南闯北当农民工，见别墅多了，但一定没领教过美国小镇的功能。他们不知道袁家的别墅是有后门和地下通道的，几乎每次都会扑空。

“轰隆隆……”一种奇怪的声浪开始在空气中翻滚，波涛似的，由远及近。县城已经喧嚣了，人声鼎沸。浪涛覆盖到城郊这片最大的别墅区的时候，同时也覆盖了广场上农民们的大喊大叫。像连锁反应似的，先是冲天的怨气冲击了二胡曲，然后是这种奇怪的声浪又覆盖了这股怨气，一浪高过一浪了，太汹涌了，像十几个、几十个碌碡组成的碌碡阵，被几十头酒醉的驴子拉着，疯狂地在空旷的麦场上碾过。

他察觉屁股底下在摇晃，由轻微迅速演变为剧烈。够剧烈了！筛子似的。他就像筛子里的一粒儿小米，开始了疯狂的颠簸。是地震，越是居高者越对地震的感受更为明显。

“地震了——”他本能地大喊一声，他是朝广场上的农民喊的。他在给他们提供这个要命的信息。

天崩地裂仿佛就在一刹那间。还没来得及转身，别墅就像被几只力大无穷的爪子撕裂了、揪碎了，黏稠而巨大的尘雾轰然升腾而起，钢筋水泥相互碰撞、纠结、撕咬、吞噬中咬牙切齿地惨叫，连同他一起重重地、跌跌撞撞地抛了下去……

他清晰记得，在被抛下去之前，曾喊了一声：“小珍，快跑！”

3

小珍是保姆，清清秀秀，温顺得像一只小羊。小珍陪伴他六年了吧，做饭、洗衣、帮他捶背、饲养小狗，样样都是拿手活儿。小珍是儿子从劳务市场千挑万选才脱颖而出的，当时的小珍已经拥有了两年从事保姆职业的经历，这就意味着如今二十岁的小珍早在十二岁时就开始进城当保姆了。同样的年龄，十二岁的城里姑娘应该在漂亮的教室里读初中了吧，但小珍没这个福，谁让你一开始就不是城里人生的、城里人养的呢。老袁非常明白，像小珍这样的保姆，在城里还有许多。说是不能雇佣童工，那只是臭知识分子站着说话不腰疼的话。城里人有钱需要保姆，乡下女娃没钱只有当保姆，日子，可不就这样的路数嘛。儿子给小珍开的工资是每月一千元，老袁私下又偷偷给小珍二百元，记得当时小珍就说："爷爷，这二百元，我不能要。"

"为啥呢?"

"该拿的拿，不该拿的我不拿。"

老袁当时就怔住了。"你拿着吧，你也看得出来，这个家里，根本不缺这二百元。"小珍分明还有乡下娃娃的本分，不像儿媳妇夏慧慧，虚飘飘的。他有时候就不明白，儿子袁耀华骨子里有他袁峁田的气血，爷俩无论做什么总像有感应似的，但在对待夏慧慧的问题上，不同就出来了。小两口都是半路上恋的爱，却相敬如宾，情投意合，不知道的，以为有过青梅竹马的过去哩。老袁每当看着夏慧慧不顺眼的时候，就自己开导自己：儿子是儿子，儿媳是儿媳，人家一个是一个的丈夫，一个是一个的妻子。长辈晚辈，差道儿呢。这道儿是迈不过去的，该认的，就得认；该服的，就得服，不能打马虎眼儿。

小珍说："能陪爷爷这样的好人，小珍我心满意足了。"

“小珍，你就当我的亲孙女吧。”

“不行！在美国小镇，您老人家和美国小镇的叔叔阿姨们一样，都是有身份的人，让叔叔和阿姨们知道了，会低看您的。”

老袁紧锁了眉头，一句话都说不出来了。小珍眼里的叔叔阿姨们，当然也包括他的儿子儿媳了。假如自己不是公公的身份，大街上撞上夏慧慧，她会正眼瞧他一眼吗？有次他在美国小镇的公园里遛早，正好碰着夏慧慧和几位闺蜜刚刚从健身会所里出来。早晨的阳光清清爽爽，几个女人一路说说笑笑，其中的夏慧慧分明是瞄了他一眼的，却始终没有朝他打招呼，他赶紧悄悄转过身子，朝着一棵大树做起了云手。云手是太极拳里的一个动作，平时做起来如流水清风，那次却有点抽筋的滋味儿。太极！太极！！儿媳的“太极”分明玩得比他高嘛。

这次儿子真的不在家。儿子上午就打来电话，有预感似的说：“我们得到消息，上访农民肯定要到机关来的，我放出了风，说是在美国小镇休假呢。其实我们今天有个十分重要的会，在城郊的一个温泉宾馆召开，农民如果包围宾馆，那就麻烦了。他们堵一堵美国小镇，那是无所谓的事儿，也不会把您老人家怎么样。不过我们迟早要搬离美国小镇的，让农民时不时在家门口闹，日子也不好过。”

儿子预感到的当然不是地震，儿子预感到的是农民要来上访。

“这不就是调虎离山计嘛，你们当官的这样对待农民，也太不厚道了。”

“爸，这都是没办法的事儿，你多待些日子，慢慢就明白了。上访嘛，全国都这样的，我们当干部的，习惯了。”

“你这啥屁话嘛！你习惯，老子我习惯不了。”

“爸，如今这官，不好当啊。”

“当这样的官，还不如回家种地呢。”

“……”

螺纹钢筋带来的疼痛再次袭击了他，豆大的汗珠儿迷蒙了眼睛。身子底下这片浸透了他鲜血的土地，他是五年前才搞明白的。这里曾经是一大片上等的庄稼地和农民住宅，后来被政府看上了，被房地产老板甄宗发看准了，要搞建设。所谓建设，就是开发高档的别墅区，儿子作为房管局局长，自然要积极配合。地征了，房盖了，环境美化了。失地的农民不但得到了可观的补偿款，而且被集体农转非，集中安置到了北郊的一片经济适用房里。经济适用房名叫阳光小区，也是甄宗发开发的项目。阳光是啥？听着鲜亮得很，明媚得很，光彩得很。农民一开始兴高采烈，对当官的言听计从。政策就是好啊！千年等一回哩，农转非了，当城里人了。家家户户生怕腾迁晚了，估地迟了，赶不上趟儿了。待一切尘埃落定，美国小镇和阳光小区从南北城郊不同的方向拔地而起，醒盹儿了，觉悟了，后悔了，牢骚和愤怒铺天盖地了：“我们农民的土地，征收时每亩才几万元，到了开发商那里，一转身成了每亩几十万元，凭啥？”

“凭啥当官的、有钱人住别墅，失地农民住经济适用房，还把庄稼地搭了进去？”

“如今正宗城市居民也下岗寻生路呢，咱农民被农转非，凭啥过日子？”

“……”

从黄泉路上回来，他忘不了那群打着横幅的阴魂，现在看来，阴魂们找不到儿子，找到他头上来了。至少说明，农民们的经济适用房都倒塌了，否则哪来那么多的阴魂呢？

还算万幸，真是太万幸了——黄泉路上并没有撞上儿子、儿媳和小珍。孙子肯定更安全了，小家伙刚刚大学毕业，在几百公里外的省城大机关里，好像给大官当秘书呢。儿子开会的那个温泉宾馆一定也安然无恙吧。对了对了，也没撞上美国小镇的邻居什么的。咋会呢？别墅区呼啦啦几百套呢，难道就一号别墅倒塌了？不可能吧，天要收人，是不长眼的，即便长眼，这样的天灾，又认准得了谁是谁？

周围的邻居，老袁大都认得，有大大小小的机关领导干部，有大大小小的老板。他们平时见了他都很客气，一副文明礼貌的意思。

“老袁，不错不错！这么大年纪，就好好在儿子这里享清福吧。”

“老爷子好，住得习惯吧，比您老家尖山强吧，听说那里山大沟深，赶集也得二十里。这里方便吧，要啥有啥。”

“袁大爷，遛早呢。”

“袁叔叔好！”

“……”

老袁非常清醒，大家恭维他，是因为头顶有个当局长的儿子。表面上的殷勤，那是皮囊外边的摆设，多半是装出来的。心里没有的，照样没有，大家未必真的就把他放在眼里。自己如果不是穿衣戴帽像个城里人，就这一张爬满皱纹的老黑脸，与县城里大街小巷挖地沟、扫马路的农民工有啥两样？可是他硬是记住了左邻右舍好几十位，不记住不行，那是起码的礼数。他尽量做到不卑不亢，甚至有些和蔼可亲，他不仅是自己，还是这样一个儿子的父亲。还好，我的好邻居们，我袁峁田在黄泉路没有碰到你们，这是大家的福。

“啊——”又是一阵钻心的痛。老袁昏死过去。

昏死了。懵懵懂懂中，脖子上似乎被套了一条冰冷的铁链子。

“跟我走！”一个犀利的声音传来，老袁就感觉魂儿从废墟里飘出来了。

对了，脖子上这冰凉的感觉，昨天曾有过一回。

4

凭经验，凭直觉，老袁知道又遭遇了阴间当差的鬼。一回生，一回死；一回死，一回生。又来了。

不像上次那个小鬼，谁晓得从哪儿抽调来的，一副公事公办、尽职尽责、恪尽职守的样子。

“我是上次放回人间的，怎么又要抓我呢?”

问完了，倏然反应过来，自己是失口了。未见到阴曹地府的判官之前，黄泉路上当差的小鬼，谁能回答这样的问题？他们有他们的职责，沿途巡视，拾掇死人就是了。如果对应人间的司法格局，他们既不是法院的，也不是检察院的，他们只不过是公安局的普通巡警，巡着，巡着，发现阴气重的人，就得及时收拾。否则，阴魂在阳间游荡时间长了，对两边的稳定大局都不好，阴间不讲稳定压倒一切，用不着讲的，听说过人间有捣鬼的，没听说过鬼蜮有捣人的。

这是光天化日，太阳在头顶悬着呢。白昼是人间，夜晚才是鬼蜮。鬼是不能见阳光的，小鬼只好押着老袁在废墟中等待。太阳落山了，阳气下沉，阴气上升。小鬼这才急不可耐地拽着老袁的阴魂钻了出来。

路上，就撞上了忙忙乎乎的白无常。

白无常惊了一下：“老袁你怎么又来了。”

“无常老弟，不是我要来就来啊，是这位兄弟履行公事呢。”老袁问，“黑无常呢?”

“死人在成倍增加，我们弟兄俩忙不过来，只好分开了。”白无常呵斥那个小鬼，“这是阴阳法师老袁，交代好的，让他在人间等待抢救，怎么又把他弄来了?”

“无常老爷，您错怪小的了。袁阴阳上次还阳后，还是没人救他啊，这不又死过来了嘛。”小鬼一脸的委屈。

“啊？怎么会呢？这次地震，我们只登记了几万个死鬼，活着的人还有几十万呢，何况，美国小镇的人变成鬼的也不是太多，更何况，地震前，广场上还有好几百农民呢，人人搬走废墟上的一块砖，也该把个老袁救出来了？”

“无常老爷，地震后，人间通讯中断，都在自发组织施救。美国小镇的房子倒塌不多，谁会知道下面压着老袁呢？你说的那帮集会的农民，根本就没有朝别墅区动手，全部奔经济适用房那边了。”这是小鬼的声音，“经济适用房那边，真正的一片废墟，那才叫惨哩。”

听出意思来了。老袁长叹一声：“无常老弟，这次，就让我死吧！人间成了这个样子，我活在世上，也没啥意思了，还是做个鬼，心里好受些。我这把年纪，来回折腾，反倒连累了你们当鬼的，你们都是为鬼民服务的好鬼啊！”

“我说过了，不是我不让你死，是人间的现状的确需要你，这些年，人间和鬼蜮两方面的情况你老人家是知道的，几乎快要颠倒过来了。人与其说活一口气，不如说活个自由、平等与和谐，这一点，人间越来越糟糕，倒是鬼蜮成为一片净土了。为什么有些人老想着自杀，有些人得了抑郁症，就是因为做人太难了。人间讲生态平衡，鬼蜮也讲，这么多人拥到阴间来，弄得遍地都是鬼，阴间房价猛涨，口粮剧增，连阎王也叫苦不迭了！您老人家脚踩阴阳两界，世事洞明，为人好善，人间多一位您这样的人，对人间、阴间都有好处，我们不想收留您，也是从大局着想，我相信，这也符合我们阎王的讲话精神。鬼蜮也讲政治，讲人性，这一点，您不是不知道……”

“无常老弟，你别说了……”袁帇田打断了白无常的话，“我老袁，懂。”

当了几十年的阴阳法师，世事的确是看透了。老袁还是小袁的时候，就开始学阴阳法术，那时全国还没有解放，学阴阳法术纯粹是为了讨口饭吃。师傅是尖山一带远近闻名的阴阳法师甄胜贤老先生，人称“瞎子灵”。一生无娶，子嗣皆无。江湖上都传，甄胜贤祖上家道殷实，世代与人为善。良田百亩，佣仆无数，拥有全村唯一的三出四进庭院，后来因得罪官府和周边惯匪，被洗劫得倾家荡产，正在私塾读四书五经的甄胜贤落得衣不蔽体食不果腹，只好远走庙观拜师学了阴阳法术。人间居白昼，阴间归暗夜。他之所以用筷子戳瞎了双眼，据说有两个原因，一是看不惯人间善恶颠倒，二是为了随时归隐阴间。是否确切，谁也没敢当面问及。新中国成立后，政府破除封建迷信，甄胜贤在《解放区的天是蓝蓝天》的歌声里，几欲洗手不干，但后来不干也由不得良心了。人间不明不白死人的事情，一拨连一拨，反右死人，大炼钢铁死人，六〇年闹饥荒死人，“文革”死人。记得闹饥荒那年上边押了几个右派到村里来，虽然是上边来的，但该饿还饿，该死也死，饿死到了村里。每到晚上，总有几个饿死鬼从村外的坟茔里偷偷溜出来，一会儿“哇”的一声，一会儿“吱”的一声。只有阴阳法师最清楚，他们阴魂不散，聚在一起发泄不满呢。但饿死鬼们并不晓得他们的阴气会给阳间活着的人带来怎样的麻烦，不久，不是张三家的娃儿得癫痫了，就是李四家的男人精神失常了；不是王五家的公狗骑母猪了，就是赵六家的媳妇不生娃了……有一天夜里，甄胜贤把自己锁在院子里，上身赤裸，涂满油彩，脸上扑满锅灰。焚香点蜡，跪倒在地，口中念念有词，突然，他右手持一菜刀，朝左肩膀一挥，鲜血顿时喷涌而出……甄胜贤大叫一声：“黑白无常老弟，我来了。”

那令人毛骨悚然的一幕，正好被爬在墙头准备偷杏子的袁峁田看到了。当时只有十五岁的袁峁田吓得大气不敢出一声。那样的一幕，分明只有传说中才会有：自伤肢体，大放鲜血，人与鬼才能在血光中见面。

正常人活该是见不了鬼的，谁敢朝自己身上抹刀刃子？抹深了不行，抹浅了不行，抹重了不行，抹轻了不行。那火候只有阴阳法师心知肚明，那是一杆秤，几个星子几两砣，有路数的。不懂行规的，一抹两抹，人没做成，做鬼了。

当时，袁岇田听到了这样的对话，不，仿佛是甄胜贤一个人自言自语。

“村里已经这样了，就靠你们阴间了，你们怎么随便把鬼放出来呢？弄得村里不得安生。”

“……”

“你说啥？阴魂不散？你说得对，他们活着是清醒的人，死了是清醒的鬼，很多冤死鬼死了也就死了，活着稀里糊涂，死了也稀里糊涂。啥？你说啥？我当然明白，右派们都是读书人，都是通事理的好人，你们明明晓得他们都是冤死的，那为啥还要收走他们呢？”

“……”

“哦，你这样一解释，我也就明白了，阎王真是一代明君啊！在阴间，给了右派们说话、活动的自由。真是的，阴间也需要知识分子呢，需要知识分子搞科研、搞教育、搞医疗。可是，你们一定要疏导好他们的心理啊！人间老是让鬼惦记着，怎得安然。”

“……”

“你说啥？人间过几年还要出现‘文化大革命’？还要出现唐山大地震？还要出现洪涝灾害？还要大量死人？天哪！照你们这么说，阴间也快鬼满为患了？唉！我们人间，真是难为你们了。”

“……”

“今天真是打扰二位老弟了，我这里还有点钱，是冥国人民银行统一发行的票子，二位就收下吧。我们村里的事，有劳二位了。”

“……”

“哈哈，我接受批评，阴间干部的勤政廉洁，我真是见识了。俗话说‘有钱能使鬼推磨’，只有自作聪明的人，才能说出这么愚蠢的人话。鬼门关里有你们这样的同志……不，有你们这样的人……不！有你们这样的鬼，我们在人间当老百姓的，也就放心了。”

“……”

“没关系，流这点血算啥，我也是为民请愿嘛！我如今相信了，你们是能办成大事儿的。”

“……”

从那以后，村里安然如初。该生娃的生娃了，精神病患者们也正常了。人做人事，狗走狗道，猪进猪圈，鸡下鸡蛋。乡村的夜晚，星星还是那个星星，月亮还是那个月亮。走夜路的人，一把锄头，一支烟，心里踏实了许多。回到家中，便是老婆娃娃热炕头，一觉睡到大天亮。醒来免不了一声叹息：“可惜了，那帮读书人……”

甄胜贤从来是不收徒弟的，但最终收下了具有小学文化程度的袁峁田。甄胜贤压根儿就不知道，是袁峁田那次意外的发现，坚定了从此学习阴阳法术的决心。这样的坚定和这样的执着，在所有投奔甄胜贤谋求拜师学艺的人当中，也就数袁峁田了。当时袁峁田的表态像给谁宣誓一样：“甄师傅，我袁峁田学阴阳法术，一不为财，二不为名，就图咱庄稼人的日子安生。”从此，袁峁田白天跟着师傅走艺，晚上就着煤油灯苦读《易经》《三世全书》《八卦密谱》《地理三界》《宅墓大解》《算术》《透天机》……师傅给他提供的书籍，他反复研修百遍，誊抄十次。尖山一带历代阴阳法师的经典语录、行艺大法、独门秘籍，他均烂熟于心，行之于法，法之于众。有次徒步百里外走艺，他敦促主家九十日后速迁老坟，并算定新址。主家从了，迁坟第二天，山洪至，老坟原址顷刻被荡为平地，而新坟的香火照样旺如炊烟，似闻阴间日子的滋味儿。主家“扑通”一声，长跪不起，是朝袁峁田跪下去的。

为了村里的事情，袁峁田在人间鬼蜮来来回回多少次，早已记不清了。他在阴间从来没有见过死去多年的甄胜贤师傅。像甄胜贤这样的好人，不可能下十八层地狱的，他一定被阎王安排在天堂里某个非常纯净的地方。

老袁有时候就想，如今世事变成了这个样子，师傅，您可知晓？

5

阴风阵阵。此刻的阴间，也应该算是非常时期吧，是人间把非常时期带给阴间了。置身这样的环境，袁峁田从来没有如此强烈地渴望见到师傅甄胜贤，面对白无常，他最终没敢张这个口。他非常清醒鬼蜮的戒律，如果什么都能问，什么都能解答，那就没有原则了。没有原则的世界，注定会陷入混沌，用人间的话说，就会陷入无政府主义。

“我在废墟里一眼漆黑，真不知道人间是啥样子？”

白无常看到袁峁田两腮挂满了泪，不由叹口气：“这样吧，我领你到望乡台上看看人间，看完了，千万别喝孟婆汤。”

“那……不是严重违反了鬼蜮法规吗？我怕连累你们。”

“为了人间，同时也为了您，我们暂且学学人间的方式，特事特办了。正好，孟婆大姐今天也累倒了，派了两个女鬼在给阴魂发放孟婆汤，望乡台那边，也是临时聘请的小鬼在值班，他们大都刚到阴间，对业务还不是太熟悉，一边干一边接受培训呢。我领你到望乡台上看看县城的样子，你稳住情绪，啥话都不要说，一切都听我的。你如果情绪失控，就麻烦了，至于后果，你懂的。”

就这样像树叶一样飘过了忘川河，飘过了奈何桥，飘到了望乡台。站在望乡台上，老袁大吃一惊。

视野里，夜色中的县城被一片灰蒙蒙的无垠的尘埃笼盖，细雨如丝，阳气和阴气交织，大多数楼房都坍塌了，个别靠近山体的楼群，被滑坡后的泥石流掩没。到处是残垣断壁，到处是东倒西歪的建筑。有些扭曲变形的楼门、窗口的铁艺护栏上，还倒挂着赤裸裸的残尸，钩挂着颠覆而出的衣物、被褥、书包。道路扭曲了，变形了，一段一段的路面上，铺满了散乱的瓦砾。成千上万辆公交车、轿车、卡车、自行车像残缺不全的甲壳虫、蚂蚁一样横七竖八，遍地都是。各种惨遭飞奔的混凝土碎块攻击的行道树、电线杆子，遍体鳞伤地兀立在那里。有几处在冒着浓烟，显然熊熊燃烧的大火已经被细雨浇灭。许多社区的开阔处，成了临时的停尸场，各种血肉模糊的尸体，一排排，一行行，一片片。死了的，都躺着；残了的，在挣扎；活着的，在奔走。……红的，是血；稠的，是血；流动的，也是血。人和鬼掺杂在一起，虚虚实实，实实虚虚。人和人之间在紧张、急促地提供信息，鬼和鬼之间大概只有相互咨询了。县城的交通要道、路口和各个社区的小花园、小广场上，都有小鬼把守。每三个鬼组成一个临时收容服务小组，支了桌子，桌后有一背板，上书泛着磷光的繁体字：地震灾区死难者阴魂报到处。背板两边有一副对联，曰：

全心全意为鬼民服务，

公平公正保阴间和谐。

有个鬼手拿登记簿，对黄泉路上过往的阴魂逐一核对，另外两个鬼手里紧紧攥着话筒，一遍遍朝阴魂喊话，嗓子都嘶哑了。

“请大家不要着急，都快要变鬼了，怎么仍然像人间一样彼此漠不关心呢？到了鬼蜮，希望大家都文明一些，守法一些，友好一些，亲善一些，让我们团结起来，共同维护我们鬼蜮的和谐社会。”

老袁终于看到了黑无常。黑无常在一处处废墟之间倏忽来，倏忽去，东奔西走。表情凝重，满头大汗，非常疲惫的样子。每经过一处收容服务小组，就千叮咛万嘱咐：

“各小组注意了，该收的收，有生命表征的千万别收。”

“对把握不准的，一定要根据真实情况，随时给赏善司、罚恶司、阴律司、查察司的四大判官汇报。对于生前行善的，要根据行善程度，安排进入六道轮回程序；对于不忠、不孝、不悌、不信和无礼、无义、无廉、无耻的，要明察行恶程度，直接送往罚恶台。切记，对于含冤而死的，一定要把住人间各大医院太平间那一关，能还阳的火速让他们还阳，不能还阳的，立即申报上天堂的指标，够投胎转世条件的，先征求他们的个人意见，趁早投胎转世，想投人胎的投人，想投猫胎的投猫，想投鸟胎的投鸟，想投树胎的投树，想投草胎的投草。”

一个小组长模样的鬼问道：“对那些该下十八层地狱的，我们另册登记后，是直接报送到阴律司那里去呢，还是走走手续？”

“这还用问吗？一定要记住了！阎王爷经常教导我们说，人间给我们多大的压力，我们都得扛住，人活得可以不像人，但死后，不可以不像鬼。人，生一次不易，死一次更难。死了变鬼的，无论上天堂还是下地狱，我们都要主动精简一切手续，决不能让问题出在我们的服务环节。”

十八层地狱那边，早已是鬼山鬼海，生前凡是贪过的、盗过的、瞒过的、杀过的、贿过的、奸过的、骗过的、欺过的、霸过的、侮过的……所有干过坏事的人，正在按照鬼蜮刑律，被押往各层地狱接受惩罚：掏肠肚、剁手脚、磨身子、抽肋骨、剜眼珠、割舌头、烤鸡巴、炖心肝、卸四肢……

更多的阴魂仍然拥挤在黄泉路上，身处熟悉的家园，阴阳两界却是两重天。第一次来到鬼蜮，很多阴魂显然对人间有太多的牵挂，太多的不甘，太多的纠结，所有的牵挂、不甘和纠结，和悲戚的泪水一起涌了出来：

“让我一个人过忘川河吧，别收我儿子，他才两岁。”

“踏上黄泉路，还能回来吗？我娘没人照顾。”

“天哪！我刚刚签的销售合同，几百万的交易呢，那可是真金白银啊！难道，说走就走了？说没就没了？”

“人间那么大，地震，为什么偏偏就在咱这里？”

“……”

山城的交通显然中断了。城郊周围的大部分山体都变了形，公路扭曲了，像斩断后抛弃在大山里的一截截蚯蚓。山外聚集着许多从省城、邻县赶来救援的士兵和志愿者。临时帐篷里躺着从附近村子里背运而来的死难者和受伤人员。满载救援物资的军用车辆排成了长龙，在焦急地期待向县城开进。山里山外，又是一个两重天。进不来，出不去，这是人间的另一种鬼门关。不！不是鬼门关，是人门关。假如防患于未然，早早搞好水土保持，山会塌吗？假如把路修结实些，路会断吗？假如……

老远望去，北郊那边用来安置失地农民的阳光小区，所有的经济适用房基本全坍塌了。那些曾经在美国小镇广场集会的农民，反而成了完整无缺的幸存者。幸存者就是最直接、最坚定的自救力量，他们哭着，喊着，叫着，发了疯似的在阳光小区所在地的废墟玩命儿，用锹挖，用手搬，用指头抠，不少农民的手指头都抠出了血……

“唉，偷工减料的豆腐渣工程，让失地的农民撞上了。”白无常说。

啥？豆腐渣工程，这让袁峁田想到了儿子的好朋友——房地产公司老板甄宗发，阳光小区不是他开发的吗？经济适用房安置了失地农民不假，农民心里不平衡不假，可是，像经济适用房这样的为民造福工程难道真的是豆腐渣工程？不可能！肯定不可能！如今，人间的谣言可多了。很多事情其实是不能信的，真相有时候非常像谣言，可是，有些谣言，传着传着吧，后来发现的确就是真相。但老袁相信甄宗发，因为他相信儿子，相信儿子就得相信甄宗发。

白无常说：“这次阳光小区的经济适用房里死人不少……还是我们的领导最体恤生活在最底层的农民兄弟啊。”

“你们领导？”

“是，我说的是阎王。”

“我没明白你说的话。”

“阎王从山神那里获知要地震的消息后，特意派了个小鬼化妆成人，动员农民到美国小镇广场上讨民主，才使那些集会的农民侥幸逃过了一劫。”白无常叹口气，“关键在领导啊！这话，你在人间应该没少听吧。”

老袁点点头，问：“美国小镇那边，我怎么看不清呢？”

“那边死人不多，阴气不重，你当然看不清。”

“这么说，美国小镇的别墅群，坍塌的并不多？”

“是的，我们也奇怪呢，多数稳如磐石，只是少数东倒西歪，多数住户都逃了出来，但唯独你们家的一号别墅，像积木一样彻底倒塌了。唉，一号别墅，最好的房子呢，却偏偏倒了。”

“这就怪了。”

“我们也奇怪呢，老袁我再重申一遍，凡是奇怪的问题和答案，只有人间才有。”

从望乡台下来，老袁真正体会到什么才是失魂落魄。他口干舌燥，嗓子眼儿里像是要冒火。两个美丽的女鬼笑盈盈地迎上来，音色像画眉的歌声一样婉转诱人：“袁先生你好！我们替孟婆阿姨在这里等您，喝碗孟婆亲手熬制的汤吧，很解渴的。”

白无常抢上前去：“不能让这个阴魂喝的，你没看见我领着他，在执行公务吗?”

“但是，无常老爷，从望乡台上下来的阴魂，都得喝啊，我们两个小女子，不敢违反规定。”

“你们知道啥叫真正的实事求是吗？放开他，有啥事，我顶着。”白无常朝老袁，“快回去吧，等待人来救你。……但是，要是真的没人来救你呢?”仿佛自思自叹。

老袁怅然叹口气：“老白，我不是那种贪生怕死的人。只求你一件事，要死，别让我死在美国小镇，那不是我的家，我的家在尖山，我必须进我的祖坟。假如不能认祖归宗，我死不瞑目啊!”

“别说那么多了，你的意思，我懂，就怕你活着到不了故乡尖山，说是生死在天，那个天，就是人啊！这些年人间死人的事情都非常蹊跷，倒逼得阎王爷手里的章程不得不随时修改。你一定知道，过去，阴律司崔判官左手执生死簿，右手拿勾魂笔，工作井然有序，闲暇时还能哼哼鬼调啥的。现在倒好，也不得不像阳间的某些领导一样安排了几个助理，纵然如此，大家也忙不过来了。”

“老弟别说了，我懂……”老袁叹息一声，“老弟见着崔判官，一定代我问好，他老人家鞠躬尽瘁，呕心沥血，太累了。”

老袁当然明白，崔判官在人间做官时是好官，在阴间做鬼时是好鬼。当年——大概是隋唐时代吧，一千四百多年前的事了。崔判官——这位叫崔钰的大人在唐太宗李世民麾下为臣，官拜兹州县令，后升至礼部侍郎，生前为官清正廉明，体恤黎民，与丞相魏征乃至交。崔钰死后，阎王念其阳间为官有口皆碑，故而破例封为判官，主管阴律司，赏善罚恶，管人生死，权冠古今。他手里的勾魂笔只需轻轻一点，人间众生，谁该死谁该活，须臾之间，一目了然。

老袁曾常常拿儿子暗比崔钰，阳间当官，马虎不得，马虎不得啊！

6

睁开了，袁峁田知道是自己的眼睛再一次睁开了，他感受到了一丝陌生的亮光，光线是从纵横交错的混凝土缝隙里射进来的。怎么会呢？如果刚才有过余震，瓦砾只能越摇越瓷实，空间只能越摇越昏暗，怎么会有光亮呢。

“汪汪汪——”是小狗的鸣叫。

借助幽幽的光亮，老袁这才发现，有三只小狗——就是那三只曾经的流浪狗。他流血的腿肚儿被其中两只小狗用身子紧紧地贴拥着，这是一种难得一见的贴拥，两只小动物的肢体相互配合，一左一右，等于把螺纹钢筋和腿肚儿之间的交叉处缠裹了。小狗用自己的肌肤和皮毛，用舍生忘死般的情怀和力量，最大限度地阻止了袁峁田肢体里鲜血的外溢。另一只小狗则紧紧地依附在他身体一侧，为他传递热量。三只狗的六只眼睛默默地盯着他，在幽暗的光线里发散着蓝蓝的光泽。

不像原先那么冷了，三只狗的齐心协力，给他冰冷的身子带来了从来没有体会过的温暖。这种温暖和人间的温暖不一样，真的不一样。人间怎么会有这种温暖呢？本来是狗带来的。

小狗怎么进来的？采取什么样的方式进来的？老袁无法判断，小狗一定是绞尽脑汁了，费尽心机了，废墟随时都存在死亡的危险，但是小狗全然没有顾忌这要命的危险。它们带来的不仅是温暖，还有光明。

“天哪！陪着我，这不是自投罗网吗？赶紧跑吧！”

这三只流浪狗，他收留它们至少有两年多了。先是一只，后来又一只，再后来就成了三只，都是在美国小镇散步时发现的。县城里富有的人家，玩狗玩腻了，换新的，换高档的，就给旧狗蒙了双眼，花钱雇一个陌生人把狗扔到了美国小镇。他们舍不得把狗扔到大街上去，更舍不得把狗扔到穷人的窝子里去。就像是闹移民，要移，至少也是加拿大。去柬埔寨，那还算移民吗？这几只流浪狗实在太懂事了，它们不敢窜到大街上去，它们害怕撞上农民工简陋食堂里的菜刀和空锅，它们像美国小镇的黑户，时刻期待着怜悯，期待着有朝一日领上美国小镇的绿卡。够可怜的了！到了这里，就开始了胆战心惊的、痛苦不堪的流浪，流浪，流浪。流浪在岁月里的狗，风光不再，蓬头垢面，脏兮兮的。美国小镇里的住民，不少都是有狗的，而且是那种纯种的德国狗、日本狗，比流浪狗要高级、高贵许多，每一条好几万呢。

儿媳夏慧慧就养了几茬狗，一茬比一茬高贵。现在的这只狗毛色金黄，耳朵、鼻尖上有星星点点的黑，肚皮却全是雪白的，尾梢上有一抹雪青。狗名叫“夏威夷”，平日里，儿子、儿媳朝狗打招呼时，一般不叫“夏威夷”，直接称儿子。

“儿子哎——”

"汪汪。"

"我的儿子是真正的贵族呢，绅士呢。"

"汪汪。"

"儿子，儿子快叫爸爸妈妈。"

"汪汪。"狗先朝夏慧慧，然后朝袁耀华，"汪汪。"

"夏威夷"摇头摆尾，真的像来自大洋彼岸的一位什么王子。

"夏威夷"一直生活在儿子儿媳的卧室里，由小珍伺候。"夏威夷"的生活非常奢侈，肉、菜、蛋都是搭配好的，食谱由夏慧慧亲自研究制定，然后又小珍具体落实。老袁暗自算过一笔账，"夏威夷"光一天的美食，折算成人民币，相当于老家尖山一个普通三口之家十天的伙食，相当于农民工整整两天的工钱，相当于购买一百二十斤麦子，相当于……他骨子里对"夏威夷"就不喜欢，他喜欢尖山一带满山满洼疯跑的小黄狗、老黄狗，不值钱，但看着顺眼，踏实，不用人伺候。他喜欢被人抛弃的流浪狗，看着可怜，却历经了人间沧桑，懂事，规矩，不贪不占，对人无所求，而这个"夏威夷"，人人敬着，捧着，护着，像宗祠里的祖先似的。而袁家祖坟里的列祖列宗，又见过啥，吃过啥？

但是此刻，三只狗中并没有"夏威夷"。

"咱爸光收留流浪狗，把咱家的人丢尽了。"一次，老袁听见儿媳给儿子偷偷发牢骚。

老袁装作没有听见，在院子靠车库那个地方搭建了一个木头小屋，供流浪狗栖身。

"大，好端端的院子，你搭个小狗屋，有碍观瞻啊。"儿子终于忍不住了。

"你到底是烦我？还是烦狗？我巴不得返回尖山呢。"

儿子无奈，就找人在地下室专门盖了一个体面的狗窝。这样，三只流浪狗就算有了美国小镇住民的名分。

其实，加起来四只狗了，但三只流浪狗和卧室里的“夏威夷”形同陌路，互无往来。老袁看清楚了，人以群分，物以类聚，狗和人真是一样的德行。俗话说：狗眼看人低。那么，人眼看狗又当怎样？有区别吗？

还真是一样的路数呢，比如乡下人和城里人吧，都是人，但是人和人却黑是黑，白是白，清楚着呢。老家尖山，家家户户的土院看着散散乱乱，但在每一位村民的记忆里，那可真像亲手编织的毛衣似的，一针一扣，贴胸贴背。谁家是北房，谁家是南房；谁家是挑檐房，谁家是平顶房；谁家是双扇门，谁家是单扇窗；谁家的猪圈是土坯砌的，谁家的狗窝是砖头垒的；谁家的母猪是谁家的公猪配的种，谁家的草驴发情蹭谁家的公马；谁家去年的玉米地今年改种胡麻，谁家的木桶多了一个箍儿……左邻右舍，谁也离不开谁。只要有谁家院子里绽出笑声，全村人跟着凑热闹：“哈，这不是胜娃家吗？瞅瞅去！”只要谁家院子里挤出哭声，全村人的心里绷紧了弦：“哦，是翠梅家，劝劝去！”

可这县城就不同了，一栋楼，紧凑得像个鸟笼子，巴掌大的地儿就能窝成百上千号人，别提小区里谁不认得谁，就是一个楼洞子里门对门，开门关门，井水不犯河水，相互之间没有多少往来，生生的，像没有烤熟的洋芋，吃着硌牙，还涨嗓子。迎面碰上，像防贼似的。大街上，城里人和乡下人更是一目了然。你看看那成群结队的农民工，皮肤黝黑，满身污垢，头戴安全帽，手里攥着馒头和大葱。在城里人看来，这样的群体像从泥淖里冒出来的爬鼠，太影响市容市貌了，像光洁的丝绸被面儿上绽了线，怎么看，都不是个事儿了。

到一号别墅来串门的，也都是一些有头有脸的人。不像串门，像朝圣了。一进门就客气得不行，左一口“局长好”，右一声“领导好”。手里拎的东西也是五花八门。在儿子这里，老袁慢慢知道了啥叫真正的茅台酒，啥叫正宗的钻石、玛瑙，啥叫劳力士手表、LV 皮包……就连送来的苹果也是美国的，叫蛇果，至于什么榴梿、芒果、凤梨啥的，据说不是台湾的，就是泰国的。

碰上次数最多的要数甄宗发了，这个西装革履、彬彬有礼的明星企业家每次到会客室来，好像都有谈不完的业务。后来老袁才知道，美国小镇、阳光小区以及县城里的很多房子，都是甄经理的大手笔。甄宗发也住在美国小镇，是三号别墅，算是邻居了。儿子常在家里提到甄宗发：甄宗发下过乡，当过兵，上过大学，在企业、乡镇挂过职，还拥有经济学博士学位，有着十分丰富的人生阅历，如今是市场经济社会，只有像甄宗发这种人，才能纵横天下，所向披靡，主宰世界……“知子莫如父”。从儿子对甄宗发的感慨中，袁峁田总能嗅到一份纠结于个人情感之外的东西，是艳羡，还是妒忌？是轻蔑，还是自卑，老袁一时说不清楚。每到此时，他就给儿子不薄不厚地回应一句乡下的俗语：“人比人，没活了；驴比驴，没驮了。”

有一次，村里有人来看老袁，带来了一袋最新的玉米面儿。

老袁就给儿子说：“这面儿新鲜着呢，你给邻居甄经理送半袋过去，甄经理每次见我，客气得很，好人呢。”

儿子当时就有些窘：“人家甄经理，大企业家……嗯，人家不缺这点面儿。”

“不是缺不缺的事儿，是咱一个心意。”

“好吧。”儿子说，“我这就送去。”

儿子拎着半袋玉米面儿出门了。后来有次老袁在院子里百步走，甄宗发老远就打招呼："老袁好，您散步呢。"那口气，亲昵得不行，分明是尝到新玉米面儿的甜头了。

"好好好，出来走走。"老袁随口问，"新面儿，不错吧。"

"什么新面儿?"甄宗发怔住了，说，"噢……不错不错，尝了，还真是不错，绿色食品，绿色食品啊!"

"啥叫绿色食品?"

"怎么说呢?举个例子吧，就像您老家地里的农作物，如果不打农药什么的，应该都算绿色食品，不像咱城里市场上的，添加这个，添加那个，都不新鲜了。"

"那，以后我让儿子多给你送一些尝尝，老家那边全是绿色食品呢。"

"不用不用，不能给您老人家添麻烦，那袋……哦，那袋辣椒面儿，没吃完呢。"

"辣椒面儿?"

"噢……是，唉，你看我这脑子。"

听出来了，儿子根本就没有把玉米面儿送过去，自已被儿子耍了，也被甄经理耍了。从那以后，村里人送来新鲜的胡麻油、核桃、花椒面儿、杏子啥的，老袁就通通给了小珍："拿去，给你妈，卖了。"小珍爸妈在街头摆摊卖蔬菜，一大早进货，白天零售，晚上住窝棚。这小本生意不好做，像游击队似的，时时刻刻提防着城管队，撞上了，一脚踢翻摊子，一天的光阴就白跑了。小珍一开始坚决不同意："邻里乡亲送您的东西，您咋能这样对待呢?"

"你是让这些好东西白白烂在咱这里吗?卖一点，算一点，钱给你爸妈，我一分也不要。"

小珍懂了。小珍这女娃真是个好娃，她经常会给老袁织一件毛衣、绣一双鞋垫啥的，穿着大方，还舒适。按理说，这样的毛衣、这样的鞋垫，享用者应该是小珍的心上人才是，可是，小珍愣就是找不到对象。儿媳出国，经常会给他买来皮鞋、衬衣啥的，好看是好看，总感觉像给土豆皮儿上涂胭脂，不是那么回事儿。老袁有时就想，假如没有小珍，没有这三只流浪狗，我这个乡巴佬在县城里，活得还有点人样儿吗？儿子儿媳上班后，偌大的别墅里马上就安静下来。老袁就对小珍说："哈哈，就剩咱五口人了。"

"五口？"

"你、我，还有咱的三只狗。"

小珍就"嘻嘻嘻"地笑了："照爷爷这么说，我和三只狗是啥关系？"

"亲姊妹。"

小珍突然就哭了："我也这么想呢，几十万人的县城，一砖一瓦，都不像是咱的。"

老袁不敢再吭气。几天后，老袁终于憋不住了："小珍，最近，又找了吗？"

"没有。"

"你都二十岁了。"

"不想找了。"

"为啥？"

问完了，后悔了。为这句愚蠢之极的追问，老袁软塌塌地躺了整整一天，他纯粹被自己的追问击倒了。如今乡下的土地早已养活不了人，有力气的全靠进城打工过日子了。像小珍这样的女娃，一没文化，二没手艺，每天像小鸟一样关在美国小镇这个钢筋水泥的笼子里，伺候他这样一个快要做棺材瓤子的破老头子。乡里回不去，城里又没根基，鲜活的青春像孤单的溪水一样整天整夜地、茫无目的地在一号别墅里流淌。要找对象，该找谁？有出息的城里小伙子当然看不上小珍，要嫁，就只能嫁给农民工，然后一起在城里漂泊。一年前，夏慧慧曾给小珍介绍了一个城里的下岗职工，那小子硬是把小珍玩了几天就甩了，弄得小珍好几天不言不语，生生地瘦了好几圈儿。话说回来，小珍除了文化和手艺，其他条件蛮不错的。用夏慧慧常夸小珍的话，那就是："如今的小珍，要形有形，要貌有貌，和纯粹的乡下女孩不一样，也和纯粹的城里女孩不一样，身形、神形里兼备了乡下和城里女孩子身上少有的魅力。"在美国小镇的几年里，小珍个头蹿得很快，基本赶上夏慧慧了。那种西部乡下女孩脸上被紫外线烙出的"红二团"没有了，变得白嫩光亮，粗壮的腰身也变细了，柳条儿的意思。连走路也是挺着高高隆起的胸脯，步态有了几份弹力和轻盈，字正腔圆、音色纯正的普通话绝对不低于幼儿园阿姨的水平。夏慧慧说："咱小珍出落成这样，是被我带出来了。"此话应该没假，曾经一段时期，夏慧慧在夜总会、酒吧、咖啡厅里聚会、消遣时，总会带小珍去。一开始小珍浑身上下穿的都是夏慧慧穿过的旧衣服，后来夏慧慧时不时会给小珍量身定做一套两套。有时候出门前，还会领小珍去美容院、美发店走一遭。儿媳对小珍的这种态度，袁峁田是满意的，可是有次他问小珍："和慧慧在一起，长见识了吧。"小珍却啜泣起来："爷爷，您老人家难道不明白我在人家眼里是个啥吗？"老袁立即醒悟了。对了对了！小珍在夏慧慧眼里，是个啥呢？小珍是绿叶，夏慧慧是红花；小珍是丫鬟，夏慧慧是大观园里的贾母；小珍是抬轿的，夏慧慧是坐轿的。夏慧慧领小珍出门，肯定免不了大庭广众之下颐指气使地使唤、呵斥，这个混蛋儿媳，一定在小珍身上寻找自己贵族小姐的身价呢。外界把美国小镇叫富人区，或者叫贵族区。当贵族，当富人，可不得身边有个像模像样跑龙套的使女嘛。如今这代人啊！兜子里有钱才几天啊，就想当土豪了，当地主婆了，就不知谁生谁养了。“今后，不许你再带小珍出去了，我最近身体不适，需要小珍给我捶背。”终于有一次，他把小珍从夏慧慧那里拦了回来。晚上，小珍来袁峁田房间捶背，袁峁田说：“捶背是假，不想让你跟着慧慧受气是真。”小珍哽咽了：“爷爷，我小珍命薄，伺候您这样的好人一辈子，也知足了。”袁峁田叹口气：“唉，那不把你害了。”

小珍知道爷爷惦记着她的婚姻大事，有一天劝他：“爷爷，您不要为我操心，像我这样的女孩子，城里乡下都没有咱的日子。将来您不需要我了，我就去干‘三陪’，那也是人干的。”小珍分明说的是气话，不像对爷爷说，倒像给自己说，给自己的命。

一句话，让袁峁田的手握成了拳头，拳面上的骨节“叭叭”作响。这一拳头出去，一定是带了风声的，但袁峁田的拳头立即松开了，他紧紧地攥住了小珍的手：“我的好孙女……”

灾难面前，陪伴他袁峁田的是狗，不是人。如果是人，必然就是小珍了。袁峁田当然不希望是小珍，这是灾难，不是享福。

陪伴他的是他收留的流浪狗，当然不是“夏威夷”了。

7

儿子当然是好儿子，孝顺，能干，懂事，这一点，名声在外。儿子有次说：“大，当儿子的只有每天看到您才放心。您老人家能住在这里，就是给当儿子的最大的面子了。”老袁就说：“我懂，只有我死了，你就无牵无挂，整整齐齐了。活着，就是你们的拖累。”

儿子泪如泉涌：“大，你咋能这样说话哩。你活着，就是我最大的福分，你如果有个三长两短，我心里能安然吗?”

“哈哈哈。”老袁本来也要哭的，却只好用爽朗的大笑结束这场对话。

自己到底给儿子带来了哪些不便，他心里有数。从儿子对他的称呼上，就能感受到儿子的不方便，儿子有时候叫他大，有时候叫他爸。大，那是乡下人的叫法，城里人的叫法是爸。一开始，他这个当老子的还不习惯，后来也就习惯了。儿子是场面上的人，儿子的难处，他懂。可是，他越是懂了，就更加如坐针毡，他始终觉得自己骨子里带出来的种种土气，影响儿子的身份。曾经很长一段时间，城里的住处对尖山一带的乡亲是保密的。早些时候，常有在城里打工的、倒菜的、拉人力车的乡亲找上门来，来来去去就是那些破事儿，不是摊子被城管队踢了，就是工商所罚款太重了；不是缺钱少衣了，就是活路儿断了——这都是冲儿子来的。也有冲自己来的，都是尖山一带的乡亲，跋山涉水专门进城来求他。“袁爷，您老人家这一进城，咱过日子有点六神无主了。”事情呢?其实还是那些事情：要盖房了，您给看看日子；要埋人了，您给看看方向；要筑院了，您给看看风水；要打窖了，您给稳稳土地爷；要娶女人了，您给看看八字；要……逢上这些事情，袁峁田一般不会怠慢。“唉！都邻里乡亲的，好吧，咱走一趟!”儿子尽管有百般的不情愿，但不好意思表现出来。儿子理解父亲这一点，一辈子就学了这一手，不为乡亲，再为谁呢?可是夏慧慧的表情就古怪了些，挂在眉毛和嘴角处的微笑，是一种说不清楚的真与道不明白的假。

后来悄悄搬到美国小镇，冲儿子来的事情明显少了些，可是，冲袁峁田来的事情反而慢慢多了。来的不是乡亲，是城里人，而且是有头有脸的城里人。也不知从啥时候开始，一些领导干部、实业家的宗祠、前堂上也开始神龛举案、香火缭绕了。袁峁田其实非常反感这一点。“举头三尺有神明”，为人做事，善字当头，天地良心，凭心做事就可以了。动不动就拜庙送钱，跪祈上苍，好像神鬼也钻了钱眼儿似的，真是小人之心、妇人之见啊！有位副县长是儿子的好朋友，某天来访，见面就给他深鞠一躬，说是在副县长这一级窝了整整五年，至今没有挪一挪。老袁一听就明白了，佯装不解，只是客气，不涉及正题。副县长走后，儿子一脸的无奈：“大，人家是我的上司……唉！”老袁火了：“自古以来，当官的还没有这么不顾廉耻的。”后来，副县长又登门三次，有三顾茅庐的意思，每次前来，都要塞给老袁一个红包，不是一万就是五万，老袁当场谢绝。老袁这才渐渐明白，当今官场，也是江湖哩。碍于儿子的前程和情面，老袁只好从了。副县长立即亲自驾车，把老袁接到乡下祖坟。老袁打眼一瞧，随口吟来：“明年春上，东北方向。”果然，第二年春暖花开的时候，市委对基层区县、副县级以上领导班子调整时，这位副县长被调整到位于东北方向的邻县当了县长。消息传出去，就越传越神，后来有些县委书记、副市长也明明暗暗地找上门来，弄得老袁苦不堪言。有好事者就问老袁：“既然当官发财、富贵贫贱都是前生注定，那您老人家为啥不给自己的儿子也算一算呢？”

袁峁田苦笑一声：“你说到根子上去了。阴阳两界，道法严明。我如果为个人私事惊动圣灵，这就算以权谋私、丧失公信了，岂能在阴阳两界通行无阻？”

“那……您儿子将来官至何位呢？”

“我岂能晓得。”

“此话怎讲？”

“天机在上，成事在人。”

儿子是当年尖山考出去的第一个大学生，穷小子中状元，方圆十几里轰动了。后来就到城里当了干部，一步步的，便成了局长。儿媳夏慧慧是城里人，原来是一家国有企业的团委书记，后来上面搞改制，也不知胆儿从哪来的，就和几个人把企业给接过来了，国企变民营，干得风风火火，钱就大把大把地来了，据说比儿子的收入高几十倍。三口之家的房子也是越住越大，刚结婚那阵一贫如洗，租房住，后来儿子单位分了个小户型，再后来自己又买了三室。住三室那年，儿子儿媳就开始时不时接老袁和老伴进城了。一般住个十天半月就返回尖山。最长的一次，是夏慧慧生孩子，老两口在城里待了足足一个月。那是伺候月婆子呢。后来请了保姆，老两口立马脱身到了尖山。一到尖山，感觉解放了，天亮了，世界真大，农村，才是真正的广阔天地哩。老伴去世后，儿子怕他在尖山孤单，每次接到美国小镇，就拽着他不让走。

要命的是，儿子儿媳像很多城里人一样，成天在外面忙得团团转，也不晓得在忙啥，每天回到一号别墅，夜幕也跟着来了。吊在嘴边最多的话就是："时间过得真快啊"，"又是一天过去了"，"这日子啥时候能熬到头"……老袁就不懂了，时间关你们屁事儿，怎么会跟时间玩命呢？还"熬到头"，这么好端端的日子，不愁吃不愁穿，放到以往，算神仙了吧，还叫熬？唉！不懂，真是不懂这茬年轻人，身在福中不知福哇！

他有时候就想，假如当年儿子没有考上大学呢？那么，儿子必然和自己一样，是种庄稼的一把好手，娶的媳妇也必然不是夏慧慧这样的，应该是……对了，像小珍这样的。如果真是这样，一家人日出而作，日落而息，那样的日子才叫个美呢。唉！不对不对，那哪行呢？想远了，真是想远了啊。想是想远了，有时候恍然一梦，却是真的。

有次梦见自己置身于儿子的婚礼上，场面和当年儿子新婚的场面一模一样，但新娘却变了人，不是夏慧慧，谁？小珍。一觉醒来，袁峁田好半天没有回过神来。他久久地盯着儿子，恍恍惚惚，一时不知今夕何夕。

记得刚搬进美国小镇的时候，老袁怯怯地问儿子："你现在当局长了，住别墅，上面咋看这个问题，老百姓咋看这个问题?"

"哈哈哈哈……"儿子乐了，"爸，您这样想问题，就多虑啦。您想想，您的儿媳是干什么的。"

明白了，儿媳是私营企业的人，和国家干部不一样，把房产安置成天上的蟠桃园，也没人会嚼舌头。这世间，只要有钱，就是理由了，就是道理了，就是顺理成章了。老袁或多或少把心放了下来。"咱下苦人出身，钱的来路嘛，一定要干净。"老袁常用这样的唠叨敲打儿子。

人嘛，有钱了，有势了，有权了，总是会变的，好在儿子的一片孝心没有变。老袁家祖宗在尖山，这一层，儿子始终没有忘记。前些年，尖山解决了人畜饮水问题，盘山公路也变成了沥青的，家家户户的畜牧养殖也搞得红红火火，这其中就有儿子的功劳。儿子当上局长后，什么农业局啊，扶贫办啊，体改委啊，乡镇企业局啊什么的，熟极了，几场酒局过后，能给尖山的建设倾斜的，就倾斜了，不能倾斜的，也倾斜了，尖山的发展就有些日新月异，用时髦的话说，就是迈上了建设新农村的快车道。尖山的父老乡亲都记着儿子，记着这个大名鼎鼎的袁耀华。开口闭口，便是："托了老袁的福啊!"

祖坟就是甄宗发经理的工程队帮助翻建的，祖坟是啥？那是先人们的家。阳间是活人的，阴间是死人的。活人在阳间生活好了，不能亏欠了先人。终归嘛，人死着的日子，要远比活着的日子长。人活着，只是草木一秋；人死了呢？只要在阳间没干坏事，一路上，处处有天堂。

袁家的祖坟在尖山以西的雀仔坡上，叫袁家坟。几十年了吧，不，也许上百年了，干打垒的土护墙被岁月消磨掉了至少一半儿。全村张王李赵十几个大姓，就老袁家的祖坟最为破败。一个钱字，愁死了。这些年闹市场经济，惊慌失措的青壮年劳动力不得不离开尖山，奔向天南海北的城市给城里人当农民工。活是累活儿、苦活儿、脏活儿，钱却比城里人拿得少，一个个像可怜巴巴的流浪狗，祈求城里人施舍呢。赶上春运那阵，大家才像候鸟一样返回故园。怀里揣的那点小钱，修祖坟那是第一位的，乡政府搞精神文明建设的领导对此大为不满，说这是典型的农民意识、封建意识。人间当领导的，简直是站着说话不腰疼，远不如阴间的领导来得实在。古老的尖山，尽管日子苦些，但人气却旺了成百上千年，谁能想到进入新时代，人气就变衰呢？平日里，老的老，小的小，人心散了，不成样子了，快要成空壳了。农民工农民工，听着就不是工人阶级先锋队的名分。农民工进城干活那是注定了的，农民工不可能在城里安身也是注定了的，城里的火葬场、殡仪馆容不得死亡农民工的骨灰。再不修祖坟，人气没了，鬼气也没了。死了，都没有个着落。

说穿了，祖坟，就为的咱种田人有个着落。

修祖坟时，甄宗发从城里带来了专业设计师。修坟用的材料都是上等的：花岗岩、鹅卵石、石碑、青砖……依坡砌墙，绕坟铺径，分行栽树。树是从城里苗圃买来的柏树、松树和青竹。曲径两边，配置了常年绿的冬青。修坟的那些日子，全村人几乎都参加了，有些在外打工的也匆匆赶来了。这是给老袁家修坟呢。修坟成了尖山多年来最大的事件，成为生产队集体劳动以来尖山人最隆重的一次聚会，成为尖山人最盛大的一次节日。后来，各家各户都开始修祖坟了，乡政府的领导最终哑了口，不好意思干涉了，清醒了，说啥呢？这年代，和谐社会是靠建设出来的吗？精神文明是靠建设出来的吗？农民没有了祖坟，没根了，那才乱套了呢。

在尖山的日子，除了大年初三送先人、清明节扫墓，老袁平时也要绕着坟地走一走，看一看。一辈子过来了，这里是他阳间的收尾，是他阴间的开始，有那么几次，在美国小镇，老袁的高血压综合征犯了，快不行了。所谓不行了，就是快要离开阳间了，隐隐约约能看到鬼门关呢。每一次，儿子都亲自护送他返回尖山，一路上司机开车，医院的专家陪同。算命不该绝吧，到尖山待一段日子，清醒一阵，迷瞪一阵，身体又缓过劲儿来了。儿子就说："谢天谢地，没事了，还是进城吧，每天见到您，有个照应。"只好又到了美国小镇，到了一号别墅。

做人，可以身不由己，做鬼，必须做个有根基的鬼。不能死在城里医院的，要闭眼，就在尖山，认祖归宗，叶落归根，这是阴阳界的基本规矩。这一点，活在阳间的人，都懂。活在阴间的鬼，也懂。阳间可以乱套，阴间的规矩是不能破的。死在家乡，进祖坟那是天经地义；死在异乡，那是孤鬼幽魂，强行送死人进村，那不叫送人，叫送阴魂，阴魂进村，那才真正叫一个老鼠害一锅汤，全村活着的人跟着倒血霉。阴间从来拒绝搞特殊化，这些年凡是在南方当农民工时被土方活埋、被黑社会打死的村里人，个个成了孤鬼幽魂，骨灰都没有资格进各自的祖坟，被亲属在村外的荒郊另起了新坟。新坟好歹让阴魂有了安身之所，却永远与先一步逝去的宗亲们天各一方，这是没办法的事，这是农民工的命，谁让你离开土地，跑城里去呢？说穿了，道明了，这就是农民工的命。

“呜呜呜——”这是一只狗发出的声音，有些异样，像呜咽。

老袁辨清了，缠裹着他腿肚子的那只狗，脑袋歪向一边，嘴大张着，呼呼呼地喘气。一块背负着巨大压力的棱角分明的混凝土，正在慢慢地、慢慢地把一个尖锐的棱角朝这只狗倾斜，不，已经不是倾斜了，是挤压，是进入。棱角像利器一样扎进了狗的腰部。狗完全有机会躲开的，但狗没有躲，狗在默默承受。狗的躯体一定破裂了，流血了，和自己的血融为一体。

老袁泪流满面，他想撑起身子把狗揽过来，轻轻抱在怀里。他知道这点妄想不可能实现。他只好又发话了：“小家伙，你能挣出来的，挣出来，赶紧离开吧!”

狗挣扎着看了他一眼，没有回应，身子一动也不动。狗在坚持，像是坚守自己的岗位。岗位上有它的职责。

终于，老袁感觉腿肚子那里松动了。狗不是在躲，是生命的力量疲沓了，松软了。冷气像刀子一样钻了老袁的伤口，凌迟了那只狗带给他的温暖。

那只狗脑袋一歪，耷拉到了瓦砾上。咽了气。

“汪汪汪——”

“汪汪汪——”

另外两只狗几乎同时发出了凄厉的哀鸣。老袁懂得，这是两只狗为同伴的死亡敲响的丧钟。他们都是人间的弃儿，他们又都是人间的幸运者，他们相依为命三年多了。他们一定比人还要懂得地震与生命之间的关系。有个常识，老袁是知道的，面对自然界突如其来的灾难，比如地震，有些动物往往比人更有预知性，它们会提早做出各种反应，十分顺利地与灾难擦肩而过。面对这次地震，它们做出的选择，完全出乎老袁的意料。在死亡和袁峁田之间，狗们选择了袁峁田。

“爷爷——爷爷——”

是小珍的声音。隔着厚重的残垣断壁，小珍的声音显得非常遥远，而且断断续续，显然被外边的风搅和了。对，想起来了。地震前，小珍应该是在一楼厨房的。好！只要有声音，说明小珍准是跑出去了。他想应和一声，可是此刻，一大块混凝土慢慢压到了他的胸脯上，他连半句话都送不出去。“小珍啊小珍，你个坏蛋蛋，还不快跑！余震来了，你就麻烦了。”本来是给小珍的嘱咐，可分明说给自己听了。嘴不能说，心说了。

两只狗，只哀鸣了几声，又立即恢复了安静。它俩一如既往地盯着他，不，是时刻在观察着他，纹丝不动。

老袁突然想起来了，上次在望乡台，他好像是看到过“夏威夷”的，被另一个陌生人抱着，尽管当时难断真假，但现在可以肯定了。也许，地震后，“夏威夷”从废墟里窜到街上，被人收容了；也许，是被人从废墟里抢救了出去。像“夏威夷”这样的名贵狗，据说市场上的身价比一般的金项链、钻戒还要昂贵，已经冒到七八万了。如今的人，满眼都是钱，认的也是钱，逮着“夏威夷”，可不得发一笔大财嘛。袁峁田听到过一个说法，也不知道是真是假，说是三十年前唐山大地震那阵儿，稀里哗啦死了二十多万人，许多活着的人都在救灾抢险呢，可是有些人却借机大捞特捞，捋死者腕子上的手表、拽死者脖子上的项链、翻死者身上的兜子。有些家伙一夜之间光手表就捋来了几百只。逮住的，统统给毙了。如今这可是市场经济啊！血光之中的“夏威夷”，一旦在废墟上现身，还不得……

有一点是肯定的，四条狗本来都是幸存者，只是，幸存者“夏威夷”，它大大方方地逃离了废墟。这狗日的狗，不！这简直不是狗日的“夏威夷”，这狗东西把他这个主人根本就没当回事儿，甚至，压根儿就没当个人。

8

一股股灰乎乎的阴风，从远处轻轻摸过来。是的，不是飘过来，是摸过来的。凭经验，袁岗田知道撞上了过路的老鬼。黄泉路上，除了像黑白无常以及赋予引领阴魂、新鬼职责的鬼卒们，老鬼们是不能轻易现身的。即便化作阴风，也得提防被值班巡道的鬼卒撞着。老袁清醒这一点，老鬼们擅闯黄泉路，必然干扰新鬼上路，客观上扰乱了阴间的社会治安，至少要被判罚到地狱干几年苦力。凭着一双阴阳眼，老袁发现老鬼好像还不止一个，近了，更近了……

“袁阴阳，我们听说你到阴间来过几次，特赶来看你。”

“岗田，如果再无人来救你，你的血就流干了啊！阴间的鬼都有名分的，吊死鬼、饿死鬼、病死鬼、溺死鬼、摔死鬼，多了去了，唯独没听说流干了血的死鬼啊！”

“老袁，你们袁家坟里的先人们，这些天一个个急成热锅上的蚂蚁哩，为了你，他们集体到阎王爷那里求了好几趟了。”

“你们老袁家祖上的鬼不敢来找你，怕家鬼多了，阴气重，消解了你身上残留的阳气，你就回不到阳间了。”

“……”

这样说话的，是当年尖山村的董谷生他们。呼啦啦好几位，有拄着拐棍的，有坐着轮椅的，有的脑袋上疤痕十分明显。

“天哪！怎么会是你们呢？”老袁悲喜交加，“尽管各位是一股股阴风，但也不该为我冒这个险，重返黄泉路啊！”

有个可悲的例子袁岗田至今记得，是他从阴间听说的，很久以前村里死去的梁东贵老人——应该是明代嘉靖年间的老先人了吧，不用算，至少也得四百五十多年了。三四年前，老人听说上路的阴魂里，有他阳间的第十九代孙女——只有一岁半的孙女是喝了人间的毒奶粉一命呜呼的。老人的精神彻底崩溃了，不顾戒律，跨越几道岗哨，跑到黄泉路上去见这位未曾谋面的小不点儿。老鬼情急了，往往犯的是幼稚病，他忘记了自己必须得化作一股阴风，忘记了自己浑身上下嘉靖年间的打扮，忘记了申请办理四百五十多年的穿越手续，就那么披头散发地直接冲了上去。当时，黄泉路上所有的阴魂正在井然有序地排着长队，在黑白无常的引领下前往奈何桥。梁东贵突然横空出世，把所有的阴魂都吓着了，其中就有他的孙女。阴魂们车转身往回跑——“黄泉路上莫回头”——当时的人间现场，死者们的反应各种各样，有诈尸的，有入殓时棺材突然开裂的，有焚尸炉突然发生爆炸的……下葬孙女的那天，人们突然发现孩子脸上挂着泪滴，分明是刚刚流出来的。孩子的母亲当场就疯了，胡言乱语：“别埋了，别埋了，我娃活着哩。”其实，孩子咽气已经两天了。阴律司对梁东贵的处罚是严肃的，经报阎王批准，把梁东贵老人押送到一千多年前的宋代，远离故乡三千里，与宋代的民工们一起，罚修五年运河。

老鬼们显然是冲他老袁来的，老袁紧紧地握住了董谷生的手：“你们几位老先人，我……”

“顾不上那么多了，你这情况，我们于心不忍啊！”

说起来，董谷生他们离开阳间四十多年了吧。那是一次令全村人伤心的死亡，一下就死了十几个。联产承包了，土地到户了。那几年兴修梯田，老董家一家和几个帮工正在斜坡地大修特修呢，谁也没料到比房檐还要高的斜坡就张牙舞爪地扑过来了，活蹦乱跳的大活人，瞬间就被吞没。

人死了，村里人死了，自己的同类死了，这是天大的事情。村主任在第一时间打开村委会的高音喇叭：“全村的父老乡亲们——快去救人喽——”老袁闻声，撂了碗筷，朝老婆、儿子、女儿一挥手：“快，一律给我上！”然后冲出大门。灾难，就像无声的命令似的，和老董家沾亲带故的来了，平日要好的来了，毫不相干的来了，素无往来的来了……统统来了。全村哭声震天，真是天塌了，地陷了，日子过没了。尖山人像是疯了，魔了，神经了，老老少少全部上阵。这是救人呢，救命呢。人人挥汗如雨，人人玩命了。多一个人，就多一分力量。没有人动员，没有人求情，没有人号召，一切都是自发的，一切都是自愿的。救老董家，就是救自己的父老乡亲，救自己的兄弟姐妹，就是救自己。人心，还不只在村里，四乡八邻的村民也闻讯赶来了，几里、十几里的，翻山越岭，扛着镢头、铁锨。秋收呢，大忙呢，他们完全可以不来，完全可以装一装蒜，但是，也来了。

一个村干部赶紧往山下疯跑，他要赶到乡政府汇报，同时请求城里派救护车来……

那是怎样火烧眉毛的半天啊，半天比半年还要长。老董家的人和帮工都掏出来了，血肉模糊，大都咽了气，只剩一个能出气的，是个帮工。袁岇田二话没说，就背了这个帮工往山外跑。到了山下，老远看到城里来的救护车在山下的公路边停着呢。三个穿白大褂的小白脸，拼命往山上爬，个个气喘吁吁，满头大汗。袁岇田大口扬气，眼冒金星，刚把帮工交给医生，差点栽倒在地。

“快！”一个白大褂给司机嘱咐，“火速把这位受伤的农民同志送进医院，我们几位跟这位同志进村，继续查看伤亡情况。”回头对老袁说：“同志，您坚持一下，带我们去村里，救人要紧。”

“没啥没啥，我能坚持。”返回村子的路上，乡政府的领导和干部也匆匆赶来了，一进入事故现场，二话没说，就投入到了抢救队伍中，人人一身土。尽管挖出来的人都咽了气，都当活人施救。乡政府的干部们吃着公家饭，穿着公家衣，关键时候还是挺像回事儿的，真是想着老百姓了。袁岹田永远记着那些医生和护士们的恩情。那么高的山，那么陡的路，那些城里来的白大褂们个个累得气喘吁吁，汗流浃背。看到董谷生等人横七竖八的遗体，有个女医生还流下了热泪，啜泣着说："农民大哥，我们，来晚了。"袁岹田当场劝慰他们："不能怪你们，这些乡亲，挖出来的时候，已经闭眼了。"

说起来都是过去的事情了。过去是过去，现在是现在，现在为啥就不一样了呢？老袁突然想起不久前发生的一次爆炸了，是美国小镇旁边的一个液化气站爆炸，现场很惨，死了十几号人。县、街领导反应倒是挺神速的，第一时间就赶到现场来，随行的报社、电视台记者也呼啦啦来了一大帮，这帮人比救援人员还要多，光车辆就停了好几排。面对死亡和流血，县长非常认真地站在那里，皮鞋锃亮，发型不乱，站出了十分重视的样子，有关部门领导依次半环型围绕在县长左右，正面像扇面似的敞开，像一个大蛋糕切开了一角。正面的正面，几十位记者手里的相机"咔嚓咔嚓"地闪烁，镜头对准的不是灾难现场而是领导们。拍完了，摄完了，事先安排好的居委会主任在街道干部的陪同下，紧紧地握住了县长的手，这一握，泪就下来了，然后背诵了几句感谢党和政府的话。第二天，爆炸事件就上了各大媒体的头条，新闻的主角儿掉了个个儿，成了领导。套路活儿，老百姓都习惯了。

还有一次，大概是去年吧，儿子陪他去市里最好的医院体检，他亲眼看到有个遍体鳞伤的农民工被送进医院，医生们却爱理不理的，但是，隔壁的干部病房，白大褂们忙忙碌碌，进进出出，像伺候着一只只昂贵的大熊猫。干部是人，农民工是人，但在医生这里，干部和农民工却是不一样了。当天，一件轰动全市的重大杀人案件就在这个医院发生了。那位搁置在楼道里的农民工突然从腰间摸出一把刀来，冲进干部病房，把一个正在专心致志陪老干部聊天的医生给杀了。晚报报道了这个不幸的杀人事件：那位正在读博的骨干医生，倒在了他为之奉献的岗位上，凶手自杀未遂……报纸上说，这位出身普通工人家庭的医生从小就有远大理想，立志要当一名救死扶伤的医生，中学时期就爱助人为乐，大学阶段年年都拿奖学金。在家里，他是父母的骄傲；在学校，他是老师的自豪；在医院，他是重点培养的苗子。谁也没有想到，他居然会倒在暴徒的刀下。老袁通过电视见识过这位暴徒的模样，无论眉眼、身段，还是表情，咋看都不像凶神恶煞的土匪，他分明就是一个貌不惊人的农民工，但他的的确确杀人了。杀了人，不是暴徒是什么呢？如果不杀人，他不是农民工又是什么呢？不想了不想了，这些事情都不能多想，想多了，就没处再想，白白的伤脑筋。

老袁印象最深的是，当年，那个只剩下喘气的帮工最终也没有救活，村民们赶着驴车进城，把尸体从医院拉进了山。阴气一路而来，能进山，却进不了村，只好被埋在了荒郊。

“唉，当时，还不如不喘气呢。”话，是这么说；人，是这么死；鬼，是这么安当。

没想到，四十年后的今天，大家又在阴间见了面。

“你们几位老先人，在阴间，一切都好吧？”

“还好，挺好的！大家都安居乐业，你不要牵挂。我们现在只有一个愿望，希望你赶紧设法回到人间去。”

“可是……”怎么说呢？老袁苦笑一声，“让老先人们牵挂了。”

老远有鬼影过来，显然是黑白无常过来了。老鬼们赶紧向袁岗田告别：“你珍重，我们走了。”

休想躲过黑白无常的眼睛，黑无常扫了一眼老鬼们惊慌失措逃遁的背影，又看了看老袁，轻轻叹了口气：“你的这些老乡，真是明知故犯啊！估计处罚绝对不会轻。”

“是我连累了他们。”

“老袁，你知道吗？你在废墟里，已经是第二天了。两天里，你滴水未进，失血已经很多，再这样下去……”

“无常老弟，再求你一次，让我去望乡台，再看看人间，我死而无憾了。”

“事已至此……好吧，不过，你一定要挺住。”

9

挺住。再次站在望乡台上，袁峁田明白了黑白无常嘱咐他的深意。

视野里的县城，与上次目击发生了很大变化。人间的各路救援人马逐渐打开了交通要道，正在进行紧张的救援。救灾就是救命，哪里的死亡、流血、伤残最严重，他们就出现在哪里。也就是说，本来就杯水车薪的救援队伍，尚未出现在美国小镇。

更多的阴气正从一号别墅废墟的缝隙里朝外弥散。袁峁田的心提到了嗓子眼儿，难道……这次，他看到了遍体鳞伤的自己，也看到了蜷缩一团的小珍。小珍被坍塌的砖石完全封住了，一声不吭，气若游丝。小珍距离他大概有三四米远的样子，却像是重山阻隔。三只狗紧紧地拥着老袁的身体。相互挤压的断壁和钢筋，让这个废墟里的空间越来越小。老袁辨清了另一种血，是狗血。三只狗，原来早已死了。人死变人鬼，狗死变狗魂儿。他这才注意到，三只狗魂儿，正在黄泉路上狂奔。

三只可怜的死狗，不！狗魂儿，分明是在找他。

哦哦哦哦，终于看到儿子了。没错，是儿子，还有更多的人开始聚集到了一号别墅的废墟周围，有军人，有医生，有护士，还有小珍的母亲。袁峁田使劲儿揉揉昏花的老眼，他看见儿子发疯似的在搬一块沉重的预制板。预制板太重，儿子没有搬动，又用双手刨碎石破砖。儿子灰头土脸，满头大汗，眼泪像喷泉似的往外涌。西装和皮鞋沾满了灰尘，撕开的领带像秋日里的玉米秧子一样耷拉在胸前，双手在流血。救援人员和儿子一样在忙乎。老袁看到，包括儿子在内的所有救援人员，距离他流血的身体足有两丈远，距离小珍的身体至少也有一丈。他们无法判断老袁的具体位置，他们正在合力绞断一段段钢筋，刨开一堆堆沙土，搬走一块块预制板、大理石、钢板……他们像在探寻一坐几千年的古墓，小心翼翼，如履薄冰，生怕抽调一砖一石，就有可能断然坍塌，让价值连城的国宝毁于一旦。

“大——大——我的好大大——”儿子的哭喊，撕心裂肺。

“小珍，我的好娃……”小珍的母亲其实已经软了，像过了水的棉花，软软的，瘫成了一堆儿。

老袁保持着高度的克制和冷静，他何尝不想呼唤自己的儿子，何尝不想回应儿子的呼喊。阴阳两界的呼唤互不搭界，形同无有。此刻，他只能看到人间，人间看不到他。过忘川河的阴魂扶老携幼，够可怜的了，他如果失控呼唤自己的儿子，必然惊散奈何桥上的阴魂。假如有受惊的阴魂失足掉进忘川河，自己的罪过就大了。

“大——大——我的好大大——小珍——小珍——”

儿子继续着他的哭喊和拼命地施救。儿子喊出的称呼是大，而不是爸，完全是乡下人的叫法儿。儿子真是失控了，忘记自己是局长了，忘记自己的身份了。袁峁田还看到了儿媳夏慧慧。夏慧慧并不在美国小镇这边，在她娘家那边。娘家所在的那片楼房也倒塌了，阴气盖天。抢险人员正在紧张施救。夏慧慧被一个闺蜜搀扶着，早就哭成了泪人儿。一只狗从废墟里一窜而过。“儿子——”夏慧慧失声了。

夏慧慧呆呆地望着那只狗的背影。那不是“夏威夷”。是了是了，夏慧慧不仅在牵挂废墟里的爹妈，还在牵挂着她的儿子——“夏威夷”。

“走吧。”老袁主动提出要下望乡台，“我看够了，别占地方，赶紧让其他阴魂上来看看。”

“爷爷——爷……爷爷……”

袁峁田再次听到了小珍的声音。此时此刻，他最不愿意听到小珍的声音。他不敢答应，也不能不答应，但他最终还是没敢答应。这至少意味着，小珍她……

“唉！这个孩子，本来可以跑出去的。她当时只是被一楼厨房的一根横梁压着了，她本来都挣脱了的，可是，又钻进悬浮的水泥板下面找你，余震之后，又被砸在下面了……弄不好，唉，你可能已经感受到了，她身上，阴气越来越旺了，不是好兆头。”

袁峁田感觉浑身都在发抖，黑白无常搀住了他。

“小珍……”老袁的泪眼，看到了浑身是血的小珍，小珍的阴魂正从黄泉路上飘来。老袁说，“爷爷在这里。”

“爷爷。”小珍紧紧抱住他，失声痛哭。

“黄泉路上莫久留”。这是大忌。黑无常提醒小珍：“丫头，三言两语，快点！你现在身上尚存阳气，要回就赶紧回，不回就赶紧去喝孟婆汤，否则，你就掉进忘川河里去了。”

时间紧迫，袁峁田紧紧拥着小珍，轻轻替小珍擦拭脸上的血迹，“小珍，你……唉，你不该救我啊。你还年轻，今后的路，还好长哩。”

“爷爷，还说这些干啥。我只想告诉你，平日里，我在家给客人端茶送水时，发现很多人给袁叔叔送钱哩。甄经理最大方了，一次就是几十万、几百万的。你晓得吗？社会上，骂袁叔叔的人多了，是大贪官哩，根本不像您老人家的儿子。”

“哈哈哈哈。”老袁大笑起来，“小珍，如今，这些话，我全信。”其实袁峁田站在望乡台上的时候，已经看出端倪来了，甄宗发自己家的别墅稳如磐石，甚至连裂缝都看不到。甄宗发是以怎样的心思给袁家盖这幢别墅的，心里一定有一本账。除了甄宗发，不可能有第二个人知道这笔账。唯一能算清这笔账的，是地震。哪些建筑是货真价实的，哪些建筑是做了手脚的，摇一摇，晃一晃，即可见分晓。现在看来，甄宗发这个笑面虎最懂得羊毛出在羊身上的道理，他送给儿子钱的时候，其实已经伸手拔毛了。

抱在怀里的小珍，身子突然轻盈起来，像拥在怀里的云彩。袁峁田意识到情况不妙，心不由一沉。“小珍，小珍。”

小珍却并不答应，莞尔一笑，从他怀里飘了出去。临走，朝袁峁田挥挥手，就飘进了前往奈何桥的队列。

“这娃，咽气了。”黑无常说。拍了拍袁峁田的肩膀，“老哥，这次，你得认了。甄宗发平时对您老人家毕恭毕敬，对您儿子袁耀华更是俯首称臣，可是给你们盖的一号别墅……唉！这背后的故事，还用得着我往下编吗？”

“哈哈哈哈。”袁峁田再次报以大笑。

袁峁田的笑声惊动了旁边的草丛，“哗啦啦”地窜出三只狗魂儿来，朝袁峁田摇头摆尾。“汪汪汪”。一个个都有些兴奋，围着袁峁田转圈儿。

“无常老弟，这就是我给你提到的那三只狗。”袁峁田摸摸这只，看看那只，“其实，还能说啥呢，到人间，我真正像地狱里的一个孤鬼，这下到了阴间，我真的不孤独了。”

“你可别说这么早，你还没完全断气哩。”

尾 声

这是人间，这是人间疾驰的一溜儿车队，前面打头的是一辆警车，排第二的是一辆救护车，后面大约有七八辆，也许九十辆的样子，这长龙一样的车队浩浩荡荡离开县城，出现在弯弯曲曲的乡村公路上，容易让人想到各级领导的亲切视察，容易想到有关部门和单位，容易想到媒体头条位置那些司空见惯的字眼儿：高度负责、齐抓共管、雷厉风行、不辞劳苦、长途跋涉……其实都不是，只与一位老人有关。

救护车里的老人只露出缠着绷带的脑袋。颈部以下盖着毛毯，毛毯下面的胸部、腿部也被层层叠叠的纱布缠裹。老人双目紧闭，两位医生和护士像尽孝一样守护在两边。老人的左右胳膊上都打着吊针，一边输血，一边输液。为了保暖，插着针头的胳膊被轻轻掖进毛毯里。血是袁耀华的血。袁耀华轻轻拥着老人，表情凝滞，像浇筑已久的纪念碑，没有一丝一毫的灵动和光彩。此刻他全然不像一位领导干部，他就是老人的孩子了。老人——袁峁田。

是袁耀华亲自在医疗队递上来的危重伤员报告单上签的字。这就意味着现代医学已经对袁峁田的伤情失去作用，不得不进入临终关怀阶段。袁峁田从废墟里被挖出来的时候，始终处于高度昏迷状态，自始至终就没说一句话，失血过多的身体，像一片干瘪的粗布，浮泛着白中带灰的清冷色。非常时期，血站血源告罄。袁耀华立即表态：“我和父亲血型一致，抽我的。”

医生说：“给令尊输血可以，可是只能维持……”

“哪怕争取到一秒钟，我也要护送我爸回到故乡。”袁耀华急了，“我懂我爸爸，绝对不能在城里为我爸送终，他要进祖坟的。”

袁岇田最终也没有能进祖坟。车队快要进山时，袁岇田早已气绝身亡。谁也没有注意到，插在袁岇田身上的针头悄然脱离了袁岇田的脉管，药液和血浆在毯子下放任自流——是袁岇田自己拔掉了针头。怎能想到呢？一位昏迷不醒的、危在旦夕的、濒临死亡的老人，居然用奇迹般的意志、决心和力量，用毅然决然拔掉针头的方式，提前结束了自己的生命。老人的行为令人匪夷所思。但袁耀华说：“爸，我明白了。”他知道，这是父亲拒绝进入祖坟的姿态。姿态，就是遗愿，就是对他这个晚辈的指令。

车队只好停了下来。这里前不着村，后不着店。距离县城很远，距离故乡也不近。狂风乍起，荒野空旷。长长的车队像遗弃在乡野的一溜儿废墟，悄无声息。

隆起的孤坟，就在县城与故乡之间。

2015年12月30日于天津观海庐

附录

编者按：小说如何反映灾难，中外小说家给我们留下了浩如烟海的经典叙事。时至今日，很多国外小说家对灾难的持续关注和叙写，仍然为我们反思人性、关照灵魂、聚焦生态提供着源源不断的文化参照。近代中国灾难深重，其中包括战争以及各种自然灾害。灾难对中国政治、经济、文化以及人们日常生活的影响，可谓无时不在，但是，中国小说家对灾难的呈现，可谓捉襟见肘，从学者商昌宝和作家秦岭的对话里，我们或许能找的一些答案。

让虚构迂回到地震现场的背后

——商昌宝、秦岭对话录

对话时间：2016 年 1 月 20 日

对话地点：美国芝加哥、中国天津

对 话 人：商昌宝（天津师范大学文学院副教授、文学博士）

　　　　　秦　岭（天津作家）

1. **商昌宝**：无疑，地震带给人类的灾难和影响力是巨大而深远的。如果说我们赖以生存的地球是个灾害频繁的家园，那么，千百年来数不清的地震，除了带给人类巨大伤痛外，在客观上也同时带给文学以丰饶的素材和养料。例如我们最为熟知的《封神演义》《西游记》以及好莱坞电影《纽约大地震》《10.5 级大地震》中那种“天崩地裂”“地动山摇”的画面和场景。直接以地震为写作对象的，如元代诗人杨维桢的《地震谣》，德国作家克莱斯特的《智利地震》、日本作家春上春树的《青蛙君拯救东京》等，曾经带给人们巨大的审美冲击力。但是，不得不承认，在地震等自然灾害频繁的近半个世纪以来，文学对地震的关注和书写，不但常常因为有意缺席和蓄意失语而令人无奈，而且在可以适度书写时却又因为无从下手和力不从心而令人更加失望，以至于我常常思考这样的问题：中国作家怎么啦？对地震和灾难及其书写的不尽如人意，作为小说家的您，是怎样看待这一现象的？

秦岭：我们生活在这个并不安分的地球上，文学所要呈现的，其实就是我们在大地上生存的形态、质地以及心灵的映衬和寄寓。不幸的是，在一个极度追风流俗的社会，文学也难于幸免，写作者宁可关注那些貌似理由充足的社会肥皂泡、历史过眼烟云或平安世界里所谓的心灵纠结，也不太愿意关注脚下这片大地的抖动、喘息和倾泻，或者是关注了，却也如废墟、鲜血和伤口上的一阵暖风，一切在重建家园的号子和歌声中归于平静。只要是正常人，都知道这样一个常识，这片大地每年约发生五百万次地震，平均每天要发生上万次，只是破坏力的程度不同罢了。有位心理学家告诉我：“只有对生命有感悟的小说家，才能体会到地震带给人类心灵的冲击力到底有多大。”她还说：“地震对人们的屠杀几乎是集体性、单元性、家族性的，更多的幸存者无法体会其中的创伤，除非有自己关心的人不幸罹难。”冤有头，债有主。当大地要以毁灭的方式改变我们的生命和生活形式时，对不起，我们几乎没有任何反击、索赔、抗争的理由，这种与伦常、原则、规矩无关的巨大矛盾，恰恰为文学提供了非常广阔的表现空间。然而现实确如您所说，文学的表现实在太不相称。我的基本诊断是，近代中国社会的巨大变革在带来经济发展与财富积累的同时，人们的灵魂远远没有跟上来，这其中也包括作家在内。地震带来的财产损失和生命损耗，影响了千千万万个家庭，但作家们的眼睛和心灵，似乎因为匆匆忙忙总也不能、不愿停下来。印第安人有句古老的习语：慢些走，等等灵魂。我想，这话说给现时的中国人再合适不过了。当然，生命的价值和尊严被如此漠视，在我们这个社会，好像还不止于地震。

2. **商昌宝**：我注意到，2008年“5·12”汶川地震以后，您的被誉为“我国第一部反映汶川地震题材的小说”——《透明的废墟》，曾影响一时。《中篇小说月报》《作品与争鸣》和《2010年度中篇小说精选》等媒介对您的地震题材小说都先后予以关注。这说明，您在这个领域的尝试得到了一定程度的认可和关注。我也注意到，此前的您，在数年的创作题材中曾写过让您声名鹊起的《绣花鞋垫》《不娶你娶谁》等乡村教师系列小说，写过为您带来巨大声誉和丰厚回报的《皇粮钟》《碎裂在2005年的瓦片》等“皇粮系列”小说，也写过引发社会深度思考的《摸蛋的男孩》《杀威棒》《借命时代的家乡》《女人和狐狸的一个上午》等城乡矛盾冲突系列小说，甚至还不怕忌讳地写作了《断裂》《难言之隐》等官场系列小说。或者至少到2008年前，您的关注点始终集中于西部的乡村、农民及他们的生存境遇。是什么原因促使您写作了《透明的废墟》《相思树》《心震》《流淌在祖院的时光》《阴阳界》等灾难题材的小说呢？更明确一点说，是汶川地震确实带给您震撼和伤痛您需要表达，还是您此前早有艺术构想只是借助一下地震这个引人注目的背景，抑或是响应“文学不能缺席反映重大事件”的主流号召？

秦岭：2008年这个普通而特别的年份，并不是我改变写作指向的标志，但是震惊中外的“5·12”大地震，确实让我的目光不得不投向那里。四十年前的唐山大地震夺取二十四万人的生命，那时，年幼蒙昧的我尚在甘肃老家，只知道有个遥远的地方发生了一个十分不幸的灾难，纵深的思考根本谈不上，但是波及川、陕、甘等多个省市的汶川地震却让早已成年的我思绪万千，在这样一个飞速发展的现代社会，八万多同胞的生命瞬间在人间蒸发，为什么？为什么要用这么多远远超出预期的流血、伤残和死亡来买单，这背后的故事实在是太复杂、太诡异、太奇妙、太不寻常了。比如物质文明与和谐社会、城乡变迁与生态维护、自然灾害与忧患意识、生命尊严与道德沦陷等，都是我思考的对象。汶川地震在带给我震撼和伤痛的同时，也在第一时间打开了我曾经历过的有关灾难的记忆。二十年前我在甘肃天水工作时，曾多次亲历暴雨造成的山体滑坡、泥石流等自然灾害的抢险工作，那一间间被埋的房屋、一具具血肉模糊的尸体、一个个家庭结构的忽然拆分，统统在布满灰尘的记忆中复苏了。正好《小说月报》(原创版)的张竟毅先生给我打来电话约稿：“现在表现汶川地震的诗歌、报告文学、散文实在太多，却不见小说家的动静，按理说，小说家对共和国诸多灾难的了解不在少处。小说是写人的，灾难首先是人的灾难，我劝你尝试一下。”一开始我有所顾虑，有些作家也劝我不要染指这一题材，他们的理由是这样的：一是灾难题材不好写，灾难深重的“二战”过去半个世纪了，中国也没有出现一部像样的战争题材的小说；二是地震之后写地震，难免有跟风应景之嫌，很多诗歌、报告文学已经造成阅读疲劳；三是文学真正要表现的对象，大概在地震中都死亡了，如何去挖掘文学的“人”？但是，我最终还是挥笔写就了中篇《透明的废墟》，没想到，小说因为“跳出地震灾难观察人性”而引起关注。随后，此类约稿不断，《心震》《相思树》等应运而生。《流淌在祖院的时光》和《阴阳界》是最近写的，换了个视角看待地震。应该说，作为主营农村题材小说的我，中途变道经营地震题材，绝不是头脑发热，更不是为了弥补所谓“缺席”之位，而是有备而来。或者说，是汶川地震及其引发的一系列社会现象，触动了我对灾难极为敏感的文学神经。

3. **商昌宝：**我们至今难以忘记，汶川地震后出现的一个奇异景观：有关地震题材的诗歌高达数十万首，诗集数千册（套）；报告文学、散文、摄影作品像另一场地震一样呈现空前绝后的数量。相比之下，小说家几乎集体失声，这种文学表现形式上过于悬殊的对比，被文坛认为是一种奇特而变态的现象；也有人认为这次灾难再次检测出了中国小说家情怀的局限——偏重技巧训练而忽视思想的积累，乃至于面对再一次的人间罕见的灾难，依然无法找到文学的入口；还有人认为，小说表现地震需要一定的沉淀，匆忙上阵难免流于一般的叙事。无论是事实还是借口，小说与其他文学形式的对比，非常突兀地表现出来了。您觉得，您的地震灾难系列小说与汶川地震后诗歌、报告文学“井喷”现象有什么异同？我是说，您如何区别您的文学表达不是滥情，不是轻浮，不是消费灾难？因为当我看到这样的标题文字《太阳从废墟上升起——汶川地震灾区人民重建家园纪实》《英雄中国 2008》《惊天动地战汶川》《挺起不屈的脊梁——“5·12”特大地震绵阳抗震救灾纪实》等以及这样的诗句：“总理能不哭吗？/美丽的五月/上帝怎会这么无情/把天崩地裂的灾祸/降临到天真烂漫的校园。”“我们有一个永不会塌陷的家，名字叫中国！”“那些在场的中国人，谁比你们更棒！”……说实话，我不但一点都不感动，而且徒增厌恶之情，我认为，这种东西简直是对文学的一种亵渎。

秦岭：在我看来，写作者不光需要过得去的技术和手段，更重要的恐怕是思想的积淀和情怀的支撑，如果光凭一时的心血来潮，这样的作品充其量是一大堆儿陈述句和感叹词。技巧易得，思想难求。所谓灵感来自积累，积累本身就是沉淀。地震并不是个新鲜玩意儿，死亡也时时刻刻都在发生，殷商时代的地震和今天的地震所造成的伤害没有什么不同，大洋彼岸的地震和我们眼皮底下的地震没有什么两样。所以，“小说表现地震需要一定的沉淀”纯粹是无稽之谈，典型的“一叶障目，不见森林”。除非小说家面对外星人突然光临大地并发生灭绝某一群体的事件时，这样的灾难题材大概需要“沉淀”的，因为此类灾难前无参照，后无预知。诚如您所言，汶川地震让中国的诗歌集体“井喷”，对这一现象，观察者褒贬不一，我也很矛盾。尽管当时我这个与诗歌并不搭界的写作者，也难以免俗地与诗人林雪等一起策划、编辑了一部《汶川诗抄》，该诗集收录了诗歌近百首。我要说的是，当一个国家和地区诗歌的繁荣习惯了与重大事件结缘，这显然过于情绪化了。您一定注意到，无论是庆典还是灾难，诗歌肯定会趋之若鹜，蜂拥而至，面对灾难尤甚。无论是组织行为还是自发使然，诗歌的泛滥不亚于一场文学的灾情，因为尘埃落定之后，真正留得住的诗歌精品可谓凤毛麟角。当然，能够用诗歌的形式表达对生命的悲悯，对人生的感悟，对命运的喟叹，对抢险救灾的讴歌，这是写作者情怀和心境的见证，本质上并没有错，问题是文学表达的疆界远远不止于心血来潮的热情、激动和情绪。我这样说，并没有为我的灾难题材系列小说做反衬的蓄意，我只是把生活中沉淀已久的部分，借助汶川地震这一事件合盘呈现了出来。我不好评判自己表达的优劣，那是读者的事情。不过，2009 年首次“中国地震文学研讨会”也许能说明一点问题，当时被邀请的大多是报告文学作家和诗人，我是唯一的小说作者，并以小说的名义发了声。有意思的是，“5·12”之后的第二年、第三年直至七年后的今天，甭说地震题材的小说在所谓的岁月沉淀中照样鸦雀无声，连诗歌也早已移情别恋。在地震题材文学研究领域，除了四川学者范藻先生一如既往地在坚守，其他学者像躲避灾难一样早已逃之夭夭。范藻先生告诉我，曾有人这样善意地提醒他："汶川地震早过去了，再研究这块就过时了。"这非常符合中国式的流行和时尚。这才过去七年，就已经如同四十年前的唐山大地震了，除了偶尔在需要表达之时被点一下名，还能剩下些什么。七年后，我又创作了《流淌在祖院的时光》和《阴阳界》，我不敢说自己写得多好，也不敢说有多崇高，但是我在持续关注。诚如您所言，大凡灾难过后，几乎所有的艺术形式都会瞄准抢险救灾、深情救助、重建家园等等，并被冠以"一曲人间的浩歌""废墟上的大爱"云云，我当然不反对灾后的人间济世行为，但在我看来，一场灾难的全貌是由灾前、灾中、灾后三者组成的，假如艺术的灵感都集中在灾后，这种缺斤少两的艺术又有多大的生命力？

4. **商昌宝**：我同意您的思考和判断，从您的小说中，我能看到您的视野完全把灾前、灾中、灾后覆盖了。有论者曾以《一次人性的实验》为题，对《心震》褒奖有加，认为您用另一种视角对当年被媒体报道过的一些人物进行了新的诠释。这让我看到了两个现场，一个是当年媒体报道的现场，另一个是您笔下的现场，二者结合起来看，可谓相得益彰。比如对于那个著名的"某背背"，您采取了一种极富讽刺意味的处理方式，与当年媒体宣传和宣扬的完全相悖，这种有意打破受众普遍认知的构思，您是基于什么用意？另外，小说中丈夫与情人幽会时，被跟踪而来的妻子堵在宾馆，面对顷刻而至的灾难，三人选择了体面的死法：丈夫和妻子死在宾馆，而情人跳楼死在现场之外，给了外界一个无关婚外情的遇难"真相"。这种"真相"中的伪真相与伪真相中的"真相"，确实只有小说才能顺利完成。可是，您不担心大众因此在道德和社会意识方面谴责您的“厚黑”和负能量吗？要知道中国的民众跟打了鸡血一样常常处于非理性状态，说不定会在网络世界用口水和唾液将您淹没。

秦岭：《心震》被《中国作家》推出后，有些读者像《作品与争鸣》中的反对者一样对我发出质疑，特别是诗歌界、报告文学界和摄影界的朋友一时无法接受，因为汶川地震之后某些曾被新闻、图片报道和被报告文学、散文讴歌过的所谓大爱的亮点、人性的闪光、道德的楷模，早已深入人心，感动着许多不明就里的人，其中就包括著名的“某背背”“最美某人”等现象。在北京、四川的两次座谈会上，有位著名的大报记者甚至对我直言：“小说能比得上摄影镜头的现场感吗?”我当时反驳说：“你只是看到了地震，但你有能力进入一个人的心震吗?”在我看来，新闻报道和摄影镜头可以提供可视的灾难现场，同时也止于现场；报告文学为我们提供了事件的过程，同时也止于过程。小说不但可以呈现现场、过程，同时也能进入废墟之下死亡者的内心。或者说，小说通过强大无比的虚构和想象功能，可以洞穿现场和过程，直逼死难者灵魂和精神的家园，让整个的灾难摆脱图片和记录，变得玲珑剔透起来，立体起来，丰饶起来。以“某背背”为例，这个人物来自于当时风靡的一张照片：一位骑着摩托车的男人，把死亡的妻子用绳子绑在自己的身体上。整个社会对这张照片的解读五花八门，归根到底归结于罕见的“人间大爱”四个字。这位“好男人”身上的“正能量”感动了天下女人，光求爱信就收到了几百份，甚至有位深圳富婆发誓要嫁给他，当真相大白之后（涉及原型隐私，不便公开），所有人都大跌眼镜。另外，地震之后，那些铺天盖地的假捐助、假离婚、假复婚、假保险、假合同还少吗？当人们的善良被一个个漂浮在本质之上的现象所迷惑，我们是否也在发生心震？在《心震》中，我并非有意颠覆那些镜头的指向，我只是服从于现场背后的人性品貌。汶川地震后的第二年，我曾两次前往四川的汶川、北川和甘肃的文县、康县等十多个重点灾区考察，感受到的人性景象远远不止这些。我一边受命用报告文学的形式积累素材，一边悄悄用小说的视角对所有素材进行纵向切割和横向扫描。我发现，小说还原灾难真相的种种可能，是其他艺术形式无法匹敌的。需要补充的是，我的地震题材小说只是以“5·12”为背景，却有意模糊了小说中主人公们的地域、文化背景，可能是四川，也可能是陕西或甘肃，如果说地震是地球肌体上正常的自然现象，那么，地震发生在汶川，既是必然，也是偶然，大江南北，此处彼处，皆有可能。

5. **商昌宝**：了解您的人都知道，对中国西部农村和农民的关注和关心，对城乡差距和农民的二等公民待遇等不平等现象寄寓拳拳之爱，始终是您文学创作的主题，这个有目共睹，我也很理解，因为您毕竟来自甘肃天水的农村，而中国的西部农村的困窘和长久以来中国农民的非国民待遇，已经让人出离愤怒了。但是我发现，这次您开始关注城市和城里人了，只是在关爱农村和农民的同时，您的作品似乎在有意无意、或隐或现地传达着一种对城市和城市人的不冷不热的关怀，甚至不时地带有批评和讽刺的情绪。您一度在大城市的党政机关、文艺部门管理层工作，前者意味着您在城市管理与决策层面的参与程度，后者意味着您在组织、联络与协调一个城市文艺传统与时尚中承担的角色，这至少意味着您的精神世界不可能没有融入城市生活。就是说，这其中也有关心、关爱，但是与那种对农村、农民的切实的温情有所不同，用力不同，用力点也不同，或者说不在一个平台上。您是否在这种区别对待中有意对抗城市和城里人？

秦岭：我在城市生活的时间远远多于农村，之所以长期以来把文学的表现对象对准乡村，是因为中国农村的生活、中国的城市化进程更能反映中国作为农业大国的艰难步履和国民的精神状态，这是一个无法改变的客观事实，它主观上时时刻刻激发着我的关注点和兴奋点。这些地震题材小说之所以更多地对准城市，有个客观原因，由于人口集中，城市承受的灾难在单位面积上无论死亡数据、血腥程度和影响力均高于乡村，城市人分享现代时尚生活的空间与死亡的落差要比乡下人突出得多，这是我较多关注城市灾难的文学观察点。但需要说明的是，灾难不分城乡，不在于伤亡数据的多少。汶川地震以来，人们的视角多集中在汶川、北川等城市，受灾并不轻的乡村往往被忽视，四十年前的唐山地震也是如此。表现城市的灾难，我绝对不会就事论事地、简而化之地把视点集中在灾难的表象和程度上去，因为我发现灾难与家庭、与情感、与人伦之间构成了一幅真实而奇异的人性风景。客观上，在这个物欲横流的社会，生活在城市里的人们，真善美、假恶丑及其社会关系早已变得复杂诡异了。可是当死神来临，那些曾经一度摇摆的真理、背叛的情感、虚妄的家庭、蜕变的道德、疏远的亲情、藐视的友谊突然回归到本真和源头上来了。虚伪的变真诚了，越界的归本位了，幻想的变现实了，狂妄的变安分了。人们似乎突然就清醒了，明白了。人们最多的口头禅是："经过这次地震，我才认识到……"这样的认识非常可爱，似乎只有灾难才能够让人们自省什么是最珍贵的，什么是可以放下的，什么是对的，什么是错的。当本来很简单的道理需要灾难的代价来证明、需要死亡的呼唤来提醒、需要流血的躯体来警示，该如何判断人性的可悲和轻飘？我与其说在对抗城市生活，不如说在尝试对灾难面前的各色人等发出诘问。既然小说是关于人的文学，那么我认为，写死人，其实就是写活着的人。幸存者与罹难者唯一的区别，只是一些人不幸死了，另一些人侥幸没死。

6. **商昌宝：**《流淌在祖院的时光》和《阴阳界》与其他几部地震小说不一样，其中《阴阳界》背景选取的是人间与阴间、城市与乡村四个彼此错位的世界，所有的故事均在人间和鬼蜮中交叉展开，一边是人间的幸存者，另一边是死后的鬼，这种表现灾难的手法和视角非常独特，也符合灾难的逻辑。您的创意显然是试图通过灾难背景下的人间和鬼蜮，来还原中国城乡潜在的社会矛盾以及这种矛盾带给人们心灵的戕害，并且将中国的灾难更大程度上指向人祸。这一点大概是您的高明所在，也引起我巨大的兴致。不过，在阅读中，我仍然能隐隐地感受到您的某种意图和情绪。例如“说是不能雇佣童工，那只是臭知识分子站着说话不腰疼的话”；“崇洋媚外到不要脸的地步了，骨气让狗吃了”；“这是农民工的命，谁让你离开土地，跑城里去呢”；“谁让你一开始就不是城里人生、城里人养呢”；“狗眼看人低，人眼看狗又能怎样”；“这些年闹市场经济，惊慌失措的青壮年劳动力不得不离开尖山，奔向天南海北的城市，给城里人当农民工。……一个个像可怜巴巴的流浪狗，祈求城里人施舍呢。”这其中的很多话虽然并非直接出自您这个叙述者而是出自小说人物，但我确实感觉到您的影子和气味。我想知道，关于上述例句中涉及的社会问题，如童工问题、知识分子评价问题、对待外来文明和本土骨气问题、农民进城务工问题等二元对立现象，您是否意识到某种不恰当性，或者说是认识的缺失和错位。我是说，城乡原本不应对立，它们应该是互补关系，而目前中国城乡不平等、城乡对立等情况是现有体制和政策逼迫导致的，您却将一个“三角关系”简化为“两面关系”。对此，我想听听您的看法。

秦岭：您一定注意到了，在《阴阳界》中，我通过地震灾难这个引擎，把活着的人和死后的鬼同时安排在道德的磅秤上，试图称一称城市大拆大建中的腐败与交易、失地农民的抗争与无奈、从乡村进入城市之后两代人之间的妥协、包容与抵触。既然人间的许多灾难活着的人未必看得清、辨得明，那么，我把这一切交给了鬼，或许就一目了然了。阴阳法师袁峁田老人的多次生死轮回以及与鬼蜮、黑白无常等众多阴魂、鬼卒的见面，让这位居住在儿子别墅里的老农民终于渐渐看清了一个城市的面目。是灾难和死亡，暴露了腐败背后的交易、人性的卑劣和世俗的价值观，揭穿了城乡人际关系的差异、歌舞升平的画皮和道德人伦的假面具，以及所谓天灾多数情况下都是人祸的结果。城乡的不公，人祸转嫁于天灾，离不开御用知识分子的建言献策和权力机构的决策，地震洞穿了这一切。失地农民被安排在了偷工减料的所谓经济适用房中，反而成了地震最大的牺牲品。城乡二元结构造成了城里人对乡下人的鄙视，但城市建设却堂而皇之地在利用农民工的创造和劳动，赤裸裸地掠夺呀。您提到的我把一个“三角关系”简化为“两面关系”，我倒认为在文学的指向上，不在于让主人公瞄准多少“关系”，更不能让主人公协助学术界为历史正本清源。您既然提到“谁让你一开始就不是城里人生、城里人养呢”这句话，那么我要告诉您，一位生活在城里的农民能说出这样一句话，它所辐射的关系何止三个四个、五个六个啊！在灾难面前，我把人类必备的善良、坚守、真诚寄托在了生活在城市底层的农民工、保姆和流浪狗身上，这也不是我个人的意志，我的小说决定于现实的中国。假如一个国家的财富没有集中在权力和少数人手中，何来的两极分化？假如这些人也笃信善良和真诚，我这样的小说也就不存在了。我不得不把对这个社会的一些质疑集结在袁峁田老人身上，我无法让试图认祖归宗的老人回到祖坟，因为城市灾难让他知道了这个世界太多的谜底。老人即便变成孤魂野鬼，永远在阴间流浪，我也对他高贵而孤独的灵魂表示敬意。无论城市还是乡村，都需要这样的人，他不光是人，是魂儿。

7. **商昌宝**：在《透明的废墟》《相思树》等小说中，我注意到一个现象，那就是在灾难面前，普通人的人性都得到最大限度的纯洁和优美化，例如原本陌生、隔膜甚至充满敌对和仇视的人性之恶、夫妻嫌隙以及邻里纠葛等，在废墟中却一下子变得和睦、友好、互助，人心和人性也大美起来，社会仿佛全然和谐自在了。这种带有夸张、反讽性质的艺术安排，是真的相信在大灾面前或人死之前“其言也善”，还是一厢情愿地要显示您灵魂救赎的本意？须知，灾难面前，人性丑恶的一面并不亚于人性美，因为毕竟中国人没有宗教信仰，缺少对神和原罪以及惩罚的信奉与敬畏。《相思树》中，您安排晓岚迅速接纳茹玫、杨芸芸与董亮程复婚等情境，让我想起张爱玲在《倾城之恋》中安排白流苏和范柳原最终没有分开而相厮守，并非是因为彼此相爱分不开而不过是因为战争的忽然到来。这样的艺术处理，有何用意？

秦岭：我理解您的质疑，但我无法原谅您站在灾难背景下考察人性的常态视角。人性在常态生活和灾难面前的表现当然是不一样的，那么，灾难面前的人性变化会是什么样子？我们不妨回味一下古人早已诠释过的道理：“灾难是改变人的法器”“人之将死，其言也善”“危难之中见真情”“死到临头方恨晚”“不到黄河不死心，不见棺材不流泪”……惟妙惟肖地揭示了人性在灾难和死亡面前的非常态逻辑。在我看来，人性的善与人性的恶，是个相对的概念，二者不是永恒的，是能够相互转换的。以文学的名义，我当然希望人心向善的一面。可悲的是，灾难往往成为这种转换的最为强大的外在动力，我笔下的这些主人公们在面临死亡或侥幸逃生的一刹那，有的坚守家庭而放弃婚外情，有的摈弃仇怨重归于好，有的宁可唯情是举而蔑视婚姻，有的则在道德和良知的鏊子上不断拷问自己。无论是给予还是馈赠，无论是反思还是救赎，总之，都最大程度地表现出内心真实的一面，这不是我非得如此巧设布局，而是从社会学、心理学视角来考察人情世故而得出的基本结论。现实生活中，当生存、活着成为最高成本的奢望，有两种表现值得注意，一种是痛定思痛之后原则的认定、良心复归和道德的重铸，另一种是劫后余生之后的妥协、退让、将就和服从。在我看来，死神唤醒的那种生活与内心的新常态，尽管带着血腥和悲壮，尽管为时已晚甚而于事无补，却非常值得去探究、深挖和尊重，这是人类的需要，值得我们去反思和回味。您一定看得出来，我在经营《阴阳界》《流淌在祖院的时光》时，则完全用了截然相反的视角，我尽量做到五个中篇用多种视角切入。社会既是个万花筒，同时又是个多棱镜，我既要做到平视，同时要做到折射和反观，这也是小说功能的妙处。

8. **商昌宝**：近几年，但凡灾难来临，志愿者作为一个新兴的社会力量，开始登上历史舞台，这个现象大概在 2008 年汶川地震中体现尤为明显，2015 年 10 月天津港大爆炸，让我们近距离地领略到志愿者的社会作用。有一种说法是，因为志愿者的深度介入，弥补、掩盖了公共职能部门的失职，使得问责机制不能适时发挥效用，不利于推动和改进公共职能部门由管理型向服务型转型。也有一种说法是，一段时间以来，中国因为在社会制度上的试验，导致社会这个层级被挤压真空了，而政府和个人这两个层级直接对话的结果就是矛盾日益突出，道德滑坡，人心大坏，志愿者作为社会层级的一部分近些年开始涌现，说明社会在重建，这是一个好兆头。我想在小说之外问您，您对志愿者这一新兴的社会力量以及他们参与救灾的这一社会行为，如何评价？

秦岭：我愿意从两个方面看待这个问题。第一，当灾难降临，任何一个有良知的公民，都应伸出援助之手，而不应坐视不管。中国传统文化和道德中对此有很多经典的论述和经典的故事，所谓“赈灾济世，扶危济困”“一方有难，八方支援”讲的也就是这个道理。汶川地震之后，来自国内外成千上万的志愿者，让我们感受到了人类社会这一崇高的美德。在这个物质社会，非常值得尊敬和提倡。第二，灾害和灾难是两个概念，灾害未必会造成灾难。如今许多包括地震在内的巨大灾难却与人的因素有关，比如，在汶川地震、天津港大爆炸这样的灾害中，我们更多地了解到了与预警机制、腐败工程、违规建设相关的内在猫腻。同样等级、程度的地震、火山爆发、洪涝、瘟疫等自然灾害，在日本、意大利、墨西哥等国家反而构不成多大的灾难。当善良的志愿者们舍生忘死为一场人为的灾难流血流汗时，当整个社会为灾民捐款捐物时，我们的内心除了感动，更多的恐怕是难言之痛。您一定能想得起来，当年社会上之所以有“重新审视80后”之说，就是因为“80后”志愿者在汶川救灾现场的不俗表现。但当时的一些所谓“杂音”也值得关注，比如“泱泱大国，志愿者为什么多为80后？”“在明哲保身的物质社会，80后到底是长大了还是没长大？”“无私的志愿者与灾后重建中的腐败现象”等等，我不想在这里裁判各种观点的优劣，我只希望，志愿者能对整个世道人心有所触动和唤醒，而社会也应剔除肌体中的不良症候和负能量，不要让志愿者失去希望，消解信心。

2016年1月20日于美国芝加哥、中国天津编者按：2008年“5·12”汶川地震发生以来，《中国作家》《小说月报》(原创版) 等期刊先后推出了天津作家秦岭的地震题材中篇小说《透明的废墟》《心震》《阴阳界》《相思树》等，有的被《作品与争鸣》多家报刊转载，有的被纳入了《2010年全国中篇小说精选》。当时的《文艺报》《文学报》等报刊多有论及，在社会上引起了强烈反响。在中国作家普遍缺席地震题材小说创作的情况下，秦岭对这一领域的不懈探索与努力，得到了方方面面的肯定和认同。现将文学批评家、摄影理论家、机关公务员、救灾志愿者发表在报刊的评论、读后感以“大家谈”形式摘录如下，以飨读者。

秦岭地震题材小说“大家谈”

闫立飞（天津社科院文学所所长、研究员、文学博士）：

青年作家秦岭审视生活的眼光和对人性的开掘，往往因其独特的“发现”让专家和读者刮目相看，他的中篇近作《透明的废墟》更是把对灾难下的人性“发现”推到了极致，让我们再次感受到了一位趋于成熟的小说家艺术地解构生活和揭示人性本相的能力。

中国文坛有个并非悖论的事实，面对地震、洪涝、恶性事件等引发的灾难，趋之若鹜的往往是铺天盖地的诗歌、报告文学和散文，小说家却往往束手无策，对此，挑剔的读者一度怀疑当代小说家表现灾难的可能性。秦岭的新作《透明的废墟》却直面汶川地震带来的毁灭性灾难，以小说的名义旁逸斜出，充分利用小说的虚构和想象要件，把探寻的笔触扎进汶川地震后居民楼的废墟中，揭示了濒临死亡的邻居们灵魂搏斗和人性复归的全过程，无疑具有可贵的探索、引领作用。一切有良知和文学造诣的小说家，有理由向秦岭那样，与诗人、散文家、报告文学作家一起，从这一历史的非常时刻探索和追寻隐没在常态时间中的历史真相和人性世界。我注意到，许多报刊在转载这篇小说时称"这是第一部反映汶川地震的质感小说"，毋庸置疑，其意义不仅仅是文学的，也是社会的、历史的。"第一部"说明了小说的原创性，而"质感"则说明了小说应有的高度。秦岭作为灾难题材小说的大胆践行者，为2008年上半年文坛波澜不惊的小说创作拓宽了新领地。

秦岭在他的另一部小说《皇粮》（梁斌文学奖第一名）的创作谈中曾说："选准切入点，就至少有了一半的'发现'，同时拥有了全部的原创专利，谁也模仿不得。"《透明的废墟》更是生动地体现了这一点。小说的起因很简单，它来源于汶川大地震时"一张废墟中的年轻母亲用躯体呵护婴儿的照片"。作者由此切入，却没有简单地对照片的内容进行还原，而是峰回路转，把现实和虚构结合起来，把常态和联想结合起来，把存在和推理结合起来，把生命叩问和生活演绎结合起来，对其进行了深度性、时间性的解读和解构，以此建构了自己的小说世界。于是，单纯的母婴关系被解构为邻里之间的社会交往，凝固的一刹那被延长为废墟中的三天。在震后废墟的狭小空间中，即将回陇南老家订婚的打工妹刘丹丹、退伍军人吉国立、帮教对象赵云逸、婴儿的母亲吴姐和婴儿五人组成了一个濒临死亡的特殊世界，除了婴儿可以自由活动以外，其余四人都身陷残垣断壁之间，与死神做无望的对峙，然而他们为了拯救这个身临险境的婴儿，不仅完成了精神的救赎与人性的还原，而且以生命接力的方式保存了这个代表希望与未来的婴儿。孩子得救了，掩埋并吞噬了众多生命的废墟却变得透明起来，因为这个造成人类灾难的废墟，在这张被放大了的母婴照片中开始了对常态社会的审视和拷问。相对于照片的直观性、空间性的局限，小说不仅再现了历史的真实，而且强化了它的震撼力量。从这一意义上说，《透明的废墟》不仅显示了灾难的深重，而且体现了作家的社会责任感及其对社会历史的参与意识，是一篇展现了作家灾难体验与历史思考的社会精神文本，这也应该是它一经问世就毫无悬念地引起文坛关注的理由。

在艺术上，作者采取小视点（单元楼坍塌后的废墟）、大关照（整个社会）的方式，通过现场写实和往事回忆的立体交叉叙事，用废墟中触目惊心的死亡、流血和伤残，反观城市楼群中我们再也熟悉不过的常态社会。成分复杂的邻居们在单元楼坍塌之前，相互猜疑、争执、误解和提防，人与人之间关系紧张。在酒店打工的陇南妹子刘丹丹等人租住在201房，她们既是这个小城的外来者，也是受到误解与歧视的弱势群体，被邻居当作从事特殊行业的“小姐”。403房的吉国立就是这样的一位误解者，这位家庭幸福、事业有成的退伍军人借着帮助201房更换灯泡的机会，以城里人的身份对这些女孩子进行了“教育”与“批评”，他的误解伤害了这些外来打工妹的自尊，也造成了后者对他的排斥与对立。303房的赵云逸既是一位受害者，同时也是一个加害者，工厂的破产和外力的压迫使他从一个先进生产工作者变成因盗窃而劳教的帮教对象，但他却把报复与凌辱的目标指向了更弱的群体——201房的打工妹，显然这个城市的弱者丧失了起码的道德意识，彻底沦为社会的弃儿。五楼的住户吴姐因为存放自行车和六楼的韩妹子及二楼的孙姐发生过冲突。他们构成了当前城市社会的缩微影像，几乎涵盖了各个阶层，隐喻了整个社会的常态。打破社会常态的是这场大地震，当他们被深埋在废墟之中面临死亡威胁的非常时刻，人与人之间的沟通、关怀开始在求生的眼神、心灵的感应、生命的依赖、道德的抵达中悄然复苏。他们在非常时刻的“善言”与“善行”，与常态社会中的“恶言”与“恶行”形成了鲜明的对比。正常时刻中非正常状态与非正常时刻的正常表现，构筑了这张照片由表象、剖面直至纵深的意义，从而凸显了生活开掘之深和照片之“大”。

借助秦岭的小说，我们往往能够触摸到生活的质地。如果说秦岭曾经以《硌牙的沙子》《本色》《绣花鞋垫》《不娶你娶谁》等一系列农村教育题材小说，为我们打开了窥视当代农村社会的另类窗口，那么《透明的废墟》则更像一扇门，打开它，看到的是小说家表现灾难题材的可能和应有的高度。

杨士军（机关公务员、高级审计师）：

不知为何，读罢作家秦岭的中篇小说《心震》（载《中国作家》2011 年第 5 期）后，我脑海里突然冒出了一个词：实验。

谁都明白，实验，是化学、生物这样的自然科学范畴的一种行为。但在我看来，小说家的创作过程其实也是一项实验。只不过是把自然科学家用于做实验的瓶瓶罐罐里的液体或粉末，换成了形形色色的人物。科学家想要看的是那些不同的液体或粉末放到一起后所产生的反应，以及反应后生成的一种新的物质。而小说家呢，他们是把不同身份，不同性格，不同职业，或者什么都不同的男人和女人，放到一个他们设计的特殊环境中，观察他们在做些什么，产生什么结果。所谓的特殊环境，可能是和平时期，也可能是一场战争，也可能是在大都市，也可能是在小乡村。而秦岭所选择的特殊环境，要比多数小说家来的大胆，惨烈，甚至有些悲怆。

客观地讲，小说中安排的这几个人物女医生、女教授和男工程师，并没有做出什么惊天之举。只不过是在重复着一场人们早已司空见惯的“婚外恋”。男人和情妇要在宾馆行鱼水之欢，而被突然闯进来的妻子堵在了房间。这种故事在脑筋已经相当开化的人们眼里，别说是写成文字，就是发生在大街上，也不会觉得新奇。但秦岭的聪明就在于把这个极为普通的故事，安排在了一个极为特殊的时刻。那是一场震惊世界的灾难即将到来的时刻，5 月 12 日汶川大地震发生前的几分钟！这可就很有挑战性了，在死神向他们招手的那一刻，男人在妻子和情人面前将如何应对，女人在丈夫和情敌之间如何发起攻击，而那位满怀喜悦心情与心上人共渡鹊桥的女医生，又将如何应对“正印”夫人的袭击。这一切的一切，都必须做出选择，皆因为作家留给他们的时间只有短短的几秒。

我们可以想象，当秦岭构思出这个情节的时候，他是否也会被自己的这一灵感“吓”了一跳，进而露出得意的笑容。但他可能马上就会因为自己也弄不准这几个人将要做些什么而陷入沉思，往日在键盘上轻盈舞蹈的手指，也会像听到休止符一样，定格在那里。

但秦岭很快像他同属灾难系列的中篇小说《透明的废墟》《相思树》等一样，以探寻人性的隐秘世界为切入点，跳出常态思维，为他们选择了既在情理之中，又在预料之外的行动方案，把这个寻常的故事，升华成了既苦涩又温馨，既慷慨又无奈，既洒脱又悲怆，既让人赞叹又让人酸楚的震撼人心的精彩一幕。当然，帮助作家完成这次人性实验的最大功臣，就是那件名贵的鹅黄色睡衣，这也是作家颇费心机之处。

在小说的开头，作者以一个目击者的语气，向读者讲述了她在地震发生后的废墟中见到的那套非常熟悉的鹅黄色睡衣。但令她奇怪的是，这件她亲自陪同闺蜜从商场中买回的名贵睡衣，（文中交代此件内衣商场只进了两件，而另一件被“我”的丈夫买走）竟穿在了另一个女人的身上。尽管外人不知内情，但稍微悉心的人就不难发现，这件内衣与这位女人贴身衣物和气质的不谐调。就好比一件粗布汗衫儿外面套了一件意大利西装那样的效果。而在不远处断壁残垣中长眠不醒的闺蜜，身上穿的古板套裙，也不是她平日里活泼俏丽的风格。但躺在穿睡衣女人身边那个全裸的男人，很快就把答案告诉了“我”。

在接下来的叙述中，“我”又通过叙述闺蜜对自己公开的隐私，为故事的主人公最后所做出的抉择进行了较为完整的铺垫。尽管男人对女医生一往情深，尽管身穿古板套裙的妻子与那身着名贵睡衣的女人如何势不两立，但爱情也好，怨恨也好，妒忌也好，仇恨也好，所有的一切，都将被这突如其来的灾难撕去伪装，毫无遮盖地亮在熟悉的和陌生的人们面前，当然，如果他们想到那宝贵的生命即将不复存在，那就更要为自己的身后留下一份尊严。于是，没有了横眉立目，没有了义愤填膺，更没有了剑拔弩张。剩下的只有摒弃前嫌，化干戈为玉帛，共同应对眼前的尴尬。环境可以改变人的思维，唯一不可变的是人的本性。这也就进一步印证了，没有永远的朋友和永远的敌人，这句名言的千真万确。

这两个女人的默契，可能会让她们自己都感到吃惊，就像样板戏《红灯记》最后那场，李铁梅与邻家女孩互换服装一样，匆匆地改变了装束，一切都变得天衣无缝。

实验的目的，是为了寻找结果。而秦岭的这次实验，每个步骤，既是过程，同时也是结果。所有的实验操作环节里，我们都能看到在生与死的天平上，一边是生活中司空见惯的感情出轨、婚姻危机这类当下人们普遍的情感形态，另一边是人们日益轻视、淡然的生活原则和态度。这样的实验过程，提炼出来的结果必然是丰富的，是直达生活命门的，有一种解密、戳穿的力量。我们平时的常态生活里，见惯了同僚争权，同事争宠，同窗争位，听多了明星间的争名，作家间的争奖，商家间的争利等等，但假若真的鸡飞蛋打，鱼死网破，两败俱伤之后，才突然顿悟，恍如梦中醒来。而惯性逻辑下的悲剧，早已注定，即便有回天之力，也为时已晚，不可逆转。在秦岭的笔下，灾难像一个巨大的实验场，他用足了现实生活的元素，让读者在感受《心震》的同时，同样感到自身那颗掩藏在衣服和皮肉之下的心，在震，微微的，甚而，剧烈的。

有分量的文学作品，总是能够在智慧上领先，在理念上超前，在行为上引领。《心震》的实验成功，在读者中的连锁反应，除了思考与启迪，一定还有更多的答案，因为这是有关人性的化学反应。

刘秀峰（汶川地震抢险志愿者、某旅行社副总经理）：

要说文学，不知道是我远离了它，还是它远离了我。平时，我之所以对当下流行的小说兴致不大，是因为读来读去，发现老是同一个面孔，而且语言上拿腔作调，难免审美疲劳，耽搁时间。可是，读了秦岭先生的地震题材小说《流淌在祖院的时光》和《阴阳界》，我久久陷入沉思：《流淌在祖院的时光》中，奶奶与晚辈们情感的对抗、对立和对峙，让我对传统道德与物欲世界的博弈，有了新的思考。《阴阳界》中，袁岁田、小珍和那三条曾经的流浪狗，让我对这个世界开始了新一轮的审视。

一篇小说，给我这样的触动，很少有过。

受《阴阳界》的诱惑力，我回头拜读了秦岭先生的《透明的废墟》。这才知道，这篇小说早在2008年“5·12”地震不久就诞生了，而且引起了关注。这么晚接触这样的优秀小说，是我习惯性的错误和遗憾。当年有关汶川地震的报告文学、诗歌和散文铺天盖地，几乎是一个模子，当时我就产生过现在看来非常浅陋的认识：作家们如果都这么写，还能写出什么新鲜玩意儿呢？我们又能从中读出什么味道来呢？小说更不能看了，准是胡编乱造吧。

读了《透明的废墟》，我马上又如饥似渴地读了《心震》和《相思树》。

我是汶川地震之后众多志愿者中的一员，汶川地震的第三天，通往灾区的道路刚刚疏通不久，我和我们团队的朋友们到了地震现场，视野里的一切，的确和后来摄影镜头里的一切没什么两样：坍塌、废墟、残垣断壁、死尸、鲜血、伤残、哭喊、呻吟……那样的场面，是我这辈子最难以忘记的，而我的人生，也好像跨过了一道大坎儿。当时我想了些什么呢？肯定很多很多，概括起来，至少包括对生命、对家庭、对生活和对社会的理解等等吧。当时，理解和不能理解几乎是同步而来的，比如，为什么一次地震会死掉那么多的同胞、流淌那么多的鲜血、倒塌那么多的住宅、坍塌那么多的教室、损毁那么多的道路……而灾后重建过程中，各种丑闻又扑面而来，比如挪用救灾物资的、假捐助的、虚报数字骗取救助款的等等。真的，一次灾难，让我看到了很多，有感动，也有困惑。

一段时间，我被这种感动和困惑纠缠，难以自拔。是《阴阳界》这部小说，疏导了我心灵深处的某种障碍。《阴阳界》中的世界，一会儿是阳间，一会儿是阴间；一会儿是城里，一会儿是乡下。可是，这些世界离不开我曾思考过的生命、家庭、生活和社会。秦岭先生把活人连同死人一起写，把人和鬼一起写，把肉体和灵魂一起写，把人和狗一起写，把物质和精神一起写。他把所有的感动和质疑，像抽丝剥茧一样一层层地打开来，让我们视野中地震后的废墟，不光是一大堆儿混凝土的堆积，不光是残垣断壁的行为艺术，不光是死亡现场的景象，还有与废墟有关的亲情、道德、人际关系的真与假，有物质社会的美好与丑陋，有死亡一瞬闪现的人间的善良与虚伪。袁峁田老人对城乡差异的困惑、儿子袁耀华在官场的处世态度、开发商甄宗发的巧取豪夺、儿媳夏慧慧的小市民心态、保姆小珍的纯洁善良，这样的人，这样的事，这样的生活，都是我们生活中非常熟悉的。是剧烈的地震，揭开了一切的伪装，也绽放了一切的真实。看不惯城里生活的袁峁田老人一心想回乡下认祖归宗，可作者并没有实现他这个愿望，不但没有安排老人进祖坟，而且让老人最终死在了前不着村、不着店的荒郊野外，这是小说里最深刻的一笔。这既是作者的安排，也是老人自己的选择，他宁可悄悄拔掉输血的针头加速自己的死亡，也不愿认祖归宗了。其中蕴含的悲剧意味，反衬出了一个普通农民灵魂的干净、高贵与美好，可谓绕梁三尺，令人回味。

如果不是《阴阳界》，我不会以这样一种平和的心态理解生命、情感和生活。阴间、鬼蜮、阴魂、阎王、黑白无常……那个世界太陌生了，那是怎样的一个世界呢？是死亡的世界。在秦岭先生笔下，那个从小就在我们幻想、猜度、想象中的神奇世界，完全复活了，存在了，打开了，和人间一模一样，只是，人间的主角儿是人，阴间的主角儿是鬼。可是，从鬼这里，我们看到的地震和地震灾难，不但不陌生，反而新奇、真实、可信，充满在阳间看来弥足珍贵的真诚、和谐与爱。而我们活着的每一个人，最终都要回到那里去。那里，有同样的日子、同样的生活在等待着我们——即便那一切不复存在，一无所有，空空如也，甚至不如一杯空气，但那是我们的共同归宿。面对鬼蜮，每一个活着的人，该如何生活？阴间的社会，像一面反光镜，让我们对人间的一切，有了更多的自省、感悟和反思。我想，小说提供的这一点，真是命中要害的，振聋发聩的，值得我们把匆匆的脚步停下来，把浮躁的心放下来，静静地思考。

我想，秦岭先生写鬼，就是写人；写人，就是写鬼。这其中蕴含的道理，让我对文学存在的价值有了新的认识和理解。或者说，我们需要怎样的文学。

在《流淌在祖院的时光》里，身处灾区的“奶奶”宁可当可怜的“空巢”老人，也不愿与安居省城的子孙们团圆；宁可申请救济，也不愿接纳儿子孝敬的钱物；宁可住在岌岌可危的祖院里，也不愿异地搬迁。是地震灾难，撕开了苫在祖孙三代人心灵深处的厚厚的一层遮羞布，也为我们揭开了物质社会最为普遍、同时又最为隐秘的生活阴影，其中包括家族的鸿沟、道德的沦丧、权力的变异和心灵的摇摆。当“奶奶”发现生活在大都市的两个儿子看似幸福、甜蜜、殷实、阳光、完美的生活背后暗藏着触目惊心的阴暗和龌龊时，她的精神世界完全与晚辈们对立了起来，即便地震这样残酷而强大的外力，也丝毫撼动不了她对传统道德和做人原则的坚守，冰释不了她对晚辈们生活状态的强烈质疑和不满。在这里，地震造成的坍塌、毁灭和灾难，已不完全是院落、房屋、道路、土地了，也就是说，还有比地震更为可怕的坍塌、毁灭和灾难，那就是人们精神支柱的坍塌、心灵原则的失守和道德操守的沦丧。家园毁灭后，可以就地重建，可以加固维护，可以异地搬迁，可是，坍塌了的心灵与精神，该怎样重建？怎样加固？怎样搬迁呢？作者的思考显然就在这里，这样的思考像废墟上掠过的一道刺目而耀眼的闪电，灼人眼球，伤及肺腑，这就是地震小说的力量。

我还在想，在今后的阅读里，我该如何选择。文学是人学，文学的力量是强大的，只要文学的目标对准的是我们熟悉的人和熟悉的事，而且，用思想和审美帮助我们把生活的面貌打开，那么，读这样的小说，就是一次真诚的精神之旅。

臧策（编审、摄影理论家、中国摄影金像奖获得者）：

我从不提倡题材决定论，但有一些比较特殊的题材，确实是文学所不能不去直面的，比如战争，比如灾难……但现实中战争的悲壮惨烈，灾难的触目惊心，却并不能保证小说中叙述的精彩，相反，恰恰因为现实所给予人们的冲击太悲壮惨烈，太触目惊心，小说中的叙事反倒容易被冲淡，被湮没，这也就是在突发性重大事件面前，新闻比文学更具有力量的原因。作家们都知道，写以往的战争或灾难，比写当下的题材容易得多。人们宁愿去一次次地重写早已沉没了的“泰坦尼克号”，也不愿意去触碰刚刚发生的事件，因为那将面临更大难度的挑战……

而秦岭却是个执着地挑战更具难度写作的作家。汶川地震以后，他第一个写出了地震题材小说《透明的废墟》。这篇《相思树》是他在地震题材上继续开拓的作品。秦岭在谈到此类题材的小说写作时说：

> 我试图匍匐在人性的根系上，窥视人们面对灾难的情感质地；同时又骑在情感的树梢，眺望芸芸众生由常态生活进入非常态生活的基本态度。我认为，写地震，写灾难，需要路数，需要敏感，需要纤细，更需要对生命、对血腥的观察和嗅觉。地球本身就是个变数，死了的人，都是偶然的；所有没死的人，都是侥幸偷生者。在这个多事的年份，祝福死去的同胞，把天堂里的日子打点好；同时祝福所有活着的人，慢慢活着，日月大地，真好！

当然，对当下灾难题材的挑战，不只需要勇气，更需要方法和功力。秦岭在写作《相思树》时，以女主人公自述的形式，用内心世界的抒写和展示作为结构故事的主线，以个人的视角和诗化的语言来重构这一重大题材，为读者打开了一个逼真的世界。秦岭在创作谈中说：

> 摄影家能配照片，把灾难现场完完整整地拍摄给大家看，诗歌能抒发内心的情绪，引起读者共鸣，新闻记者能原原本本地把事件记录下来，提供给公众，而有些东西，他们是达不到。我觉得小说家能达到，这就是小说的优势，比如灾难发生了，死去的人和活着的人，当时他们的心灵家园、精神世界到底是什么状态，灵魂深处又发生了什么，这些唯独需要虚构和想象的，虚构和想象恰恰是小说无与伦比的长处，所以小说有可能、有责任、有义务出来说话，至于说得对不对，准不准，那是另一码事儿。任何人拿这个问题来较劲，是愚蠢的；把摄影、报道与小说拉在一起比较真伪的人，更是糊涂虫儿。人之生，何处来？人之死，何处去？本身就是个谜，任何艺术形式都可以面对这样的谜，却永远也无法解开这个谜，因为这个谜是永恒的，因此，当所有的艺术形式面对灾难时，都不能厚此薄彼。如果灾难的真相确如照相机“咔嚓”一声之后冲洗出来的照片那么简单，这样的生活还叫生活吗？日子还叫日子吗？大家都编入程序，各做各的美梦得了。

应该说秦岭的探索是正确的，可贵的，有成效的。小说的魅力在很大程度上，不是因为更“像”现实，而恰恰是对现实的“陌生化”。现实是多方位、多层面、多角度的，摄影可以提供有关现实的最逼真的物象，新闻可以让我们在第一时间获悉事件的核心和脉络，但事件的主角永远是人，是一个个具体的活生生的人。每个人有着各自不同的人生轨迹，有着不同的命运，但从地震这一刻开始，人们不同的结局、命运迅速交集在了一起，有可能成为人生长河的彻底终结或有幸重生，这是我们日常生活非常“日常”的、难以回避的一面。我们看到，小说家平时的创作中，总会借助于平安生活中点点滴滴的矛盾或琐琐碎碎的涟漪，追问人性，拷问灵魂，却很少有人借助于时刻都伴随我们的、令人恐怖的灾难这个深不可测的大背景考察个体的、群体的人。这一点，本身就值得我们警醒和反思。

小说有其特殊的力量。新闻照片和新闻报道，不可能把具体的个人的内心展现出来，而小说却可以，就如《相思树》写的那样。

王青（江苏南通某机关公务员）

我常想，大自然制造灾难容易，可作家描写灾难，会难吗？

可是最近，也就是台湾大地震之后，我下意识地重温了作家秦岭先生的《阴阳界》《心震》《透明的废墟》《相思树》《流淌在祖院的时光》等以地震题材为主的系列中篇小说，心灵深处掀起的波澜，与初读的感受又有所不同。作为秦岭先生的忠实读者，我曾以评论、读后感的形式，把我对他笔下西部乡村故事和人物的感怀与思考，发表在《新民晚报》等报刊上。这次感受他笔下的灾难场景，我警觉地意识到，我们需要怎样的灾难文学，也是个问题。

我何以对秦岭的小说如此的痴迷？我后来找到的答案是六个字：小视角，大震撼。秦岭以展示中国西部生活见长，而西部对我这个生活在江苏鱼米之乡的人而言，是一片陌生的土地。说它“小”，秦岭总是把历史和社会背景安置在一个小小的事件或人物身上，以突破并跨越地域的力量，拉近了人物和读者之间的视线尺度和心灵距离，引起了我们的共鸣；说它“大”，无论他的“皇粮”系列、“乡村教师”系列、“水”系列，均剑指当下社会并回溯到历史弯道上。他的地震题材系列同样如此，与灾难中的死亡、流血相关的，基本上是城乡知识分子、机关公务员、商人、市民、农民工、保姆等形形色色的小人物，但正是这些小人物在生死关头表现出来的七情六欲、悲欢离合，折射出了我们这个时代的物欲形态、人际关系和人性面貌。这一点，与我们看惯了的众多地震文学截然不同。我认为，秦岭的地震题材小说在同类题材中有超越性，像鱼龙混杂的大合唱中突然冒出的纯正、浑厚、昂扬的那一部分。我感受到的大震撼，就体现在这里。

秦岭不愧是一位思想型的小说家，与其说他是为灾难背景下的历史和现实说话，不如说是替生活和事实说话，做到这一点是最难的，但秦岭做到了，而且做得让人心服口服。我想，任何一位有良知、有道德、有操守的读者不难发现，同样的灾难，七年前发生在四川的汶川大地震和刚刚发生的台湾大地震，给我们提供的社会信息是不一样的。我们通过前者，感受最多的是抢险救灾的胜利凯歌，而后者，我们获知最多的是反思和追责，文学介入的立足点，同样有这样的差别。但秦岭不是，在他的笔下，所有罹难者、幸存者没有任何与意识形态、官方意志、主流非主流有关的标签，而是灵魂的真实影像和心灵的可视原则。《阴阳界》是一篇针砭时弊、极具讽刺意味的力作。作品从一个老农的视角看穿了物质社会中城乡现实的差异，这一差异在地震发生前、发生后彰显得更是一目了然。一是主题深刻。同样的地震，建筑物的倒塌程度却不同，有权有钱人的住宅大都受损轻微，而所谓的经济适用房却基本成为废墟。这样，不同人等，死亡、伤残、流血的程度也就不同，而暴露出来的，却是人所共知的权钱交易等普遍存在的腐败。可悲的是，当地震把这层画皮揭开之后，阳间却未必能对腐败和丑恶进行清算和决算，只有把这一切留给阴曹地府。如果我们把和谐、公平的阴间与混乱、不公的阳间进行对比，我们该怎样寻找反思的方向？二是构思精巧。作者给主人公——阴阳法师袁峁田老人赋予了能够穿越阴阳两界的“本领”，他对生者、死者心灵形态的掌握注定了他的纠结、彷徨、痛苦、反思远远高于常人。他在废墟下的几次生死轮回，更加看清了城乡居民生活两极分化的根因，看清了城乡居民精神差异的脉络，看清了物欲社会由传统到世俗、由坚守到松散、由真诚到虚伪的灰色流程。这一点，传统小说纵有万千种表现手法，也是无法达到的。三是语言犀利、诙谐、幽默。人有人事，鬼有鬼话，狗有狗情，作者坚持从“人”“鬼”“狗”的立场同时出发，人一套，鬼一套，狗一套，话语体系中却处处隐含着对美好生活的追忆、对传统道德的怀恋、对社会不公的愤懑、对权力盛行的不齿。在灾难面前，人、鬼、狗都是公平的，又是不公平的。有的人，不如一条狗；而有的狗，却远远比人要美好。一部《阴阳界》，为我们打开的既是陌生的世界，同时又是十分熟悉的生活，作者的思想和智慧，让人可敬可叹。

秦岭对生命一定有着独特的感悟，他笔下的灾难，无不折射着人性向善和灵魂救赎的光芒，人的生命价值和尊严在他的作品里得到了充分的尊重和诠释。这一点，在《心震》《透明的废墟》《相思树》《流淌在祖院的时光》中显得尤为突出。《心震》以第一人称的视角，揭示了触及人类灵魂的心震有时要比地震还要来得更加剧烈、凶猛和势不可挡。无论大地震还是小地震，无论主体地震还是大大小小的余震，终有过时，而心震及其心的余震，终有何期？作者将情爱纠葛安排在地震这一特殊事件中进行考量，让形形色色的君子、伪君子、妻子、情人、二奶、小三悉数登场，上演了一幕幕荒诞的人间悲喜剧。到了《透明的废墟》，作者笔锋一转，从一个单元楼的视角探究平日不相往来的邻居之间千丝万缕的联系和纠葛，凸显灾难过程的质感画面，直逼死难者灵魂及其精神家园，再现了人类灵魂的本真。这种让高昂的地震灾难作为代价换来的灵魂救赎，让我们过目难忘，痛心疾首，心情久久无法平静。《相思树》也采用的是第一人称视角，小说以相思树为主线，贯穿地震前后的过程。灾难在改变人们生活法则的同时，也让感情、情感找到了复归的平台。主人公晓岚接纳了茹玫，但茹玫面对死去的袁黛莉一直心有愧疚；邓秉恒希望晓岚去英国接受更好的教育，让茹玫深受感动；杨芸芸和董亮程最终复了婚。当人性需要灾难来主导、当灵魂需要死亡来拯救，当头脑需要流血来清醒，人啊！人！我们人性的局限是多么的可悲，人性的容量是多么的令人质疑。这样的小说穿透了文学的本质，也铰断了我们颤抖的神经。

有人说：“灾难是改变人的法器。”秦岭的小说应验了这一点。人类面对大自然毁灭、伤害的力量，的确无法抗拒，但大自然能毁灭、伤害到文学吗？答案当然是否定的，可是，在我们的阅读范围内，何处寻觅反映灾难的优秀小说呢？我认为，这也是灾难对文学以及作家职业道德、人性境界和思想容量的考量。在这个多灾多难的世界，感受秦岭的地震题材小说，一定不只是我一个人的幸运。

缑芳宜（甘肃省天水市麦积区、教师）

地震小说，是作家秦岭奉献给读者的又一席文学盛宴。这些小说以丰富而灵动的艺术技巧取代了摄像、照相技术对直观表象的获取方式，把心灵的探照灯射到了大灾难中各色人物的灵魂深处，让我们深切地体味到了绝地世情。不知为什么，人往往濒临绝境才会回到生命的本真，才会以初善的心对待身边的人。作家秦岭借用艺术想象，展示了废墟之下的世态人心，给了我们反观对照现实的舞台，从而也让自己的文学思想从地震的废墟中飞翔起来。

“艺术想象是指文学艺术活动的主体调动过去积累的记忆表象，经过艺术加工创造出艺术形象的心理过程”（《文学概论》童庆炳主编）。艺术想象是作家创作的审美心理过程。秦岭地震小说的字里行间无不显露着他超凡脱俗的艺术想象力，我们可从以下几个方面来赏读。

首先，他以丰富的想象力成功地塑造了灾难背景下的一系列艺术形象。《阴阳界》中的主人公袁峁田就是其中之一。袁峁田本是西北地区小山村的农民，因从小学会了阴阳风水术，成了当地有名的阴阳先生。当局长的儿子在城里买了别墅，他就被接到城里来“享福”。袁峁田就是在叫作“美国小镇”的别墅里拉二胡怀旧时遭遇“5·12”地震的。由于受伤严重，被压在废墟里的袁峁田经受了几度生死轮回。他身体和心灵所承受的苦痛，是废墟之外的幸存者们难以体会的，也是各种仪器、设备无法探测、无法拍摄的。那么，如何再现生死边沿灵与肉的双重煎熬？秦岭充分发挥了他的艺术想象，调动以往生活的多种记忆、经验，并密切联系现实，进而实现了联想、取舍、组合等一系列审美艺术活动，塑造了袁峁田这一秉承传统道德而又隐忍于城市浮华、备受城乡逆差的折磨而又屈就于世俗物质生活的文学形象。在秦岭笔下，他肉体被压在废墟里，灵魂却游走于阴阳两界之间。他看到了阴间温暖的“鬼情”，看到了阴间严整的秩序，也体悟到了人间的变异与丑恶。与此同时，他也真真切切感受到了三只流浪狗给他的生死回报，听到了小保姆对他的深情呼唤。他品尝了住在大别墅里的孤独与尴尬，弄懂了官商勾结坑害老百姓的伎俩，明白了为什么在同一城市，甚至同一小区，面对同样的地震有的房子倒塌如溃烂的豆腐渣，而有的房子却稳固如泰山。正因为他明白了平时以孝为先的局长儿子却背地里大肆收受贿赂，所以，本来能够活着回家乡并入土祖坟善始善终的他，因为愧疚，也因为尊严，他毅然决然地拔掉输液的针头，自绝于通往家乡的路上。作家在《流淌在祖院的时光》里，更是把文学的想象发挥到了极致，秦岭先生是男性作家，可是他却站在“孙女”的角度，“窥视”到了“奶奶”的内心。地震在这里成为另一个引擎，牵引出的是完全不同的两个世界，一个是“我们”的，另一个是“奶奶”的，在流淌的时光里，我们感受到了“奶奶”的善良与决绝、道德与尊严，她像一面镜子，让“我们”这个世界的阴影无处可逃。奶奶这一形象所承载并呼唤的，正是我们日渐萎缩的、值得珍惜的那种“流淌在祖院的时光”。

其次，除刻画人物形象之外，秦岭动用艺术想象描写了一些特殊的典型环境。忘川河、奈何桥、望乡台、孟婆汤等这些鬼蜮物象以及阎王判官、黑白无常、大鬼小鬼这些阴间“人物”，小时候老婆婆讲故事时隐隐约约地听说过，但看到如此具体生动、如此富有人情味的鬼蜮世界还是第一次。我想，秦岭一定是有心的。他之所以挖掘儿时记忆，动用艺术想象力描写这样的典型环境，是有用意的。他用鬼蜮世界的讲法度、守原则以及执法过程中的“人情味”，让我们随时联想到人间的社会现实。他是在用黑暗的鬼蜮世界的“鬼性”光亮来反照光鲜亮丽的阳间现实中的某些阴暗龌龊，正是用老鬼与新鬼之间那种感恩的温情来对比现实人情的冷淡与隔膜。所以，秦岭动用艺术想象着意描写鬼蜮世界，并非其他用意，而是他对我们社会的深情所致。《流淌在祖院的时光》有两个特殊环境，一个是遭受地震灾害的老家祖院，另一个是省城。前者危险，后者安全，然而“奶奶”选择危险环境的初衷，是因为忍受不了“我们”这边的世界。外部环境的差异，与内心的坚守恰恰相反。“奶奶”之死，带去的是传统与良知，但给读者留下的，何止简单的反思啊！

再者，秦岭在地震小说中动用艺术想象力巧妙地安排了情节并描写了许多细节。不能不说，《相思树》和《心震》中主人公在车震和开房幽会被抓现行的当口发生地震是作者在艺术想象力之下的有意安排。当然，也许现实中也会有这样的巧合。而作者就利用了这一般人想不到的巧合，再通过艺术想象之下的巧安排，达到了表达其文学思想的目的。另外，请看这一段细节描写："两只小动物的肢体相互配合，一左一右，等于把螺纹钢筋和腿肚儿之间的交叉处缠裹了……另一只小狗则紧紧地依附在他身体一侧，为他传递热量。……三只狗的六只眼睛默默地盯着他，在幽暗的光线里发散着蓝蓝的光泽……"这是摄像机无法抵达的绝境真相。秦岭借用艺术想象，让我们看到了来自废墟之下、心灵深处的肺腑交流。那死亡险境中人与动物的肝胆相照，那无声的肢体语言，着实让我们每天高唱"感恩的心"的人类汗颜不已。那里，没有矫情的作秀，没有虚伪的表演，只有让人热泪盈眶的真情。依我看，"透明的废墟"之所以"透明"，主要是因为秦岭通过自己非凡的艺术想象力让自己的心贴近了死难者。这艺术想象力是什么？就是心灯一盏。这心灯比任何先进科技下的灯具都具穿透力，都具光和热，所以我们才能看到废墟之下失去母亲的小婴儿能凭着本能向十九岁少女的硕大乳房爬去，看到、听到废墟里所有的忏悔与善念、狼狈与可爱。在作家强大而非凡的想象力之下，地震废墟里所有的情与景不仅仅是透明的，而且充溢着无穷的光和热，也正因如此，《透明的废墟》开头的那一张照片，才会把温暖传遍大地。

这就是秦岭作为一名作家的能耐，是他让我们看到了救援现场、电视里都看不到的情与境，听到了任何先进设备都无法录制的声音。刘勰在《文心雕龙·深思》里说："寂然凝虑，思接千载；悄然动容，视通万里……"借我一臂力，浩歌向天涯，作家秦岭在创作这一组地震小说之时，正是借“思接千载，视通万里”的艺术想象，正是他“吐纳珠玉之声，卷舒风云之色”的艺术创造，才使得自己的文学思想飞向了更远的远方。

编者按：“5·12”地震之后的前两年里，中国文坛表现地震题材的诗歌、散文、报告文学呈现史无前例的井喷式状态，几乎所有的文化、文艺、文学类报刊都以专栏、专刊、专版形式推出了大量与地震有关的诗歌、报告文学、散文作品和摄影作品，很多出版社也斥资推出了大量与地震有关的图书，以网络为主的新媒体更是掀起了地震题材诗歌的狂风巨浪。相比之下，小说的声音微乎其微。吊诡的是，2009年底之后，所有与地震题材有关的文学作品骤然落潮，几乎销声匿迹。我们从河南学者李存2009年发表在《文艺理论与批评》杂志上的《地震文学初论》中，可以看到当时地震题材文学的概貌。

地震文学初论

李 存

地震文学是文学样式中一个独特的类别，它以历史事件的见证者、历史灾难的反抗者的身份，展现出特定紧张状态下的世态景象，成为反映灾难最为灵敏的感应器，成为文学中能展示自然力量、最为打动心魄的一种。在汶川大地震所引发的巨大社会、文化心理波动之际，地震文学得以高烈度、爆发式地形成其特有的文学应急样式，并在生与死的瞬间转换中呈现出永恒深远的叙事主题。

1

在地震中，生命的脆弱性被刺目地展现出来，人性的复杂也得到了显现。从一定意义上说正是血与火、生与死交织的地震刺痛了文学，激活了作家们创作的灵感。他们用多样的文学形式悼念亡灵，激励生者，形成了地震文学初期特有的文学样式，这种波澜壮阔的被动应急样式打破了当下文学格局，对一般题材的作品形成巨大冲击和鲜明对比。

在汶川地震文学初期的文学样式中，首先表现为诗歌如浪潮般汹涌而出，新浪、搜狐、网易等各大网站的博客上和其他文学网站、诗歌网站都出现了大量以汶川地震为主题的诗歌，甚至在一些博客的留言板上也贴满了哀悼的悲怆的诗歌。他们用传统的方式来表达自己的震惊，对生命逝去的痛惜，对父母、老师、救援者以及其他拯救生命的人的赞美。很多地方的广播电台，也在朗诵带着泪水的诗歌。传统的媒体也不甘落后，一些很多年没有发表诗歌的报纸，都拿出一定的版面来发表诗歌，一些诗歌团体和诗歌刊物也组织了诗歌朗诵会和诗歌征文。很快《人民文学》《收获》《北京文学》等期刊也相继刊登地震诗歌专辑，出版社也开始出版诗集，中国作家抗震救灾采访团在短短五日内编辑出版了诗集《中国：震撼5月——2008抗震救灾诗集》，人民文学出版社编辑部编选的诗集《有爱相伴——致2008汶川》，诗人谭旭东为灾区的孩子们写的个人诗歌单行本《生命的歌哭》，桂林诗人汤松波与北京诗人海啸、南方狼联合主编了诗集《大爱无疆：我们和汶川在一起》，由诗人叶延滨、张学梦、徐敬亚、王小妮等大家与战斗在一线的解放军官兵、公安干警、医护人员和志愿者共同创作的诗集《汶川诗抄》，王明韵的诗集《废墟上的歌者》，随之由一百六十余名诗人、作家共同完成的诗歌作品集《挺立中国——汶川诗抄》也出版发行，等等。

其次，报告文学与纪实文学也相继发表与出版。如朱玉的《天堂上的花朵——汶川大地震，那些刻骨铭心的生命记忆》、何建明的《撤离死城——北川纪事》、江宛柳的《英雄唐家山》、张蜀梅的《生死八天》、李春雷的《夜宿棚花村》、李西闽的《幸存者》、谢映红、闫星华的《有一种生死叫坚强》、关仁山的《感天动地——从唐山到汶川》等等，都闪耀着爱的真挚与执着、生命的坚韧和人间的光辉，给读者以强烈的心灵震撼和巨大的精神力量。又如新华出版社推出的《中国汶川抗震救灾纪实》及续集和《新华社记者抗震救灾亲历记》，《新京报》赴灾区前线记者实地采写的《殇恸——祭汶川大地震遇难同胞》，四川日报报业集团著的《我们在一起：四川汶川大地震纪实》，《人民日报》赴震区一线记者赵亚辉撰写《永远的汶川：大地震前后的珍贵记忆》，江苏文艺出版社编辑出版的《坚强的理由——北川中学幸存学生手记》、凤凰卫视出版中心编著的《汶川十日》等等，也推出了不少鼓舞人心、安抚灵魂、记录历史并产生巨大社会效果的作品。

再次，许多作家以其他文学样式表达感受。如裘山山的散文《从绝境中突围》，徐萌等人编剧的大型纪实电视剧《震撼世界的七日》，陈建功、王松分别创作了小品《生死博弈》和《班长》，谢克强创作了《党员突击队》等歌词，陈伟军创作了越剧《莫道前方已无路》及京剧《中华儿女丹心同》，电影《前方，后方》等。而厚重的小说体裁的地震文学刚刚浮现，已产生的地震小说大多是半虚半实的报告文学体小说和一些网络写手率性书写的较为感性的网络小说，传统文学载体上具有典型小说印记的作品还不多，这很大程度上源于小说虚构成分多，构思和行文的周期长，优秀长篇小说可能要一段时间才问世。其中作家秦岭的新作《透明的废墟》、钟正林的《鹰无泪》可算其中较好的作品，这些小说真实而富有思想的穿透力，让我们看到了汶川地震小说的未来。

地震是一种极端的且非常态的现象，它使许多埋藏已久的东西重新浮现，使许多不能言说的东西重新活跃，使许多习以为常的事物有了新的意义。地震文学依托于真实的灾害，与其相关的感情书写是地震文学的初期表象，它将逐步延伸到对人性、生命、精神、和谐的感望，进而对大变革下的个体做细致入微的剖析。可以说，地震文学的应急样式，是“国家不幸诗人幸”的产物，我们以此为寄托，恰恰是对地震伤害的文学平复，具有重要的文学和社会价值。

2

书写灾难，原本就是文学创作的一个永恒主题。一方面，人类是天地的子孙，离不开赖以生存的土地，感恩于大地母亲的滋养；另一方面天地喜怒无常，人类又深受其害，不得不团结起来进行斗争。这种二律背反，一直在整个人类历史过程中延续，我们无法回避，只有英勇不屈地面对。我们以现有的汶川地震文学为样本，体味流经其中的主题：

(一)凸现人类至爱，折射人间光辉

爱是人类共有的美好情感，是人类最为可爱的和值得歌颂的一种精神。诗集《汶川诗抄》真实展现了在这次灾难中折射出的人间大爱与人间光辉，在“5·12”诗潮中，流传极为广泛的诗歌是《孩子快抓紧妈妈的手》即收集在此诗集中，写的是母子（女）被困废墟下面关于死亡的对话：“孩子 / 你走吧 / 前面的路 / 再也没有忧愁 / 没有读

不完的课本 / 和爸爸的拳头 / 你要记住 / 我和爸爸的模样 / 来生还要一起走 / / 妈妈 / 别担忧 / 天堂的路有些挤 / 有很多同学朋友 / 我们说 / 不哭 / 哪一个人的妈妈都是我们的妈妈 / 哪一个孩子都是妈妈的孩子 / 没有我的日子 / 你把爱给活的孩子吧……"

亲情之爱，是人类古老的情感，是最常见的人类本能，但由于置放在特定的背景下，地震的废墟里，没有阳光的废墟里，黑暗的废墟里，母亲与孩子的对话显出了母爱，也显出了博爱。悲悯的人间情怀，超越了阶级、财富、城乡、国界、种族的限制，也正是人类面对灾难的共同态度。

在震灾突袭之下，很多人间大爱戛然定格，化作诗句成为人世间永恒的记忆。地震情景的再现本身就具有很强的文学意义。电视剧《震撼世界的七日》、电影《前方，后方》都第一时间以影视的手段再现感人的故事，使每个人都仿佛置身其中，用自己的人性来模拟衡量着各自在巨灾中做出的选择，用感同身受的效果使每个人爱心更近、人性更崇。秦岭的地震小说《透明的废墟》则"直逼人物灵魂纵深"，"这种高难度的拷问和深刻的意味，极大地拓展了我们的思考空间，有一种动人心魄的力量"。人物有即将订婚的打工妹刘丹丹、身负重伤的军转干部吉国立、帮教对象赵云逸、婴儿的母亲吴姐等所构成的千丝万缕的联系。他们在废墟下的问候、咨询和关照，无不影射作为邻里他们曾经有的猜疑、争执、误解和提防。然而当每一个人真切地感知到对方的心灵原则、道德底线的时候，人类最弥足珍贵的部分终于袒露出来。

这些作品共同表述了一个道理：在这样的灾难极限中所凸现出来的人类至爱弥合了灾难带来的巨大创伤，危难之中的真情抹去了尘封已久的庸碌与狭隘，使人的精神得到升华，个体也实现了对于他者的意义。

（二）书写生命意识，探索生存价值

人的生命是最宝贵的，人的生命高于一切。只有真正懂得珍惜生命、爱护生命，人才能成为一个文明的人，国家才能成为一个文明的国家。在如此毁灭性的大灾大难面前，作家要体味的不仅是对庞大死亡数字的敬畏，更是要通过情真意切的文字书写体味到死亡数字背后每个个体的哀伤。

《坚强的理由——北川中学幸存学生手记》以第一手资料展示了幸存下来的北川学生在这场灾难面前所表现出来的空前的勇敢坚定、团结一致和无私奉献的精神风貌，留下了一部当代青年人在灾难面前永不屈服的心灵史，彰显出生存的价值和意义。对于人的尊重，对于人的生命的尊重，在浩如烟海的抗震诗篇中，谭旭东的《生命的歌哭》无疑是跃于潮头的一朵浪花。诗人表达着对灾区人民遭受痛苦的悲伤和无奈；表达着对温总理和包括人民子弟兵在内的为抗震救灾付出的巨大劳动，甚至付出了生命代价的勇士们的敬重；尤其表达着对那些在灾难中失去生命的孩子们的祭奠和悲伤。“总理能不哭吗？/美丽的五月/上帝怎会这么无情/把天崩地裂的灾祸/降临到天真烂漫的校园。”（《总理和孩子》）“没有比这更令人悲痛/一朵朵花蕾/竟然这样凋谢了/还没来得及盛开还没来得及享受夏天的热情还没来得及结出秋天的果子/就在暴风雨中凋落了。”（《那些不幸的花蕾》）

然而，仅有悲伤是不够的。这本诗集，对于生者，更是一次温情的鼓励，它让我们更加体会到了生之不易以及生之幸福。尊重人，尊重生命，尊重生者，也尊重死者，构成了汶川地震文学的主题内容。洪烛的《没有一个倒下的人》里写道：“地震的现场没有一个倒下的人/我心中装着的死者，都是站着的/他们以生前的模样活在亲人的

回忆里。”没有一个倒下的人，多么庄严和悲壮!洪烛歌颂的是人性，也是人民，不倒的人民!

生命意识、生存意识，越是在生与死的灾害面前表现得越突出。作家从各自的生命体验出发，表现了大地震的灾难场景，更重要的是灾难中坚韧的生命力量贯穿始终，人性与诗性共生共长。

（三）重塑民族精神，融注和谐期盼

困境中个体的自强不息与坚韧不拔，极易衍生出一个民族的凝聚力和向心力。地震中灾民对生命的渴望、坚持，救援人员的勇敢无畏、百折不挠，无不通过社会民众的感知而不断放大、升华。民众对灾区的关注，自然会升华为对祖国的关注，对灾区人民的热爱，升华为对民族的热爱，灾难也就有了“兴邦”的精神况味。在地震诗中这种精神体现得尤为强烈，“祖国”成为诗人反复书写的意象，中国成为一个坚强、坚固的庞大的形象，与地震灾难形成巨大反差。如汤养宗的《瓦砾中的中国》自豪地说：“我们有一个永不会塌陷的家，名字叫中国!”熟悉的语言加上“永远不会塌陷”的定语之后，读者在诗歌里看到了一个前所未有的强大的祖国；旅居海外的程宝林在诗中直言：“中国人是我!这个句子颠倒／也符合语法，却不那么地道／像是出自学汉语的外国人之口／但它更为自豪，口气狂放／当废墟里抬出／和我儿子年龄相仿的孩子／总有泪水涌出眼眶／我好想找个地方，嚎啕大哭／那些在场的中国人，谁比你们更棒!”悲情、激情、豪情，构成了“5·12”地震诗潮的主调，“祖国”这一强大的意象在“宏大叙事”中重新释放出光辉来。地震文学的作家以他们特有的忧患意识和悲悯情怀，对中华民族作以深度的解读，以笔为尺丈量出民族在苦难中的精神高度。

度过灾难需要宏大精神家园的慰藉，但仅此是不够的，在灾难过去的岁月民众更需要认真地反思与自我的改善。灾难与和谐本就是人类思维判断上的二元对峙，地震文学在展现地震的巨大破坏和人类面对灾难时的渺小与无助的同时，自然会产生对人与自然、人与人关系的深层关注。李西闽的长篇报告文学《幸存者》讲述的是作家的亲身经历。是自己被困于地震废墟下七十多个小时等待救援和被救的苦难而漫长的体验，正如李西闽在题记中所述："记录下危难中的生死体验，作为一种纪念。愿活着的人快乐，死去的人安息。崇高的、卑微的都是人生，都应该保持对生命的敬畏，对自然的敬畏。"在这篇沉重的报告文学里，李西闽真实地讲述了他的恐惧，他的梦想，他的回忆，他的渴望。他有几次知道试图救他的人最后无奈而去，他有几次被疼痛饥饿折磨得几乎放弃。这个过程，想必是人生中最艰难的，所幸的是，他在绝望、在将要放弃的时候，是心中妻子、女儿和朋友给予他支撑的力量。作者引发我们对生命的理性思考，教会我们珍惜相爱的每一瞬间，珍惜自由和谐的每一时刻。

灾难是精神的炼狱，是心灵的熔炉，它能逼视出很多常态生活下看不到的东西。而人类之所以对灾难文学充满兴趣，这表明人类对自己生活的世界、对未来充满不安全感，充满恐惧，也深具危机意识。灾难的存在，一次又一次地提示人类，个人的力量是渺小的，大自然是值得敬畏的，未来是不可知的，它对于矫正一种以掠夺、享乐为核心的价值观，将大有裨益。反过来说，它使人们对幸福的理解、对和谐的向往则更为内在与客观。表现灾难的文学，其意义也在于此，而这正是汶川地震文学在未来发展努力的方向。

当然，地震文学作为特定历史时期的文学样式，容易出现一些急就章，有些作者富有激情但来不及推敲文字，难免出现感情真挚而语言粗糙的问题。而且客观上感情的觉醒比思想的觉醒总是来得更迅速、更灵敏，所以感情的宣泄比思想的表达更明显、更超前。然而，一个理性的社会在灾难过后必然要走向对于灾难发生的反思的，这样的反思会为文学的孕育和生成提供相关的社会心理氛围和语境。我们期待着。我们也有理由相信，在汶川的后地震时期会有更优秀的、能够真正地站在更高的层面上，从人类的意义上思考“地震”的经典文本不断涌现，从而能形成完整的地震文学建构，能从这一巨灾中真正找到文学扩展和发育的影子。

（原载《文艺理论与批评》2009年第5期）

作者简介：

李存，女，河南南阳理工学院文法学院教授、副院长。

编者按：在我国，每年都会有体制内外的文学机构、出版社或文学理论家对年度文学创作情况进行全面总结和回顾，而多事之秋的2008年似乎注定了文学面貌有别于任何一年。我们之所以选载上海大学葛红兵、许道军二位文学专家关于2008年文坛热点问题述评，因为他不光针对文本，更多针对文坛的种种现象进行了介入和反思，我们从中既能感受到文学对2008年各种灾难的关照方式，还能从多个角度窥视到中国文坛的浮躁与安宁、激越与迟缓、乱象与方向，从而对地震文学的现状、境遇、前途做出基本的判断。

介入· 深入 · 反思

——2008年文坛热点问题述评

葛红兵　许道军

2008年是多事之年，面对南方雪灾、汶川地震、百年奥运、金融危机、食品安全等关乎我们生命安全和生活质量的重大事件，中国文学强势介入，焕发出强有力的回应现实的生命力。“文学不能缺席反映重大事件”，4月份中国作协七届三次全委会上的呼吁得到了广大作家的热烈响应。“怎么写”暂时搁置，“写什么”一时成为首要选择。底层小说、反腐小说、官场小说继续保持批判锋芒，而对高校知识分子的针砭和对高校教育体制的反思成就了2008年中国小说批判现实主义的特色；对新时期文学三十年和网络文学十年的盘点与回顾，立足当下、回顾过去，目的是筹划未来，在总结成就的同时，检讨与反思也触及到了文学发展的方方面面。类型小说横向拓展，纸面文学与网络文学互动发展。创作抄袭、学术剽窃、红包批评等种种乱象，是多年为人诟病的老问题。遥远事件的处理、“武汉声明”的出炉以及《中国社会科学内刊》第4期《学术评价机构关注学术失范问题——CSSCI关于“一稿多用”的数据统计（2004—2005年）》的发表，似乎表明清除文坛的“三聚氰胺”、规范学术行为行动已然开始。诺贝尔文学奖、茅盾文学奖、华语文学传媒奖、庄重文文学奖、徐迟报告文学奖等等重要的评奖活动接踵而至，争议却越发迭起。小说《石榴树上结樱桃》在海外畅销，这或许是一个提示：如何表现中国现实和表达中国经验，永远是中国作家应该思考的一个问题。

纵观2008年的文学，我们感到欣慰，中国文学不仅仍旧具有强大的回应生活的能力，而且从介入走向深入，从深入走向反思，这一切无不显示当代文学已经跨过最困难时期，逐步走向健康、理性。

生活的大悲大喜与文学的介入激情

2008年度，无论是南方的雪灾还是四川的震灾及随后的北京奥运等等，文学都全程记录了这些重大事件的过程并淋漓尽致地描述了国人对这些事件的反应。在这些大合唱中，诗歌和报告文学始终站在最前沿，发出最强音，一次次迸发出了介入现实的激情、深沉的爱国热情和激昂的民族感情。忧患苦多的生活给了困难重重的文学一次机会。我们可以说，2008年的文学独特表现是我们这个民族道德水准和心灵状况的一次集中反映，也是中国文学生存状况的一次大检阅，更是对我们文学表现生活和心灵能力的一次集中检验。

年初南方发生雪灾，反应最快的是网络文学，铁血论坛2月初登出“众志可成城，齐心抗雪灾”征文活动参赛作品申报帖，《感动中国——向冰雪中的电力人致敬》等人物特写、散文受到关注。汶川地震后，举国伤痛，诗歌担任了抚慰受伤心灵、表达人道主义关怀的重任，一时间出现了全民写诗的热潮。一些优秀诗歌迅速涌现，并在网络广泛流传，如《孩子,快抓紧妈妈的手》《宝贝啊,不要沉睡》《妈妈的呼唤》《孩子,天堂路上别走太急》《温总理的情怀》《中国不相信眼泪》《我们血脉相连》等等，都产生了巨大影响。朵渔的《今夜，写诗是轻浮的》、哑石的《我认识的人都哭了》等诗歌引起众多诗人的沉思：诗歌如何能够真正减轻现实的苦难而不是习惯性地把现实的苦难转换成诗歌的胜利？这是新时期三十年中国诗歌的重要现象：回应现实的文学得到了现实的回应，世纪初的这股诗潮衔接起1970年代末的天安门诗歌运动、1980年代初的朦胧诗大潮等，诗的精神和激情再一次在中国文学的血液中汹涌。

文学对现实重大事件的及时反应，意味着文学表现力在提高。徐坤关于奥运题材的长篇小说《八月狂想曲》，将纪实与虚构、重大事件与个人想象、激情与理智完美地结合，表现出了高超的文学技巧。得到了批评家们的高度赞扬不仅仅是纪实类作品，虚构类文学也加入了这一潮流。天津作家秦岭的中篇小说《透明的废墟》、刘宏伟的长篇小说《大断裂》，是两部思考人类灾难的力作，使我们看到了虚构文本反映人类灾难的可能、难度和高度。刚过百年华诞的中国话剧，在2008年持续受到热烈追捧，得益于它对现实关照能力的提升。《恋爱的犀牛》《上班那点事》《今天你解套了吗》《死去,活来》《武林外传》《两只狗的生活意见》等，都受到观众的热烈欢迎。话剧重新回到观众的视野中，那些回应尖锐现实、表现烦恼人生的作品如《今天你解套了吗》《两只狗对生活的意见》等，总能得到观众共鸣。而《武林外传》《暗恋桃花源》《恋爱的犀牛》《琥珀》等切近时代心理、幽默诙谐的作品，受到人们热烈欢迎甚至在全国掀起“克隆”排演的高潮，这是近年难得一见的现象。

2008年的文学对现实的热切、贴切表现给我们一些启示：追求形式探索、坚持个人立场的文学固然值得敬佩，但是那些参与历史进展、反映重大社会事件的文学，更是难能可贵的。更重要的是，经过雪灾、震灾的洗礼，我们终于找到好文学和坏文学的根本分野。如张清华先生所言，只有那些关怀作为个体生命的“人”而不是抽象的“人民”的作品，才是好作品，如果仍旧坚持公共利益大于个体价值、抽象事物大于生命价值的世界观，那么他的说法将因为悖逆和挑衅了这一价值共识和历史进步而遭到唾弃。经过雪灾、震灾的洗礼，经过奥运的锻造，2008年的文学向我们昭示，文学从来没有真正缺乏过对生活的热爱和钟情，它有能力站在生活的中央，回应生活，有能力反映我们的感动和热望。

有深度的文学：现实的批判与批判的现实

官场小说、反腐小说继承了前几年揭露和批判的传统，但是由于清官模式的限制，这些作品虽反映了现实却削弱了批判的力度。2008年，这类小说出现了一种新的动向，那就是不再一味追求宏大叙事，也不再服从于某一既定的套路，而是努力向着被权力异化的世道人心的细微处开掘。杨少衡的《多米诺骨牌》精确地刻画了官场的潜规则问题。这部小说围绕着一场洪水到来时官场上的摩擦、心计和冲突，惟妙惟肖地揭示了时下“政绩观”形式主义的弊端。王祥夫的《暗道机关》则通过一个房管局私房科科长的仕途见闻，描述了在城市拆迁问题上的种种是非纷争和住房在一般市民心目中的重要位置。可以说，它们揭示的问题都是很尖锐的。

底层文学也不再局限于描述对苦难的同情，而是显露强烈的批判现实的锋芒，这种新的嬗变，值得我们投以更多期许的目光。王十月的《国家订单》颇有新意，一是它通过展示工人过劳死事件，直面制造业原始资本积累的血腥；二是它的叙事视角较以往的打工文学有了新变化，故事的讲述者从打工者转换成小老板，叙事方式的转变引发叙事伦理的变化，小说似乎透露出劳资双方意图和解、分享艰难的意味。但是，小老板能否代表“国家”以及谁是“订单”的获利者，谁为工人的死亡负责，仍是值得进一步思考的问题。刘庆邦的《摸刀》展示了乡村的萧索和凋敝，揭示了人性的阴险和冷漠，同时也留下了思索：乡村的残酷和秘密到底有多少，是否如结尾那具腐烂的女尸一样，仅仅是刚刚浮出水面。王顺建的《小茜》引发了批评界关于文学批评立场的激烈争论，但如果不从审美和道德而从社会学视野观察，我们将会看到一个血淋淋的事实：小茜的梦想——生下不同肤色的小孩的宏大理想，只是一个底层性工作者（打工妹、妓女）被这个社会的重压所异化后的美丽泡沫，她不仅丧失了耻辱感，而且已将耻辱感转化成一个虚幻的光环。这几乎是一个不能被文学所能“审美”的坚硬事实！

以高校为表现对象，对教育现状的批判和学术体制的反思成为2008年小说创作和关注的热点。《影子教授》《风雅颂》《六本书》《教授》《教授横飞》等小说在本年度红火一时，这六部小说无一例外对高校知识分子人文精神的滑坡、道德的溃败和人性的迷失等现象展开激烈的批判。阎连科的《风雅颂》被认为是“朝中国当代知识分子光亮的脸上吐了一口恶痰”，引起批评界巨大的争议。而邱华栋的《影子教授》《教授》，石盛丰的《教授横飞》、倪学礼的《六本书》等小说则对当下高校扩招、本科迎评、申报硕士点博士点、学术剽窃、职称评定等问题展开了全方位的揭露。石盛丰的《教授横飞》写一个副教授因职称评定的生生死死，以荒诞的形式揭示了高校荒诞的学术乱象，倪学礼的《六本书》则以更加尖锐的方式揭露了高校某些教授恶心的灵魂和行为。

不可否认，除了前所未有的批判现实主义的锋芒，这些一味迎合社会舆论，发泄某种情绪，将部分整体化，在批判的狂欢中失却客观性的倾向依然存在。而过于执着于现实残酷性的描摹，缺乏典型故事和典型人物的深度挖掘，又使得这些小说的批判性出现了“有揭露但是没有揭露的力度”“有批判但是没有批判的深度”的情况。

新时期文学三十年与网络文学十年的盘点和评价

对新时期文学三十年与网络文学十年的盘点与回顾同步进行。众多报纸杂志开辟了“新时期文学三十年回顾”专栏，专题会议也频繁举行。围绕着作家作品、思潮流派、批评理论、文学现象、价值评估、时段分期等议题，学者专家展开了热烈的讨论。程永新在《一个人的文学史》中，以一个杂志编辑的视角，探讨三十年“文学性”复杂的形成过程，在众多的回顾性文献中可谓别开生面，而其参与编辑的《收获》杂志在新时期文学三十年的发展过程中形成的特殊地位，更无形中增加了这部“个人文学史”的价值。

为新时期文学三十年厘定历史地位，是在所有讨论中不可回避的选项。参与讨论者普遍认为，新时期文学三十年是中国当代文学最重要的三十年。但如何评价新时期文学三十年的成就，学界却形成了交锋。评论家程光炜为新时期文学正名，他认为，三十年来，中国当代文学已经形成了一批经典作品和作家，但是目前我们对这一时期的文学评价还较低。张清华教授也表达了类似的观点，他认为，当代的文学批评家不敢，也没有勇气认为，最近三十年或者至少自1980年代中期以来中国文学已经处于一个黄金时代，是汉语新文学诞生以后的最辉煌时代。而最近二十年来的文学发展，以后有可能永远不会再现。面对这些乐观的估计，部分学者提出了质疑。学者郜元宝反对将新时期文学经典化，他认为，在这三十年中，文学有进化，有变化，也有退化，现在的中国文学逐渐变成一个和很多读者、批评家、学者、知识分子比较隔膜的文学圈子。杨扬教授认为，应该将最近的文学变化放在百年文学的大背景中考察，应考虑语言规范问题的影响。他认为经典性的作家大多出现在现代文学第一个三十年。

“作家倒下去，写手站起来”，学者陶东风的论断虽不无调侃，却似乎抓住了一个正在变化的文学事实。他指出，三十年来，文学实际发生了三次重大的转变，一次是1980年代初在所谓的“拨乱反正”的名目下，对极“左”政治下的文学文化实践的修正；一次是1980年代中后期在“创作自由”和“审美自律”的口号下，全面颠覆社会主义前三十年占据主导地位的革命叙事模式，在戏仿的冲动中，力主实现从“写什么”到“怎么写”的转变。这两次转变带有“去政治化”的精英主义情结，而1990年代以来，在消费主义和新媒介的双重挤压下，那些充分吸收了“怎么写”的先锋经验且又对“写什么”自以为拥有了充分的发言权的晚生代及后晚生代的“作家”及“写手”们，便以一种玩世不恭的姿态渐次完成了“去精英化”的重大转变。所以，陶东风认为“新世纪文学景观的最大特点是文化经济化和经济文化化”。

事实上，无论是对新时期文学三十年的肯定还是否定，学者们都基本共享了一个“审美主义”的文学观念前提，并有意无意地将这种1980年代被重新强调并逐渐占据主流的观念本质化了。许多学者并不是不了解后现代“反本质主义”逻辑，而且对文学观念的变动不居也是认可的，但从他们对“写手”等概念的嘲讽，以及从对“游戏机架空一代”“装神弄鬼”的文学创作痛心疾首来看，其观念并未摆脱“审美主义”的窠臼。这种矛盾的态度不是偶然的，毕竟参与讨论的这些文学理论及批评界的精英人士几乎都是1980年代的过来人，他们本身就是1980年代文学观念“知识共同体”的组成部分。

把“新时期文学三十年”独立出来加以讨论蕴含着把解放后前后两个三十年割裂开来，模糊对前三十年的反思需求，过度认同新时期三十年的可能，这种讨论实际上还忽视了前三十年和后三十年的承续性，掩盖了中国当代文学在过分强调人本主义而缺乏生态视野方面的欠缺等深度问题。当下，有关新时期文学三十年讨论似乎变成了一项对当代文学的历史化、经典化的浮躁剧，有时候甚至沦落成作家排位的游戏。

从1998年痞子蔡的《第一次的亲密接触》在互联网发表至今，网络文学已走过了十个春秋。从默默无闻到异军突起，网络文学越来越成为文学界和出版行业不可或缺的新兴力量。在纸媒文学越来越疲软的今天，网络文学的存在和“被发现”，无疑坚定了我们对文学的信念。2008年，对网络文学的盘点和对网络文学的研究成为热点。

网络文学是继口传文学、纸面文学之后文学发展的第三阶段的历史形式，现在已经成为文学的新的生长点，和纸面文学平分天下的趋势越来越明显。从历时看，网络文学经历了上网文学、网上文学、网化文学和网话文学四个阶段。从类型上看，网络文学已经形成了十个主要的文学类型（依据起点中文网的分类）：“穿越类”，代表作是《梦回大清》《第一皇妃》等；“搞笑类”，代表作是《悟空传》《Q版语文》等；“玄幻类”，代表作是《诛仙》《紫川》等；“都市类”，代表作是《告别薇安》《第一次的亲密接触》等；“校园类”，代表作是《致我们终将逝去的青春》《何以笙箫默》等；“武侠类”，代表作是《英雄志》《昆仑》等；“盗墓类”，代表作是《鬼吹灯》《盗墓笔记》等；“悬恐类”，代表作是《地狱的第19层》《沉睡谷》等；“历史类”，代表作是《明朝那些事儿》《庆余年》等；“军事类”，代表作是《弹痕》《兵锋》等。

综合考察“起点中文”“世纪文学”“晋江”“红袖添香”等文学网站，2008年流行的网络文学类型依然是玄幻和穿越，但是题材进一步多元化，类型更加混杂化，2008年度点击率较高的是《神墓》《盘龙》《不灭星辰诀》《江山美人志》等作品。2008年耽美题材在网络（如晋江文学网）形成风潮，如《月上重火》《乐医》《当土鳖遇上海龟》等。

小说类型化趋势和类型小说的双向拓展

2008年的小说创作出现了一波新的类型化趋势。这主要表现在两个方面：一是类型小说的创作和出版持续繁荣。近年来，科幻、武侠、言情等类型小说在数量和质量上均出现了喜人的势头，专门登载类型小说的刊物有所增加，甚至有些出版社或者出版公司的专业都出现了类型化的趋势，如上海的欧罗福公司，在不同类型作品的出版方面形成了自己的特色和专长；二是理论界、批评界越来越重视类型小说的研究，类型小说研讨会相继举行，中国第一个类型小说奖也于近期设立，类型小说研究的资料工作也有了比较大的进展，中国第一套专注于类型小说的丛书已经连续出版了四年，《中国当代类型小说双年选》近年来一直有序出版，在大陆和台湾同时推出，受到读者和学术界的重视。

2008 年中国类型小说出现了叙事图式国际化和中国化双向拓展的新倾向。那多等青年作家的类型小说，普遍出现故事背景、人物和情节国际化的倾向。最大的区别在于它们表现出了与传统小说不同的叙事伦理，人与人、人与物、人与时间等关系的处理，完全超越了启蒙叙事、仁义叙事范畴，孝道、家国、尊卑、责任等不在考虑之列，相反西方式的自由、个体、物质等走向前台。杜拉斯、村上春树式的描写处处可见。与“国际化”接轨，在创作中完成中产阶级身份的虚拟提升或国际身份的转变，应该是这些类型小说创作与接受的心理动机。

新的国际类型小说的引进和模仿在 2008 年达到又一个高潮，如玄幻、架空、穿越、惊悚、灵异、耽美等，填补了国内类型小说的空白，并保持了与世界的同步。大量国际类型小说如穿越、架空、惊悚等在获得世界性视野的基础上，正在开始中国化的转变。由于很好地结合了传统文化、民族性内容，生成出崭新的审美效应，如最近影响很大的武侠小说《英雄志》《昆仑》《大唐行镖》《江山美人志》等，开始向侠义文化、侠义叙事、仁义叙事回归，金庸、古龙之后，中国武侠小说并未终结，而历史小说开创出全新的表现空间，如《新宋》《一代军师》等开创了历史小说类型架空叙事的新图式。都市言情小说也开始与当代生活接壤，从单一的白领丽人、上班族、大学生之间的玫瑰故事，转向了更为广阔的都市空间，都市言情正在向都市风情转变。

小说类型和类型小说有着天然和必然的联系，对中国小说类型的研究已经取得了重大进展，如许子东对“文革”小说的研究、陈平原对武侠小说的研究、丁帆对乡土小说的研究，郑家建、施战军等对小说类型理论的研究，都在不同程度上推进了小说类型学研究的进展。然而，类型小说并不等于小说类型，对小说类型的研究不能取代对类型小说的研究、同理，对类型小说的研究不等于提倡小说创作的“雷同化”“模式化”，反对“原创性”。针对当下文学批评对类型小说创作和接受的失语，以及部分批评家对小说类型理论的偏见与担忧，葛红兵先后发表《近年中国小说创作的类型趋势及相关问题》《小说类型化的时代已经到来》《小说类型理论与批评实践——小说类型学研究论纲》，张永禄、许道军、赵牧、徐秀明、谢彩等青年学者，对小说类型理论、成长小说类型、历史小说类型、政治小说类型等做出了建设性努力。一些学者虽然仍旧站在文学精英化的立场表示了对当下小说创作类型化趋势的担忧，但也有一些学者对此表示认同。

文坛的清淤与批评的自律

近年来，一些作家、写手纷纷陷入抄袭丑闻。在证据确凿、世人皆知的情况下，某些抄袭者不仅全身而退，甚至还能加入中国作协。这不得不让人怀疑，中国文坛是否已经丧失了自我清洁的能力。10 月 19 日，一名署名“傅兴文”的网友发表公开信谴责新疆作家遥远的抄袭行为，这篇“致中国作协主席铁凝女士的公开信”在天涯论坛首页上发表后引起轩然大波。

“不是金子的在发出刺眼的光芒”，被认为是当代文学批评不正常的现象之一。如何进一步提升文学批评公信力、影响力成为中国作协七届三次全委会与会者最热烈的议题和呼声之一。中国作协的呼吁得到了许多学者和批评家的共鸣和热烈回应，围绕着《文艺报》《文学报》等刊物，展开了热烈的讨论和交锋，2008年对文学批评的反思成为文学批评的一个重要方面。徐春萍、丁晓平、曾庆瑞、雷达、孟繁华、赖大仁、王志清等批评家针对文学批评应有功能、责任、标准、理论资源、公信力、态度、立场及批评的态势、存在问题等话题各抒己见，关于批评家劳动的回报和“红包现象”展开了质疑和辩护，文学批评生态的恶化、文学批评公信力和创作与接受指导功能的减弱、学院批评对文学批评的影响尤其是文学批评中道德感的缺失则是他们焦虑的主要问题。遥远事件发生后，相关杂志社和新疆作协及时做出反应，种种迹象表明，中国当代文坛在十分困难的情境下，仍旧具有自我清淤能力、自我约束能力和自我反思能力，我们有理由对中国文学的未来保持足够的信心。

文学奖的强势评价及其微妙变化

2008年的诺贝尔文学奖授予法国作家勒·克莱齐奥，获奖理由是“一位注重新历程、诗歌历险、感官享受的作者，是一个超越目前主导文明和探求主导文明低层的探索者”。之前网络盛传的安徽某诗人被提名诺贝尔文学奖，最后证实是一个闹剧。对诺贝尔文学奖结果的反应以及由这些反应引发的连锁反应，与往年相比，并无多少新意。但是，由于中国出版界之前曾经推荐过其作品，因此有学者根据已推介的勒·克莱齐奥的作品认为他不过是一个二流作家。这种认识是非常荒谬的，贬低诺贝尔文学奖无助于提高中国文学奖的地位，也无助于提高中国文学的水平，毕竟诺贝尔文学奖的水准是高于中国文学奖的。

第七届茅盾文学奖评奖工作于2008年10月结束，贾平凹的《秦腔》、迟子建的《额尔古纳河右岸》、周大新的《湖光山色》、麦家的《暗算》四部长篇小说获得殊荣。有评论认为，从年龄结构上看，四人代表老中青三代；从题材上看，农村题材、革命题材、历史题材、民族题材面面俱到；从创作方法上看，以现实主义为主导。因此，这个结果是各方面都能接受的，整体水准能向公众交代，也符合茅质文学奖的风俗习惯，应该是一届成功的茅盾文学奖了。其实，这届茅盾文学奖最值得关注的是评奖机制在悄悄地发生变化，麦加的《暗算》胜出当然有其自身的“文学性”准备，但是读者（或者说观众）对这部作品的追捧或许是评委们不得不考虑的问题。

第六届华语文学传媒奖揭晓，王安忆、麦家、杨键、舒婷、陈超、徐则臣、于坚等获奖。这次活动是该项活动成立六年来规模最大、内容最丰富、人数最多的一次。第十六届柔刚诗歌奖获得者为柏桦。徐迟报告文学奖、“汉语诗歌双年十佳”、第十一届“庄重文文学奖”、“2007年《当代》长篇小说最佳奖”等大奖评选活动结束，各有可圈可点之处。上海市作协2008年度重点创作扶持项目确定，它们是胡廷楣的《名局》、王周生的《回家》、葛红兵的《大都会》和张生的《海上星》四部长篇小说，这些作品也让人期待。

（载《探索与争鸣》2009年第1期）

作者简介：

葛红兵，上海大学文创中心主任、教授、博士生导师。

许道军，上海大学文创中心副主任、副教授、文学博士。